Rügener Rache

Heidi Schumacher unterrichtete als Dozentin für Film und Medien an den Universitäten Siegen, Marburg, Erlangen und Bonn. Ihre Leidenschaft gehört dem Schreiben. »Rügener Rache« ist ihr zweiter Rügen-Krimi: »Weil die Insel und ihre Bewohner ganz einzigartig sind!«

HEIDI SCHUMACHER

Rügener Rache

INSEL KRIMI

emons:

Bibliografische Information der Deutschen Nationalbibliothek
Die Deutsche Nationalbibliothek verzeichnet diese Publikation in der Deutschen Nationalbibliografie; detaillierte bibliografische Daten sind im Internet über http://dnb.d-nb.de abrufbar.

FSC www.fsc.org
MIX
Papier aus verantwortungsvollen Quellen
FSC® C083411

Umschlagmotiv: photocase.com/suze
Umschlaggestaltung: Tobias Doetsch
Gestaltung Innenteil: César Satz & Grafik GmbH, Köln
Druck und Bindung: CPI – Clausen & Bosse, Leck
Die Zitate im Text stammen aus »Elizabeth von Arnim: Elizabeth auf Rügen«. Aus dem Englischen von Anna Marie von Welck. Insel Verlag, Frankfurt am Main.
Printed in Germany 2016
Erstausgabe 2014
ISBN 978-3-95451-301-7
Insel Krimi

Aktualisierte Neuauflage März 2016
Aktualisierte Neuauflage März 2016

Für C. R. und Amerigo

Wer auf Rache aus ist, der grabe zwei Gräber.
Chinesisches Sprichwort

1

»Und? Gefällt es dir auf Rügen?«

Antonia summte leise vor sich hin, während sie ihren Fahrradrucksack packte. Aus dem Handy, das sie unter ihr rechtes Ohr geklemmt hielt, tönte statt einer Antwort nur eine Art Gebrumm.

»Wie? Nicht?«

»Doch, doch«, beeilte sich Florian zu versichern. »Es ist wieder sehr schön. Auch das Wetter spielt mit. Nur die Arbeitsbedingungen …«

Antonia unterbrach das Packen und setzte sich hin. »Wie jetzt? Verstehe ich nicht. Was meinst du genau?«

Florian war Organist und gab wie jedes Jahr im Sommer mehrere Konzerte auf Rügen. Er befand sich seit ein paar Tagen auf der Insel und probte gerade in der kleinen Kirche des Mönchguts, in der Antonia ihn das erste Mal hatte spielen hören.

»Gibt es Schwierigkeiten mit den Leuten von der Kurverwaltung oder vom Pfarramt?«

»Nein, nein, alle hier sind sehr nett, aber das Instrument ist nicht in Ordnung. Man hat doch letztes Jahr in der Gemeinde eine Menge Geld gesammelt und mit dem Erlös die Orgel überholt. Und jetzt gibt es plötzlich Probleme. Irgendetwas stimmt mit den großen Pfeifen nicht. Heute Nachmittag kommt ein Orgelspezialist vom Festland und sieht es sich an. Na ja, ich wünsche dir und Gesine jedenfalls eine schöne Zeit!«

Antonia legte auf und stopfte ihre rote Regenjacke in den Rucksack. Sie wollte am nächsten Tag von Hamburg aus mit ihrer Freundin zu einer Radtour durchs Alte Land aufbrechen, und die Wettervorhersage lautete auf unbeständig. Sie hatte sich drei Wochen Urlaub genehmigt, die ersten sieben Tage davon wollte sie mit der Freundin radeln, danach ebenfalls nach Rügen fahren, um mit Florian den Rest des Urlaubs zu verbringen. Seit ihrer Kündigung bei der Detektei »Findevogel und Freese« waren es die ersten Urlaubstage seit Langem. Sie hatte sich als Privatermittlerin selbstständig gemacht und alle möglichen Rechercheaufträge angenommen, die ihre gesamte Zeit, zuletzt auch die Wochenenden, beansprucht hatten. Etwas Bewegung und viel frische Luft würden ihr guttun.

Mit Schwung hob sie sich den Rucksack auf den Rücken, um das Gewicht zu testen, als ihr Handy erneut klingelte. Es war ihre Freundin Gesine, und ihre Stimme klang kläglich.

»Tonilein, ich mag es gar nicht sagen. Aber aus unserer Tour wird nichts.«

»Waaas? Das kann doch nicht angehen!« Antonia setzte sich zum zweiten Mal hin.

»Ich bin heute Morgen auf der Treppe ausgerutscht und habe mir den Fuß verknackst. Ich war beim Arzt, und der rät zur unbedingten Schonung. Der Fuß ist in der Mitte angebrochen. Radeln geht nicht.«

Antonia nahm angemessen Anteil am Schicksal der Freundin, konnte ihre Enttäuschung jedoch nicht verbergen. Sie hatte sich seit Längerem mit der Radtour beschäftigt, die Etappen ausgearbeitet, die Übernachtungen gebucht, und nun das. Was sollte sie so plötzlich mit ihren freien Tagen anfangen? Florian war auf Rügen und hatte zu tun. Aufgewühlt verließ sie ihre Wohnung und machte einen Spaziergang.

Am späten Nachmittag rief sie Florian an, konnte ihn aber nicht erreichen. Auch gegen acht Uhr war sein Handy noch ausgeschaltet. Als er sich gegen halb zehn noch immer nicht gemeldet hatte, fing sie an, sich Sorgen zu machen. Im Hotel war er nicht, am Empfang sagte man ihr, soviel man wisse, sei der Gast nach dem Frühstück zu seinen Orgelproben aufgebrochen. Der Zimmerschlüssel hänge noch am Brett. Gegen Mitternacht kam dann endlich Florians erlösender Anruf.

»Ich bin völlig entnervt! Wir waren bis jetzt mit der Orgel beschäftigt. Der Mann vom Festland hat festgestellt, dass mehrere der großen Pfeifen regelrecht verstopft sind. Jetzt müssen wir morgen in aller Frühe nachsehen, was die Ursache ist. Ich bin noch gar nicht zum Proben gekommen.«

Als Antonia ihrem Freund von Gesines Missgeschick berichtete, bat Florian sie kurzerhand, ihm jetzt schon nachzureisen. »Pack doch das Fahrrad auf die Bahn und komm rüber, ich habe wieder das Doppelzimmer mit Balkon zum Meer. Es wird dir gefallen.«

Antonia rief am anderen Morgen in drei Pensionen im Alten Land an, um ihre Buchungen zu stornieren. Bei den ersten beiden Adressen ging es ziemlich mühelos, bei der dritten Pension wurde auch nach langem Klingeln nicht abgehoben. Als sie schon ihre Reisetasche in den Flur gestellt hatte, versuchte sie es noch einmal.

»Ja?«, meldete sich eine Männerstimme.

Antonia betete ihren Spruch herunter.

»Ich hoffe, ich mache Ihnen keine Ungelegenheiten. Aber es war tatsächlich nicht zu ändern. Meine Freundin hat sich den Fuß gebrochen, und wir müssen absagen.«

Am anderen Ende war es zunächst ruhig. Dann fragte der Mann gedehnt: »Wie war Ihr Name? Babe? Und der Vorname?«

Antonia, die im Internet noch rasch ein Bahnticket nach Rügen buchen wollte, antwortete mit leichter Ungeduld. »Antonia Babe. Ich hatte das Zimmer für zwei Nächte gebucht. Haben Sie es gefunden?«

Der Mann räusperte sich und meldete sich als Hauptkommissar Schmidt von der Kriminalpolizei.

»Frau Babe, ich bin ehrlich gesagt etwas irritiert. Wir haben hier gerade eine junge Frau tot in einem der Zimmer gefunden, die Sie gebucht haben. Wahrscheinlich Selbstmord. Tabletten. Der Wirt steht noch unter Schock. Was aber ganz sonderbar ist: Die Frau hat sich unter dem Namen Antonia Babe eingemietet.«

Antonia wollte schon empört auflegen, weil sie glaubte, der Mann habe sich einen schlechten Witz erlaubt. Aber der Kommissar sprach weiter.

»Sie hat das Zimmer Nummer 16 definitiv unter Ihrem Namen gebucht, aber wir haben dann bei der Durchsuchung ihrer Reisetasche den Personalausweis gefunden. Ihr richtiger Name ist nicht Antonia Babe. Können Sie sich vorstellen, wer so etwas machen könnte? Ist Ihre Freundin vielleicht trotz des gebrochenen Fußes hergefahren?«

Antonia war, als griffe eine kalte Hand an ihr Herz. Sie zückte ihr Handy und bat den Kommissar, in der Leitung zu bleiben.

Dann wählte sie Gesines Nummer. Diese meldete sich sofort. Ohne mit Gesine ein Wort zu wechseln, nahm sie erleichtert wieder den Hörer auf und versicherte dem Kommissar aus dem Alten Land, dass ihre Freundin quicklebendig zu Hause in Hamburg auf ihrem Sofa sitze. Für weitere Fragen stehe sie gern zur Verfügung. Sie gab ihm die Adresse ihres Hotels auf Rügen und ihre Handynummer. »Melden Sie sich, wenn Sie noch Fragen haben. Ich muss jetzt los!«

Gesine hatte inzwischen aufgelegt und lediglich eine enervierte SMS mit drei Fragezeichen geschickt: *Was ist denn???*

Als die Bahn Rügen erreichte, machte Antonias Herz einen Sprung. Sie hatte fast vergessen, wie schön die Insel war. Zwischen den Bäumen leuchtete immer wieder das Meer, die Felder standen voller Mohn- und Kornblumen, und das Rot und Blau inmitten des weiten Gelb hob ihre gedrückte Stimmung schlagartig auf das Niveau entspannter Ferienlaune. Auf der Radtour vom Bahnhof Binz zu Florians Hotel genoss sie die weiche Seeluft der Ostsee, die sich mit dem Duft der Wiesen mischte. Das hatte sie vermisst. Nach einigen Kilometern war sie Gesine fast dankbar, dass ihr Unfall sie früher zurück nach Rügen gebracht hatte. Im letzten Jahr hatte sie hier als Privatermittlerin für einen Hamburger Auftraggeber gearbeitet und eine Mordserie aufgeklärt. Diesmal würde sie drei Wochen unbeschwert ausspannen können.

Antonia hielt sich mit dem Fahrrad ganz nahe am Straßenrand. Die Allee war schmal und sehr belebt, die überholenden Autos fuhren dicht an ihr vorbei. Dann endlich konnte sie auf eine weniger befahrene Landstraße einbiegen. Von Weitem sah sie schon den Kirchturm und ein paar Häuser des Dorfes. Sie bog noch einmal ab und fuhr wieder in Richtung Ostsee nach Göhren. Die Sache mit der Namensverwechslung im Alten Land würde sich sicher bald aufklären. Ob die junge Frau eines gewaltsamen Todes gestorben war? Vielleicht war der Selbstmord nur vorgetäuscht. Sie hatte ganz vergessen, den Kommissar danach zu fragen.

Im Hotel in Göhren gab man ihr einen Schlüssel zum Zimmer. Da Florian hier immer wohnte, wenn er auf Rügen gastierte, hatte er als Stammgast ein besonders hübsches Zimmer mit Meerblick bekommen. Antonia trat auf den Balkon und war entzückt: Unter ihr breitete sich das flirrende Blau der See aus. Davor der helle Sand, auf dem die vertrauten Strandkörbe versammelt waren. Der Strand war jetzt im Juni noch nicht überlaufen. Am liebsten wäre sie sofort zum Schwimmen gegangen, aber sie wollte zunächst Florian begrüßen.

Sie nahm rasch eine Dusche, schwang sich wieder aufs Rad und fuhr zu der hübschen kleinen Dorfkirche, in der ihr Freund probte. Seine Konzerte dort waren immer beliebt und gut besucht gewesen. Die Kirche versteckte sich hinter alten Eichen und grenzte an einen moosgrünen Friedhof mit windschiefen Grabsteinen. Antonia lehnte das Rad gegen die Backsteinwand des Gebäudes, machte ein paar Schritte an verwitterten grauen Steinen vorbei und lauschte. Drinnen war alles still. Ob Florian gerade eine Pause machte?

Die Kirchentür stand offen. Auf dem hellen Streifen, den die Sonne in das dämmerige Innere schickte, tanzten Hunderte von Staubpartikeln. Antonia betrat den kühlen Kirchenraum. Der Geruch von Moder, alten Gebetbüchern und Kerzenwachs stieg ihr in die Nase. Als sich ihre Augen an das Dämmerlicht gewöhnten, sah sie im Mittelgang einen einzelnen Mann mittleren Alters in einer Bank knien. Er trug einen blauen Arbeitsanzug und hielt sein Gesicht in den Händen verborgen. Er schien zu beten. Als Antonia sich ebenfalls in einer Bank niederließ, stand er auf und verließ die Kirche, ohne zu ihr herüberzuschauen.

Von der Orgelempore hörte man gedämpfte Stimmen. Antonia erkannte hinter der hellblau und grau gestrichenen Brüstung einen Mann, der mit einer einzelnen großen Orgelpfeife hantierte, daneben mit verschränkten Armen Florian. Sie rief leise seinen Namen und winkte ihm zu. Als Florian sie bemerkte, kam er zu ihr herunter und umarmte sie.

»Schön, dass du da bist. Leider liegen meine Nerven im Moment etwas blank. Jetzt sind wir schon wieder seit zwei Stunden dabei herauszufinden, was mit der Orgel los ist. Es geht um die großen Pfeifen rechts. Irgendetwas verhindert, dass die Luft normal durchströmen kann. Herr Schluch, der Orgelbauer, hat gerade eine aus der Halterung gelöst und muss sie jetzt näher untersuchen. Das kann dauern.«

»Dann radele ich am besten mal zur ›Reuse‹. Vielleicht kellnert Olaf dieses Jahr ja wieder.«

»Das tut er. Ich habe gestern Abend dort gegessen. Er hat auch schon nach dir gefragt.«

Auf der Empore hörte man den Orgeltechniker hantieren. Dann sah er über die Brüstung und rief nach Florian. »Könnten Sie wohl noch einmal kommen, Herr Niedlich? Ich bin da auf etwas gestoßen ...«

Antonia stieg hinter Florian die Treppe zur Empore hoch. Herr Schluch, ein Mann Mitte vierzig mit einem rötlich schimmernden, gut gestutzten Bart und großen, buschigen Augenbrauen, nickte Antonia flüchtig zu. Auf seiner Stirn standen Schweißperlen. Er hatte die silbern glänzende Pfeife auf die Brüstung der Empore gelegt und führte jetzt vorsichtig einen langen, fein gebogenen Draht mit einem Bürstenkopf, der an einen Flaschenreiniger erinnerte, in die Öffnung. Florian stellte ihm Antonia vor.

»Sehr erfreut, Schluch ist mein Name«, sagte er nervös und wandte sich Florian zu. »Beim Abklopfen klang es hier unten dumpf. Hier scheint etwas zu stecken.« Langsam bewegte er den Draht hin und her. »Ich spüre einen Widerstand.«

Florian erklärte Antonia gerade, dass die Öffnung an der Pfeife, durch die beim Spiel Luft ausströmte und einen Ton erzeugte, Labie oder Lippe genannt wurde, als Schluch den Draht wieder herauszog.

»Was ist denn das?«, rief der Mann erschrocken aus.

Der Bürstenkopf, der eben noch weiß gewesen war, war nun dunkelrot. Antonia beugte sich zu dem Techniker hinunter. »Sieht aus wie Blut«, stellte sie nüchtern fest. »Das sind verkrustete Partikel von Blut. Da ist irgendetwas drin, was geblutet hat.«

Der Orgelspezialist richtete sich auf und kratzte sich nervös an der Stirn. »So etwas ist mir noch nicht vorgekommen.«

»Vielleicht eine tote Maus, Herr Schluch?«, fragte Florian unsicher.

»Aber was soll die denn dadrin? Dort findet sie doch nichts zu fressen«, bemerkte der Mann skeptisch.

»Oder eine Fledermaus?«

»Die Innenwände sind viel zu glatt für dieses Getier ...«

Florian hatte sich auf der Orgelbank niedergelassen. Antonia sah, dass er blass geworden war.

»Nee, da steckt irgendwas fest ... Ich brauche ein anderes Handwerkszeug, mit dem feinen Draht bekomme ich es nicht los.«

Schluch suchte hektisch in seinem Werkzeugkasten, fand jedoch nichts. Florian war keine große Hilfe, er saß nur da und stützte seinen Kopf in die Hände.

»Geht's dir nicht gut?«, fragte Antonia besorgt.

Florian stöhnte leise. »Alles was ich will, ist, in Ruhe zu proben ...«

Antonia blickte über die Brüstung in den Kirchenraum hinab. Unten neben dem Altar lag auf dem Fußboden ein langer Kerzenlöscher mit einem Arm aus dünn geflochtenem Draht. »Ich glaube, ich habe da was für Sie«, rief sie dem Techniker zu.

Als sie mit dem Kerzenlöscher zurück auf die Empore kam, bat sie Schluch um eine Zange. »Wenn Sie den Arm des Geräts rund biegen, müsste es gehen ...«

Der Mann sah sie unschlüssig an.

»Nun machen Sie schon, der Zweck heiligt die Mittel, das Ding lässt sich bestimmt wieder gerade biegen.«

Schluch tat wie ihm geheißen und führte das Ende des rund gebogenen Drahts nach unten in die Labie. Er bewegte den Drahtarm einige Male hin und her, stellte dann die Pfeife aufrecht vor sich hin und schüttelte sie. Jetzt hörte man deutlich, wie etwas herabfiel. Schluch hob die Pfeife in die Waagerechte und bewegte den geheimnisvollen Inhalt durch Schütteln in Richtung Labie. Dann bat er Antonia, die Pfeife ruhig zu halten. Vorsichtig führte er den Draht ein zweites Mal durch die Öffnung und zog dabei etwas Helles, Rundes heraus, das er mit einem Ausruf des Schreckens gleich wieder fallen ließ. Vor ihm auf dem Boden lag ein menschlicher Finger.

Antonia trat näher und ging in die Hocke. Der Finger, der da vor ihr lag, war von der Hand, zu der er einmal gehört hatte, säuberlich abgetrennt worden. Der Stumpf war mit verkrustetem Blut überzogen.

»Scheint von einer Männerhand zu sein, Herr Schluch. Von der Größe und der geraden Form her sieht's aus wie ein Mittelfinger«, stellte sie fest.

Florian war aufgestanden und wankte zur Treppe. »Ich glaube, mir wird schlecht. Ich muss mal an die frische Luft.«

»Der Mann, dem der Finger gehörte, war wohl schon älter«, fuhr Antonia ungerührt fort. »Kann man an den Runzeln erkennen. Und sehen Sie sich den Nagel an. Lauter Rillen.«

Der Orgelspezialist ließ sich jetzt ebenfalls auf der Bank nieder. Auch er sah mitgenommen aus.

»Arthrose scheint er keine gehabt zu haben. Die Gelenke wirken normal. Wie viele Pfeifen sind denn verstopft?«

Schluch, der betroffen auf den Boden starrte, räusperte sich. »Herr Niedlich sprach von sechs oder sieben!«

»Ich gehe mal davon aus, dass die anderen Finger auch da sind. Dann ist es wohl am besten, wir sehen uns die betroffenen Pfeifen an.«

Antonia gab sich betont gleichmütig. Innerlich war sie jedoch aufgewühlt. Sie wusste, dass sie jetzt unbedingt die Polizei verständigen müsste, aber sie wollte genau im Bilde sein, bevor andere die Kontrolle übernahmen.

Herr Schluch widmete sich nun den anderen Pfeifen, denen Florian vergeblich Töne zu entlocken versucht hatte. Nacheinander löste er sie aus ihrer Halterung und brachte, gemessen an dem großen mittleren Finger, noch einen Daumen, einen Zeigefinger und einen kleinen Finger heraus. Er hatte sich inzwischen Gummihandschuhe angezogen und legte die einzelnen Finger nebeneinander auf den Boden der Empore. Bei der fünften Pfeife gab es ein klackerndes Geräusch, als der Inhalt nach unten glitt. Es war der Ringfinger der Hand, und an ihm steckte ein Siegelring.

Als Antonia sich über den Ring beugte, hörte sie unter dem Dach der Kirche ein aufgeregtes Flattern. Florian hatte die Tür weit aufstehen lassen, und ein Vogel war von draußen hereingeflogen. Immer wieder schoss er unter der Decke hin und her und fiepte dabei kläglich. Nervös besah sich Antonia den Siegelring. In seinen hellblauen Stein war ein Wappen eingraviert, das ebenfalls einen Vogel zeigte. Ein Raubvogel auf seinem Horst, darüber ein Band mit einer Krone.

Schluch holte jetzt die beiden letzten Pfeifen aus ihrer Halterung und untersuchte sie vorsichtig. Sein Gesicht war blass, und seine Hände zitterten. Die beiden Pfeifen bargen noch zwei Finger, einen Daumen und einen mutmaßlichen Zeigefinger.

Der Techniker legte die Fundstücke auf den Boden, baute auch die letzte Pfeife, nachdem er sie gereinigt hatte, wieder ein und betätigte Tastatur und Pedale. Das Register schien wieder zu funktionieren.

Antonia wollte gerade ihr Handy zücken, um den gruseligen Fund zu melden, als sie es sich noch einmal anders überlegte. »Am besten testen wir jetzt, ob die Orgel im Ganzen wieder ordentlich spielt. Ich hole Herrn Niedlich wieder herein. Nicht dass sich hier noch mehr verbirgt.«

Florian kam blass, aber aufrecht mit ihr zurück und setzte sich an die Orgel. Er vermied es, in die Ecke der Empore zu blicken, in der jetzt sieben menschliche Finger nebeneinanderlagen. Er probierte ein paar Läufe aus und spielte ein kleines Präludium. Dann brach er ab. »Die Töne sind wieder da«, sagte er.

»Also sieben«, stellte Antonia fest und wählte den Polizeiruf.

2

Zwei Stunden später stand Antonia mit zwei alten Bekannten vor der Kirche. Polizeihauptkommissar Klenke von der Hauptwache des Ortes, untersetzt, fast kahlköpfig und mit gutmütigen, leicht hervortretenden Augen, und Kriminalkommissar Klatt von der Kripo Stralsund, ein nervös wirkender hagerer Mann mit einer randlosen Brille und von undefinierbarem Alter. Beide hatte Antonia im Zuge ihrer Ermittlungen zu der Mordserie im Vorjahr kennengelernt, und beide waren von ihren Alleingängen nicht begeistert gewesen.

Kriminalkommissar Klatt aus Stralsund schien sich auch jetzt nicht über ihre Anwesenheit zu freuen, denn er schüttelte missbilligend den Kopf. »Dass Sie hier vor uns am Tatort sind, finde ich erstaunlich, Frau Babe.«

Man hatte inzwischen jemanden von der Kurverwaltung verständigt und die Kirche abgesperrt. Gerade beobachtete Antonia erleichtert, wie der gefangene Vogel durch ein Seitenfenster, das jemand für ihn geöffnet hatte, seinen Weg zurück in die Freiheit fand.

»Nun, Herr Klatt, von Tatort kann man ja bei der Kirche wahrscheinlich nicht sprechen. Die Tat fand mit Sicherheit woanders statt. Und ich bin ja auch nur da, weil mein Freund hier Orgel spielen will …«

»Das ist richtig«, pflichtete Klenke ihr bei.

Unmittelbar nachdem die Polizei am Fundort aufgetaucht war, hatte Antonia Kommissar Klenke zusammen mit Florian in der Wache aufsuchen wollen. Klenke war unterwegs gewesen, und während Florian und Antonia auf ihn warteten, zeigte Antonia die Fotos, die sie mit ihrem Handy auf der Orgelempore gemacht hatte, einem jüngeren Kollegen von Klenke. Die beiden hatten die Fotos zu Florians Entsetzen auf einen Computer geladen und auf dem Bildschirm vergrößert.

»Ich warte draußen«, hatte er dem jungen Polizisten zugerufen und die Tür hinter sich ins Schloss fallen lassen.

»Herr Niedlich ist ein wenig zartbesaitet. Künstler, wissen Sie …«, hatte Antonia dem Beamten erklärt, während sie sich das Foto mit dem Ringfinger näher ansah. »Sehen Sie, der Siegelring hat dieses Vogelwappen mit dem Band und der Krone darüber eingraviert. Das muss doch im Internet zu finden sein.«

Nach fünf Minuten Suche in einem Adelsverzeichnis von Mecklenburg-Vorpommern war sie auf die Abbildung mit dem thronenden Vogel gestoßen und hatte dem erstaunten Polizisten ihr Ergebnis verkündet.

»Hier«, sagte sie, »das ist das Wappen der Familien Rabenhorst, Ravenorst oder Revenhorst. Ist der Name hier bekannt?«

Noch ehe der verdutzte Beamte antworten konnte, war Kommissar Klenke eingetreten. »Ravenorst ist bei uns ein bekannter Name.«

Dann hatte er Antonia wiedererkannt, sie herzlich begrüßt und ihr aufmerksam zugehört. Klenke konnte ihre Vermutung den Namen betreffend bestätigen. Er kam gerade aus einem Wäldchen am Kliff, in dem Spaziergänger die Leiche eines alten Dorfbewohners gefunden hatten.

»Seine Kehle war durchschnitten, und an seinen Händen fehlten sieben Finger. Fünf an der rechten und zwei an der linken Hand«, brummte Klenke und rieb sich instinktiv den vorderen Hals, als wollte er sich seiner heilen Kehle versichern.

»Das Opfer war einmal der Leiter der hiesigen Dorfschule. Sein Name ist Hans von Ravenorst.«

Dann hatte er sich das Gesicht gewischt und den jungen Kollegen gebeten, die Mordkommission in Stralsund zu verständigen.

In der Kirche nahm Kriminalhauptkommissar Klatt aus Stralsund nun seine Brille ab und putzte sie umständlich an der Innenseite seines Jacketts. Antonia reichte ihm ein Papiertaschentuch und betonte noch einmal, dass sie allein wegen Florian nach Rügen gereist sei.

»Es war der pure Zufall, dass ich gerade in dem Augenblick angekommen bin, als Herr Schluch die Pfeifen untersucht hat.«

Klatt nahm das Taschentuch, ohne sich zu bedanken, und steckte es ein, ohne es zu benutzen. Er ging auch nicht weiter auf

Antonias Bemerkung ein, sondern teilte einem jüngeren Begleiter mit, dass die abgetrennten Finger wohl einem Pensionär gehörten, der seit drei Tagen als vermisst galt und dessen Leiche inzwischen in einem kleinen Wald in der Nähe des Kliffs gefunden worden war.

»Ein ehemaliger Dorfschullehrer, wenn ich das richtig verstanden habe?«, wandte er sich an Klenke.

»Jawoll, Herr Kollege. Aber Herr von Ravenorst hat nicht nur unterrichtet, er war auch der Rektor der Schule. Ich selbst habe noch Lesen und Schreiben bei ihm gelernt.«

Der Begleiter von Klatt war offenbar von der Spurensicherung, denn er streifte sich jetzt dünne Gummihandschuhe über, stieg auf die Empore und sammelte die Finger in kleinen Plastiktüten. Als er den Ringfinger verpackte, sah er zu Klatt hinunter. »Ob der Mörder den Ring vergessen hat? Sieht wertvoll aus.«

Antonia trat näher an Klatt heran und flüsterte: »Mir scheint es eher so, als ob der Mörder uns einen Hinweis auf das Opfer geben wollte …«

»Ob es sich um einen Mord handelt, können wir vorerst noch gar nicht sagen, Frau Babe. Und wieso sprechen Sie von *uns*? Jawohl, *uns*!«, wiederholte er lauter. »Uns, der Kripo, ja, aber nicht Ihnen. Wenn … ach, was rede ich da …«

Er schien wirklich verärgert zu sein.

»Bist du so weit? Dann fahren wir mal zum Wald«, wandte Klatt sich an seinen Kollegen.

Draußen gab er Anweisungen an Klenke und den Angestellten der Kurverwaltung: »Die Kirche bleibt vorerst geschlossen, die Orgel muss noch von der Kriminaltechnik untersucht werden.« Dann drehte er sich zu Florian um. »Sie werden dann wohl in dieser Kirche kein Konzert geben können, junger Mann! Kopf hoch, dann machen Sie eben mit Ihrer hübschen Begleitung etwas Urlaub.«

Bevor er in seinen Wagen einstieg, blickte er noch einmal zu Antonia herüber. »Und wenn ich Urlaub sage, meine ich auch Urlaub, Frau Babe!«

Antonia stand hinter Klenke, nickte dem Kommissar aus Stralsund leutselig zu und winkte sogar dem davonfahrenden Wagen zum Abschied nach. Dann wandte sie sich an Klenke. »Was sagt man denn dazu? Kein Mord? Soll sich der alte Mann denn selbst die Kehle durchgeschnitten haben?«

Klenke fuhr erschrocken herum. »Um Himmels willen, Frollein Babe, behalten Sie das bloß für sich! Das dürfen Sie doch gar nicht wissen. Sie bringen mich noch in Teufels Küche …«

Antonia entschuldigte sich. »Das nennt man eine professionelle Deformation, Herr Klenke. Das heißt, ich kann gar nicht anders, meine Synapsen lassen das nicht zu. Zeigt sich irgendwo so etwas wie ein Fall, fängt es in meinem Gehirn an zu rumoren. Aber ich verspreche Ihnen, ich mache ab sofort nur noch Urlaub.«

Am Abend aßen Antonia und Florian im Restaurant »Zur Reuse«. Olaf, der im Sommer dort als Kellner jobbte, begrüßte Antonia überschwänglich und spendierte in seiner Wiedersehensfreude eine Runde.

»So'n netten Gast hatten wir schon seit einem Jahr nicht mehr«, prostete er Antonia zu. Auch sie freute sich, den schlaksigen jungen Mann wiederzusehen. Er verbreitete einfach gute Laune und war immer bestens über alles informiert, was im Dorf passierte.

Heute war die Stimmung im Restaurant ungewöhnlich gedämpft. Es war zwar Freitagabend und die »Reuse« gut besucht, aber an allen Tischen schien man nur ein Thema zu kennen: Der Name Ravenorst war in dem Gesumme der Gespräche immer wieder herauszuhören.

Hannes Klenke, der sich im Laufe des Abends an ihren Tisch gesellte, sprach betroffen von Hans von Ravenorst, der in den frühen neunziger Jahren in Pension ging, aber den älteren Leuten im Dorf durchaus noch gegenwärtig war.

»Die Dorfschule gibt es ja schon lange nicht mehr, aber die Leute meiner Generation waren alle bei ihm. Die Söhne von Frau Pisch zum Beispiel, meine Wenigkeit, der Gastwirt am Ortseingang, dann Henk Thiessow natürlich, der Gemeindevorsteher, wir haben alle bei ihm Lesen, Schreiben und Rechnen gelernt. Er hatte immer die ersten und die letzten beiden Klassen. Ravenorst war ein strammer SED-Mann und erzog uns alle im Sinne des Arbeiter- und Bauernstaats.«

»Obwohl er selbst gar kein Arbeiter oder Bauer war«, warf Olaf ein, als er eine neue Runde brachte. »Und seine Frau soll doch nicht ganz richtig im Kopf sein, was, Hannes?«

Hannes Klenke schüttelte den Kopf. »Das kann man so nicht sagen. Sie lebt zurückgezogen und ist sehr scheu. Ich habe sie schon lange nicht mehr gesehen.«

Antonia hörte interessiert den Geschichten um den Dorfschullehrer zu, der wegen seiner Strenge bei den Schülern nicht sehr beliebt gewesen zu sein schien.

»Malte Pisch hat ihm mal Prügel angedroht, aufm Dorffest«, fuhr Klenke fort. »Er hatte getrunken, und dann hat er dem Alten gedroht, wenn er die Schule hinter sich habe, dann würde Ravenorst eine Tracht Prügel beziehen oder er würde die Schule in die Luft jagen, aber das hat er dann dem Himmel sei Dank nie wahr gemacht.«

Antonia machte sich im Kopf Notizen. Sie musste unbedingt an die Frau des verstorbenen Lehrers herankommen. Frau Pisch, ebenfalls eine gute Bekannte vom Vorjahr, wollte sie ohnehin besuchen. Auch wenn ich offiziell zum Urlaub auf der Insel bin und gar keinen Auftrag in dieser Sache habe, ein bisschen Fragen kann ja nicht schaden, beruhigte sie ihr schlechtes Gewissen.

Olaf konnte wieder einmal nicht an sich halten. »Na ja, der Alte war ja auch schon ein bisschen tüddelig. Er spielte hier doch einmal in der Woche Skat, mit Peter Ophusen und mit Birte von Witzleben. Die beiden haben so getan, als merkten sie nichts, aber der Alte wurde immer langsamer beim Spielen und kam oft nicht mehr richtig mit …«

»Ich hätte da mal eine Frage. Hatte das Ehepaar Kinder?«, fragte Antonia jetzt.

Olaf zuckte mit den mageren Schultern. »Nicht dass ich wüsste. Da gibt es nur einen Neffen, der lebt irgendwo in Westdeutschland. Ist Rechtsanwalt, glaube ich.«

Antonia wandte sich an Klenke. »Also nur ein möglicher Erbe? War Ravenorst denn reich?«

Klenke schüttelte den Kopf. Dann hob er sein leeres Glas. »Olaf, noch'n Pils!« Zu Antonia sagte er mit gesenkter Stimme: »Habgier halte ich als Motiv für ausgeschlossen. Reich war der

Ravenorst nicht, und in dem Häuschen lebt ja noch seine Frau. Der Neffe kam manchmal zu Besuch, aber in den letzten Jahren habe ich ihn nicht mehr hier gesehen.«

Antonia dachte laut nach. »An Habgier mag ich auch nicht glauben. Dann hätte der Mörder doch sicher den Ring mitgehen lassen.«

»Hat er eigentlich Orgel gespielt, dieser Lehrer?«, ließ sich jetzt Florian vernehmen, der bisher die meiste Zeit geschwiegen hatte.

Klenke runzelte die Stirn. »Jetzt, wo Sie es sagen, Herr Niedlich! Richtig. Das war wohl noch in den fünfziger oder sechziger Jahren, so genau weiß ich das auch nicht mehr. Da hat der Ravenorst sonntags die Orgel gespielt. Schön war es nicht immer, aber in einem Dorf kann man nicht wählerisch sein.«

Olaf brachte ein Bier für Klenke und machte einen Strich auf dem Deckel des Kommissars. »Und du meinst, das war späte Rache, weil er immer so mies gespielt hat, Hannes?«

Alle lachten, nur Florian blieb ernst. »Olaf hat da was Richtiges gesehen. Der Täter muss etwas gegen Orgelspieler oder Orgeln haben, sonst kann ich mir diesen Vorgang nicht erklären.«

Antonia schaute erstaunt zu Florian hinüber, der jetzt seinen Bierdeckel hochhielt und Olaf um die Rechnung bat.

Draußen vor der Gaststätte umfing die beiden eine laue Sommernacht. Ein leichter Wind kam vom Wasser her. Es roch nach Muscheln und Tang. Florian hatte seinen Wagen am Dorfrand geparkt. Um sich nach dem Essen noch etwas Bewegung zu verschaffen, nahmen sie einen Umweg durch die Wiesen, die nach dem heißen Tag nach Heu dufteten. Grillen zirpten in den Gräben, und am Wegrand raschelte kleines Getier. Am Himmel hing ein voller gelber Mond. In der Mitte einer großen Wiese hoppelten kleine Kaninchen geschäftig zwischen ihren Löchern und ihrem Futter hin und her.

Antonia fragte obenhin, ob Menschen bei Vollmond eher zu einer Gewalttat neigten. Eine Wirtin in Hamburg habe ihr erzählt, dass es in Vollmondnächten vermehrt zu Schlägereien in ihrer Kneipe komme. In ihrem Kopf war sie allerdings fieberhaft damit beschäftigt, aufzulisten, wen sie am nächsten Tag alles aufsuchen wollte. Es war, als hätte Florian ihre Gedanken lesen können, denn er blieb plötzlich stehen.

»Antonia, ich flehe dich an, lass bitte die Finger von diesem Fall. Ich absolviere hier meine Konzerte, und dann fahren wir nach Usedom oder an die Festlandküste und spannen ein paar Tage aus. Du sollst dich ausruhen. Dieser Fall hier geht uns überhaupt nichts an.«

Antonia war ebenfalls stehen geblieben. »Da hast du recht, das ist nicht mein Fall.« Sie räusperte sich. »Aber was mich mal wirklich interessieren würde, ist, wieso der Täter, wenn er, wie du sagst, etwas gegen Orgeln hat, gerade diese Orgel gewählt hat? Auf Rügen gibt es doch auch noch andere Orgeln.«

»Antonia, bitte! Ich möchte das gar nicht wissen. Diese Kirche steht eben in dem Dorf, in dem der alte Mann, den man umgebracht hat, unterrichtet und eine Zeit lang die Orgel gespielt hat.«

Florian ging einen Schritt schneller. Antonia passte sich ihm an und beschleunigte ebenfalls ihren Gang. Ihre Gedanken waren bei der Orgel in der kleinen Dorfkirche und der Frage, wie lange es wohl gedauert haben mochte, die sieben Finger in die Pfeifen zu manövrieren. Der Täter würde wohl kaum die Zeit gehabt haben, die Pfeifen auszubauen. Sie ließ ihren Blick schweifen und hielt Florian plötzlich am Arm zurück. »Schau mal. Wie hübsch!«

Am unteren Ende der Wiese sprangen zwei Rehe quer durch das Gras und tauchten jetzt in dem Wäldchen unter, in dem man die Leiche des pensionierten Schulleiters gefunden hatte.

3

Die Junisonne machte es Antonia anderntags leicht, den Eindruck des grausigen Funds vom Vortag beiseitezuschieben. Sie trat auf den Balkon des Hotelzimmers und sah entzückt auf die im Morgenlicht funkelnde See hinunter. Darüber spannte sich ein wolkenloser Himmel in Kobaltblau.

Florian brach unmittelbar nach dem Frühstück nach Bergen auf. Er hatte telefonisch die Erlaubnis bekommen, an der dortigen Orgel zu proben, und war entsprechend gut gelaunt. Antonia begleitete ihn bis zum Parkplatz und versprach, sich einen schönen Urlaubstag zu machen. Sie winkte dem Freund nach und ging nach oben, um ihr Badezeug zu holen und den Tag mit Schwimmen zu beginnen. Dann überlegte sie es sich anders. Rasch schlüpfte sie wieder in Jeans und T-Shirt und lief hinunter zu ihrem Fahrrad.

Im Dorf suchte sie die Straße, in der sie das Haus des ehemaligen Schulleiters vermutete. Klenke hatte ihr gesagt, es stände neben der alten Schule, die man inzwischen als Verwaltungsgebäude der Gemeinde nutzte. Es lag etwas zurückgesetzt von der Straße und duckte sich unter einer großen Linde. Die glatte grüne Rasenfläche des Vorgartens wirkte steril. Antonia hatte Hemmungen, durch das Gartentor zu treten und die Witwe des Pensionärs, die sicher sehr mitgenommen war, aufzusuchen. Sie besah sich die weiß getünchte Fassade und die Fenster, die alle durch dichte Stores verhangen waren. Das Fenster oben im Giebel und zwei weitere Fenster in einem Dachreiter zur Seite waren außen vergittert.

Antonia schwankte, ob sie nicht doch zur Haustür gehen und klingeln sollte. Das Haus mit seiner leblosen Aura zog sie förmlich an. Ein Besuch bei der Witwe wäre sicherlich sehr aufschlussreich, wenn man etwas über das Mordopfer erfahren wollte. Aus dem Augenwinkel sah sie jetzt, wie sich die Gardine eines der unteren Fenster leicht bewegte. Jemand dadrinnen hatte wohl auch sie wahrgenommen. Rasch wandte sie sich ab und radelte zum Ende des Dorfs.

Sie würde zunächst einmal mit der alten Frau Pisch plaudern, die über alle und alles im Dorf bestens Bescheid wusste. Antonia hatte sie im letzten Jahr, als sie undercover auf Rügen arbeitete, kennen- und überaus zu schätzen gelernt.

Frau Pisch hängte gerade Wäsche auf, als Antonia vor dem Haus hielt und ihr über den Zaun einen Gruß zurief. Die kleine, drahtige Frau nahm eine Wäscheklammer aus ihrem Mund und blinzelte in die Sonne. Antonia schob sich die Sonnenbrille ins Haar. »Ich bin es, Antonia Babe! Erinnern Sie sich noch an mich?«

Frau Pisch legte ein Stück rosa Unterwäsche ab, das sie gerade aufhängen wollte, und kam behände zum Zaun gelaufen.

»Ja, Frollein Babe, das ist aber eine Überraschung. Kommen Sie doch rein. Wollense einen Kaffee? Ist noch was da von heute Morgen.«

Antonia folgte ihr in die Küche des Hauses und nahm Platz.

»Sind Sie wegen Ravenorst gekommen?«, fragte Frau Pisch, als sie den Kaffee eingoss.

Antonia senkte etwas beschämt den Kopf. »Nein, Frau Pisch, ich hätte Sie auch so besucht …«

»Nee, ich meine, warum sind Sie denn jetzt überhaupt auf Rügen? Beruflich, oder machense Urlaub?«

Antonia erzählte ihr von Florians Orgelkonzerten, und Frau Pisch nickte: »Ach ja, der Herr Niedlich. Ein schmucker Mann, den halten Sie sich mal warm …«

Antonia lachte. »Ich tu mein Bestes, Frau Pisch. Und Sie, haben Sie schon eine neue Arbeitsstelle gefunden?«

Frau Pisch hatte nach der Aufklärung des Falls im letzten Jahr gleich zwei Stellen auf einmal verloren.

»Och, es geht ja auch so. Ich mache weiterhin in der ›Reuse‹ sauber, und dann hat Hannes Klenke mir noch die Stelle bei Birte von Witzleben besorgt. Da bin ich aber nur alle vierzehn Tage.«

Der Name kam Antonia bekannt vor. »Von Witzleben? Habe ich schon mal gehört …«

»Die hat mit dem alten Ravenorst, den man ja nun tot im Wald gefunden hat, immer Skat gespielt.«

»Richtig.« Antonia machte sich im Geiste wieder eine Notiz.

Noch jemand, mit dem ich sprechen muss. »Und wie geht es Ihrem Mann, Frau Pisch?«

»Otto ist hinten im Garten in den Bohnen, dieses Jahr haben wir Glück. Die Bohnen kommen gut.«

Antonia erkundigte sich nach alten Bekannten aus dem Vorjahr. »Was macht denn die gute Frau Fegesack?«

»Och, die olle Fegesack«, sagte Frau Pisch und machte eine wegwerfende Handbewegung.

Antonia nahm an, dass die beiden Frauen ungefähr gleichaltrig waren. Frau Fegesack hatte sich oben im Wald auf einem Hügel ganz hinter eine hohe Hecke verzogen und lebte dort sehr autark mit ihren Hühnern und Ziegen.

»Den Wall habense ihr plattgemacht. Brandschutz hieß es. Und dann hat die Gemeinde einen vernünftigen Bretterzaun um das Haus herum angelegt. Sie hat sich sehr gesträubt und alles sabotiert, in einer Nacht den Baufahrzeugen alle Räder durchgestochen und überall Nägel verstreut. Sogar eine Fußangel hat sie dort aufgestellt. Dann wurde sie abgeholt.«

»Was?« Antonia war erschrocken.

»Ja, nur vorübergehend. Sie kam dann ins betreute Wohnen, bis der ordentliche Zaun mit dem Hoftor stand. Aus dem Heim ist sie aber immer wieder ausgebüchst und nach Hause, und dann hat man sie dort gelassen. Käthe, die Nachbarin, hat mir erzählt, dass sie von innen schon wieder alles zugemüllt hat und an einem neuen Wall baut. Aber die Hühner von ihr legen immer noch gut. Otto holt da immer unsere Eier.«

Antonia erinnerte sich, dass Frau Fegesack eine Vorliebe für Fruchtgummi mit Zucker hatte, und nahm sich vor, die alte Frau zu besuchen. »Und was ist mit Herrn Brunske?«

»Och, der Armin, dem geht es gut. Er hat sein Haus angestrichen, die Tochter kommt jetzt öfter mit dem Enkel aus dem Westen zu Besuch. Die DDR-Fahne hat er abgenommen, stattdessen flattert da jetzt die Flagge von Hertha BSC, wegen dem Enkel, sagt er, der ist so für Fußball, und eine Witwe kommt und sieht nach dem Rechten. Er trinkt nicht mehr so viel und verhält sich auch immer manierlich.«

Vom Küchenfenster fiel Antonias Blick jetzt auf das Nachbargrundstück. Man sah ein großes Stück Rasen und den hinteren Teil einer gelb-weiß gestreiften Hollywoodschaukel. Antonia wusste von ihrem letzten Aufenthalt, dass Polizeihauptkommissar Klenke und seine Frau im Nachbarhaus wohnten.

»Und Frau Klenke? Hat sie noch ihre Touren?« Im letzten Jahr hatte Frau Klenke ihre schlechte Laune immer an ihrem kleinen Hund ausgelassen.

»Es ist besser geworden mit ihr. Den kleinen Hund haben sie abgeschafft, den hat die Tochter genommen. Dann haben sie sich einen Rottweiler zugelegt, aber als Hertha den mal verprügeln wollte, hat er sie so heftig in die Hand gebissen, dass sie operiert werden musste. Jetzt sind sie ohne Hund. Ist ja wohl besser so. Sie hasst Hunde und hält sie wohl nur, damit sie sich an ihnen auslassen kann, meint Otto. Nun tobt sie nur noch im Garten. Sie schneidet dreimal die Woche den Rasen. Wenn sie so weitermacht, ist der bald weg, meint Otto …«

Wie auf Kommando drang von nebenan ein ohrenbetäubender Lärm herüber. Frau Pisch tippte sich sacht an die Stirn. »Seit Neuestem hat sie einen Laubsauger. Dabei fällt das Laub doch noch gar nicht.«

»Frau Pisch.« Antonia räusperte sich. »Herr Klenke erzählte mir, dass Ihre Söhne noch bei dem verstorbenen Herrn von Ravenorst die Schulbank gedrückt haben. Wie war er denn so als Lehrer?«

»Och, der olle Ravenorst. Gelernt haben die bei dem nicht viel. Um die kleinen Leute hat der sich nie gekümmert. Der hielt sich nur an Leute mit Einfluss. Also politisch, meine ich, oder an Leute von Stand. Mein Sohn Malte sagte immer, der bevorzugt die Witzlebens. Meinen Malte mochte er nicht. Aber die Witzlebens, die mochte er, vor allem die Töchter. Erst die Dörte, dann die Birte. Birte von Witzleben, die saß immer in der ersten Reihe, beste Noten. Da hielt man wohl zusammen, aus Dünkel. Wie gesagt, sie spielt ja bis heute Karten mit ihm, spielte, wollte ich sagen, nu kann er ja nich mehr …«

»Und Sie arbeiten jetzt bei Frau von Witzleben?«

»Jo, und gerne! Die Birte ist nett. Und gar nicht so von oben herab, wie der alte Ravenorst war. Sie ist ja noch nicht lange zurück.«

»Wo war sie denn?«

»Die letzten zwanzig Jahre in Amerika. Sie ist direkt nach der Wende rüber und hat da gearbeitet.«

»Ich würde mich gerne mal mit ihr unterhalten. Offenbar war sie ja mit dem alten Ravenorst befreundet. Wohnt sie in der Nähe?«

»Jo, in Richtung Kliff. Eines der letzten Häuser vor dem Wald. Hat so 'ne blau lackierte Tür. Sie hat ein Pferd und reitet jeden Morgen aus. Wenn Sie mit dem Rad in Richtung Kliff fahren, so zwischen acht und neun, da treffen Sie Birte bestimmt. Sie hält dann meist beim Bäcker, steigt vom Pferd und holt Brötchen. Unser Bäcker sagt immer, da kann man die Uhr nach stellen.«

»Ach ja, und dann gibt es doch noch diesen Peter Ophusen, das war der Dritte in der Skatrunde. Kennen Sie den?«

Frau Pisch machte eine wegwerfende Handbewegung. »Ophusen ist auch in Rente. Das war unser alter Bürgermeister. Große Klappe und nicht viel dahinter, der wohnt gleich neben den Ravenorsts, allein mit seinem Hund. Seine Frau ist schon ein paar Jahre tot.«

Antonia sah, wie Otto Pisch auf dem Gartenweg auftauchte und einen Eimer mit Unkraut auf dem Kompost leerte. Sie wollte ihn unbedingt vermeiden, denn eine Unterhaltung mit ihm konnte sehr zäh und langwierig werden.

»Ja, dann will ich mal wieder, Frau Pisch. Danke für den Kaffee, schön, Sie wiederzusehen! Wir sehen uns bestimmt in den nächsten Tagen öfter, unser Hotel ist nicht weit.«

Dann senkte sie ihre Stimme zu einem vertraulichen Ton. »Sie könnten mir einen großen Gefallen tun. Herr Klenke soll von meinen Fragen nichts wissen. Man hat mir nämlich verboten, mich um den Mordfall zu kümmern, aber irgendwie ist der Mensch doch neugierig, oder?«

In dieser Hinsicht konnte sie bei Frau Pisch mit Verständnis rechnen. »Ich schweige wie ein Grab, Frollein Babe. Mit Hertha rede ich sowieso nicht, sie macht uns das Leben zur Hölle mit ihrem Rasenmäher und ihrem Laubsauger, das können Sie mir glauben.«

Antonia schwang sich lächelnd auf ihr Rad und winkte Frau

Pisch noch einmal zu. Sie hatte die resolute Frau wirklich ins Herz geschlossen und nahm sich vor, ihr beim nächsten Besuch einen Strauß Blumen mitzubringen.

Langsam drehte sie eine Runde in der Dorfmitte und fuhr noch einmal an dem Haus des Verstorbenen vorbei. Es schien sich jetzt noch mehr hinter der alten Linde zu verstecken. Das Haus des ehemaligen Bürgermeisters Ophusen, so wie es Frau Pisch ihr beschrieben hatte, lag in unmittelbarer Nachbarschaft. Zwischen den beiden Anwesen verlief nur ein schmaler Pfad. Antonia lehnte ihr Fahrrad gegen die Linde und schlenderte langsam den Bürgersteig hinunter, so als mache sie einen Spaziergang. Im Garten sah sie einen älteren Mann, der mit einem Gartenschlauch hantierte. Im Schatten der Hauswand lag ein kleiner Hund mit weißem wolligen Fell und einem rosafarbenen Halsband. Antonia rief ihn zu sich heran. Der kleine Hund kam schwanzwedelnd auf sie zu, und sie sah, dass an seinem Halsband ein großes B aus Messing hing.

Antonia beugte sich zu ihm hinab und kraulte ihn hinter den Ohren. Dann sprach sie bewusst laut auf ihn ein, in der Hoffnung, der Besitzer würde sich zu ihnen gesellen. Als der Mann einmal herübersah, reckte er den Kopf und rief verärgert: »Benni, bei Fuß!«

Der Hund drehte ihm nur kurz den Kopf zu, rührte sich aber nicht vom Fleck. Er wedelte lebhaft mit seinem Stummelschwanz und sah Antonia erwartungsfroh an. Er schien einen Leckerbissen zu erwarten und ließ sich von der Stimme seines Herrn nicht irritieren.

»Benni, hörst du nicht, sofort bei Fuß!« Der alte Mann legte den Gartenschlauch nieder und kam näher.

»Hallo«, rief Antonia munter, »das ist aber ein hübscher Hund!«

Ophusen trat an den Zaun und sah sie misstrauisch an. Unter seinem Cordjackett und einem fleckigen Pullover schaute eine gestreifte Pyjamajacke hervor. Wahrscheinlich hatte früher seine Frau nach ihm gesehen, als Witwer schien er offenbar nicht in der Lage, auf sich zu achten.

»Sie wünschen?«, fragte er unfreundlich.

»Ich habe nur etwas mit Ihrem Hund gespielt, er ist wirklich nett.« Antonia streichelte Bennis weißes weiches Fell. Der kleine Hund schien es zu genießen und wedelte wie verrückt mit dem Schwanz.

Ophusen sah auf den Foxterrier herunter. »Manchmal ist er ein bisschen zu nett. Dabei hört er nicht auf mich. Meine Frau hat ihn zu sehr verwöhnt. Er geht mit jedem, der ihm was zu fressen verspricht.«

Antonia stellte sich kurz vor. Sie mache Urlaub und ihr Freund sei der Organist, der tragischerweise den furchtbaren Fund in der hiesigen Orgel gemacht habe. Er wisse schon. Ophusen sank etwas in sich zusammen.

»Ja, das sitzt mir ziemlich in den Knochen. Ich bin froh, wenn die Beerdigung von Ravenorst vorbei ist, dann gehe ich erst mal in Kur. Mein Herz … Aber so lange werde ich wohl bleiben müssen.«

»So ein grausamer Tod. Es ist so schockierend. Sie als Nachbar haben sicher eine Ahnung, wer Ihrem Freund übelwollte.«

»Das hat mich die Kripo gestern auch schon gefragt. Aber da kann ich nun gar nix zu sagen. Hans lebte ja sehr zurückgezogen, so wie ich, und außer unserem Skatabend gingen wir kaum noch vor die Tür.«

Antonia sah den Rentner forschend an. »Wie wird es wohl seiner Frau gehen? Kennen Sie sie näher?«

Ophusen schien abwesend. Er sah nicht auf, sondern murmelte nur vor sich hin, als er antwortete. »Asta? Die war immer im Hintergrund. Sie hat manchmal für uns gekocht, aber gesprochen habe ich immer nur mit Hans. Und zu unserem Skatabend kam sie ja nicht.«

»Und von früher? Könnte er eventuell Feinde von früher haben?«

Der ehemalige Bürgermeister kniff seine Augen zusammen. »Wie meinen Sie denn das? Von früher? Wieso wollen Sie das überhaupt wissen? Sind sie von der Presse?«

Antonia wusste immer instinktiv, wann sie genug gefragt hatte. »Nö, reine Neugier. Ich bin hier auf Urlaub. Ich wünsche Ihnen noch einen schönen Tag, Herr Ophusen. Tschüss, Bennilein!«

Der kleine Hund wedelte wieder lebhaft mit dem Schwanz,

bellte ihr zum Abschied nach und lief ein Stück neben ihr am Zaun entlang, als sie zu ihrem Fahrrad zurückging.

Im Hotel holte Antonia ihr Badezeug und machte es sich in einem der hoteleigenen Strandkörbe bequem. Wohlig seufzend vergrub sie ihre nackten Zehen im warmen Sand und zog ihre Urlaubslektüre aus ihrem Rucksack. Sie hatte sich den Roman »Elizabeth auf Rügen« gekauft und verfolgte jetzt, wie die Autorin, Elizabeth von Arnim, um 1904, begleitet von ihrer Zofe Gertrud und einem Kutscher samt Kutsche, mit einem Fährboot von Stahlbrode nach Rügen übersetzte, um die Insel zu erkunden. Nach ein paar Seiten legte sie den Roman aber ab, als sie merkte, dass ihre Gedanken immer wieder zu dem Geschehen an der Orgel zurückkehrten.

Aus Gewohnheit zog sie einen Notizblock heraus und zeichnete ein Diagramm der Personen, die mit dem Toten in Verbindung standen oder ihn gekannt hatten. Zu Birte von Witzleben und Peter Ophusen notierte sie auch die Witwe des Verstorbenen, Asta von Ravenorst, seinen Neffen sowie die beiden Söhne von Frau Pisch und Hannes Klenke als ehemalige Schüler.

Vor ihr im Sand spielten zwei Kinder, von denen das eine einen blauen Badeanzug trug. Plötzlich erinnerte sie sich an den Mann im blauen Overall, den sie gestern in der Kirche gesehen hatte. Sie notierte »blauer Overall« und versah diese Worte mit einem Ausrufezeichen. Die anderen Namen verband sie mit einem Pfeil mit dem Namen Ravenorst, den sie in der Mitte platziert hatte. Gedankenverloren zeichnete sie einen großen Raben auf einem Nest unter den Namen, so wie sie ihn auf dem Wappen des Siegelrings gesehen hatte, als aus ihrer Strandtasche der gedämpfte Klingelton ihres Handys drang. Es war ihre Freundin Gesine aus Hamburg.

»Bist du so beschäftigt, dass du mir nicht mehr auf meine SMS antworten kannst?«, fragte sie mit vorwurfsvoller Stimme.

»Gesi, schön, dass du anrufst. Ich kann dir alles erklären. Wie geht's deinem Fuß?«

Gesine seufzte. »Meist liege ich auf dem Sofa und schone mich. Der Fuß ist in einer Orthese, so einem Plastikungetüm, und ich humpele in der Wohnung herum. Aber die Verletzung hat auch ihr Gutes. Endlich komme ich mal dazu, die Zeitung, für die ich arbeite, auch zu lesen.«

Im Nachbarstrandkorb ließ sich gerade ächzend eine ältere Dame nieder. Antonia senkte ihre Stimme und erzählte der Freundin leise von den Vorgängen des gestrigen Tages. Gesine machte sich wie üblich Sorgen um sie.

»Dieser Scheiß-Fuß, wenn das nicht passiert wäre, radelten wir jetzt unter Apfelbäumen im Alten Land. Was musst du denn auch wieder an so eine Sache geraten?«

»Ja, ist ja gut. Sag mal, hast du eigentlich jemandem in deinem Bekanntenkreis oder in der Redaktion von unseren Reiseplänen erzählt?«

Antonia hatte der Freundin die seltsame Nachricht von der Toten, die sich unter ihrem Namen in einer Pension einquartiert hatte, bisher verschwiegen. Wenn sie nur daran dachte, stellten sich in ihrem Nacken die kleinen Haare hoch. Noch eine Baustelle.

»Nein. Wieso?«

Gesine hörte mit Entsetzen, was der Kripobeamte Antonia vor ihrer Abreise mitgeteilt hatte.

»Das ist nicht wahr, oder? Wer könnte denn so etwas tun? Denkst du, der Mord galt eigentlich dir?«

Antonia wurde ungeduldig. »Woher soll ich das wissen? Die Frau hat sich unter meinem Namen in der Pension angemeldet. Es ist aber gar nicht klar, ob ihr Mörder das wusste. Außerdem bin ich jetzt auf Rügen, und hier gibt es auch jede Menge Fragen.«

Gesine schnäuzte sich. »Und? Hast du schon einen Verdacht, wer den alten Lehrer auf dem Gewissen hat?«, fragte sie neugierig.

»Keine Ahnung. Es gibt im Moment für mich zwei mögliche Motive. Einmal die späte Rache eines früheren Schülers für schlechte Behandlung, oder jemand rächt sich für die SED-Treue des alten Lehrers.«

»Du meinst, er war vielleicht ein Stasi-Spitzel?«

»Könnte sein. Aber im Moment weiß ich zu wenig über sein Vorleben, nur dass er früher in der SED und sehr regimetreu war. Sein Skatbruder und Freund Ophusen war ein paar Jahre nach der Wende Bürgermeister für die CDU. An die Witwe des Ermordeten kommt man schlecht ran.«

»Am besten wissen die älteren Leute von der Zeitung Bescheid, wenn mal was Politisches war. Geh doch mal zum Lokalblatt und frag dort in der Redaktion nach. Aber was rede ich denn da? Noch besser ist, du legst die Beine hoch und genießt die Sonne, statt deine Nase in Dinge zu stecken, die dich nichts angehen.«

Auch an dieser Front muss also für Beruhigung gesorgt werden, dachte Antonia, als sie aufgelegt hatte. Ihre Umgebung fing an, sie mit ihren Ermahnungen zu langweilen. Erzähle ich eben keinem mehr was, dachte sie trotzig. Dann lehnte sie sich in den Schatten des Strandkorbs zurück und schlummerte friedlich ein. Sie wurde erst wieder wach, als jemand sie an den Fußsohlen kitzelte.

»Schlafen in der Sonne ist ungesund.« Es war Florian. »Kommst du mit zum Schwimmen?«

Als Florian und Antonia sich nach dem kühlen Bad in der Ostsee im Sand ausstreckten, erkundigte er sich nach ihrem Tag. Antonia reckte sich wohlig.

»Ich habe eine lange Radtour gemacht, fast bis nach Thiessow runter, und dann nur noch faul im Strandkorb gelegen. Herrlich!« Zumindest halb stimmte ihre Auskunft, tröstete sie sich. Sie wollte keinen Streit mit dem Freund, denn Florian war auf seinen Konzertreisen immer sehr angespannt. »Und was übst du Schönes?«

»Mozart KV 154a. Kleinere Fugen für Orgel. Und Hummel. Ab zwei Uhr wurde ich aber wieder gestört. Die Kripo aus Stralsund. Klatt hat jemanden geschickt. Man wollte noch einmal genau wissen, wann ich das erste Mal die Orgel benutzt habe, wann mir das mit den Pfeifen aufgefallen ist und so weiter. Ob ich den Ermordeten gekannt habe oder sonst mit ihm in Verbindung stand. Alles sehr ärgerlich. Danach hatte ich auch keine Lust mehr, weiter zu proben, und bin mit Hanne Essen gegangen.«

»Hanne? Wer ist Hanne?«, fragte Antonia erstaunt.

»Eine Kollegin von Klatt. Hanne Klever. Ich habe sie natürlich Frau Klever genannt.«

»Und ist Hanne wieder zurück nach Stralsund?«

»Ich glaube, sie bleibt erst mal hier, um Ermittlungen durchzuführen. Dich will sie übrigens auch noch sprechen. Ich habe ihr deine Handynummer gegeben.«

»Und wie ist sie so?«

»Hm, schwer zu sagen. Sie ist so eine Patente. Ich glaube, so wie sie gefragt hat, geht sie sehr methodisch vor. Sie hat mich zum Beispiel eindringlich nach Schluch befragt.«

»Nach dem Orgeltechniker? Wieso befragt sie ihn denn nicht selbst?«

»Das hat sie wohl schon. Herr Schluch sagte mir am Telefon, dass auch *ich* zum Kreis der Verdächtigen gehöre …«

Antonia schniefte verächtlich in sich hinein. »Ich hoffe, du hast sie nicht auch noch zum Essen eingeladen.«

Florian schwieg. Dann hörte sie an seinen gleichmäßigen Atemzügen, dass er eingeschlafen war.

4

Antonia stand am anderen Morgen leise gegen sieben Uhr auf und hinterließ einen Zettel mit einer Nachricht auf Florians Nachttisch.

Bin mit dem Rad in Richtung Norden. Wir sehen uns dann später. Bin gegen vier wieder im Strandkorb! Kuss, Antonia.

Dann schlich sie aus dem Zimmer und verzichtete auf das Hotelfrühstück, um nicht Gefahr zu laufen, dass Florian doch noch im Speisesaal auftauchte und unangenehme Fragen stellte.

Sie fuhr mit dem Rad zu dem kleinen Dorf am Bodden und setzte sich dort auf die höher gelegene Terrasse eines Cafés. Es hatte noch nicht geöffnet, bot jedoch einen guten Ausblick auf das Dorf und das nahe gelegene Wäldchen. Antonia klappte ihr Buch auf und las weiter in »Elizabeth auf Rügen«. Die beiden Damen, Elizabeth und ihre Zofe Gertrud, mussten damals ein gutes Stück zu Fuß gehen, weil der Kutscher aus Versehen ohne sie weitergefahren war. Heute, mit Handy, wäre das kein Problem, dachte Antonia.

Gegen Viertel vor acht tauchte am Ende der Straße tatsächlich eine Reiterin auf einem großen Pferd auf. Sie ließ den Fuchs zunächst gemächlich im Schritt gehen, bog dann in einen Feldweg ein, wo das Pferd in einen langsamen Trab fiel. Antonia wollte gerade ein Foto machen, als sich die Doppeltür der Terrasse öffnete und eine füllige Frau heraustrat.

»Guten Morgen, herrliches Wetter, was? Sie sind aber früh dran. Sie wollen sicher frühstücken, ich bringe Ihnen die Karte.«

Pferd und Reiterin waren inzwischen in dem kleinen Wald am Dorfrand verschwunden. Antonia griff nach der Inselzeitung, die auf dem Nebentisch lag, um zu sehen, ob etwas über den Mord darin stand. Als die Frau den duftenden Kaffee, Brötchen, Butter, Schinken und ein gekochtes Ei vor sie hinstellte, fragte Antonia sie beiläufig, ob es hier viele Reiter in der Gegend gäbe.

»Etwas weiter nördlich gibt es einen Reitstall, aber das eben war Birte, die hat ihr Pferd bei ihrem Haus auf der Weide stehen.

Hier im Dorf reitet sonst keiner. Die meisten Leute hier haben im Sommer viel zu viel zu tun.«

»Und Birte? Arbeitet sie denn nicht?«

»Die hat in den USA gearbeitet und ist vorzeitig in Rente. Die hat ein schönes Leben, keine Familie, keine Verpflichtungen, herrlich, was?«

Während sie gemütlich frühstückte, warf Antonia einen Blick in die Zeitung. Auf Seite drei stand ein Bericht über den ermordeten Schulleiter. Ein Foto zeigte einen Mann mit eingefallenen Wangen und einem schmallippigen Mund. Seine Augen versteckten sich hinter starken Brillengläsern.

»Alles in Ordnung? Noch etwas Milch für den Kaffee?« Ohne eine Antwort abzuwarten, schaute die Wirtin über Antonias Schulter. »Das ist eine Geschichte, was? So was ist uns hier in vierzig Jahren noch nicht untergekommen. Wer tut denn einem alten Mann so was an, der wäre doch sowieso bald gestorben ...«

Antonia wunderte sich immer wieder über den Pragmatismus der Inselbewohner. Dann schaute sie hoch, denn die Wirtin schirmte mit einer Hand ihre Augen gegen die blendende Sonne ab und schaute auf den Weg. »Da kommt sie ja. Komisch, sonst ist sie mindestens eine Stunde mit dem Pferd unterwegs.«

Reiterin und Pferd näherten sich langsam, und vor der Caféterrasse machten sie halt. Birte von Witzleben sprang ab und warf den Zügel über einen Zaunpfosten. Antonia registrierte eine schlanke, mittelgroße Frau von eher männlicher Statur. Sie hatte muskulöse Schultern, trug ein grünes Tennishemd, Reithosen und Reitstiefel, und als sie die Treppe zur Terrasse hochstieg, nahm sie sportlich zwei Stufen auf einmal.

»Heute schaffe ich es nicht mehr bis zum Dorf«, rief sie der Wirtin zu. »Ich musste eben umkehren. Wotan lahmt am linken Hinterfuß. Das Hufeisen hat sich gelockert, und ich muss den Schmied anrufen. Wären Sie so nett, mir ein Frühstück zu bringen?«

Antonia nickte ihr aufmunternd zu. »Hallo. Gut, dass sie das Hufeisen nicht verloren haben!«

Birte von Witzleben ließ sich spontan am Nebentisch nieder. Sie hatte ein kantiges gebräuntes Gesicht und helle Augen.

Ihr dunkelblondes Haar war an einigen Stellen ergraut und im Nacken zusammengebunden. Sie trug kein Make-up, lediglich ein Saphirstecker am rechten Ohr und ein schlichtes silbernes Armband bildeten eine Art Konzession an weibliche Ästhetik. Antonia schätzte sie auf Anfang fünfzig.

»Dann hätte ich absteigen und neben ihm hergehen müssen.«

Da Antonia als Jugendliche geritten war, plänkelten die beiden ein wenig über die Haltung von Pferden. Antonia bedauerte, dass sie sich nie ein eigenes Pferd hatte leisten können. »Und jetzt fehlt mir die Zeit. Wie gerne würde ich wieder reiten!«

Birte lächelte. »Mir ist es auch sehr wichtig. Ich könnte gar nicht ohne Pferd existieren.«

Sie erzählte Antonia, wie sie sich nach ihrer Rückkehr aus den USA als Erstes um ein Haus mit angrenzender Weide und dann um den Kauf des Pferdes gekümmert hatte. Antonia kratzte den Rest aus ihrem perfekt gekochten Frühstücksei und nickte verständnisvoll.

Als die Wirtin auf die Terrasse trat und ein Frühstückstablett vor Birte hinsetzte, wies sie mit dem Kinn auf Antonia. »Unser Gast hier hat übrigens gerade über die Sache mit Ravenorst gelesen. Für die Touristen ist das ja nicht schön. Ich hoffe, sie kriegen den Mörder bald und keiner redet mehr darüber.«

»Was mich wundert«, bemerkte Antonia, »ist die Tatsache, dass man ihm nur sieben Finger abgeschnitten hat. In der Orgel wäre jedenfalls noch Platz gewesen …«

Die Wirtin tat entsetzt. »Oh Gottogott. Wie können Sie so sprechen? Und das beim Frühstück.«

Birte von Witzleben setzte langsam ihren Milchkaffee wieder ab. Ihre kräftigen Hände umschlossen den Becher. »Wenn es Sie interessiert, kann ich Ihnen das erklären. Ravenorst hatte nur sieben Finger. An der linken Hand fehlten ihm drei, sind ihm im Krieg abhandengekommen. Vor Stalingrad, wie er immer erzählte.«

»Ach so. Übrigens, Babe ist mein Name«, stellte sich Antonia jetzt vor. »Ich bin hier auf Urlaub. Frau Pisch ist eine Bekannte von mir, und sie hat mir gestern erzählt, dass Sie und das Opfer sich gut kannten.«

»Richtig, ich bin bei ihm noch zur Schule gegangen. Außerdem war er eng mit meinem verstorbenen Vater befreundet. Und als ich aus den USA zurückkam, waren die Ravenorsts hier meine einzigen alten Kontakte … Sehr tragisch das alles. Hans und ich waren ja Leiter des Komitees, das für die Überholung der Orgel gesammelt hat. Die Orgel war ihm sehr wichtig, er hat früher selbst dort gespielt.«

»Und Frau von Ravenorst? Wie kommt sie denn mit dem Tod ihres Mannes klar?«

»Asta ist eine sehr stille Frau. Um ihre Person wurde in diesem Haus nie viel Aufhebens gemacht.« Birtes Stimme klang bitter. »Ich weiß nicht, wie es ihr geht. Ich habe gestern für sie eingekauft und ihr die Waren vor die Tür gestellt. Sie geht nicht aus, wissen Sie. Sie ist sehr scheu.«

Birte schnitt ihr Brötchen minutiös in viele kleine Stücke. Als sie Antonias erstaunten Blick sah, fügte sie erklärend hinzu: »Entschuldigen Sie, dass ich mein Frühstück so malträtiere, aber ich habe seit einiger Zeit furchtbare Schluckbeschwerden. Etwas Psychisches, sagen die Ärzte. Ich hatte schon drei Untersuchungen, aber sie können nichts finden.« Langsam führte sie einen der winzigen Brotbrocken zum Mund.

Antonia wandte ihren Blick ab und schaute aufs Meer. »Ich hätte da noch eine Frage. Niemand scheint viel Kontakt zu Frau von Ravenorst gehabt zu haben. Könnte sie denn etwas mit dem Tod ihres Mannes zu tun haben?« Dabei blickte sie kurz zu Birte hinüber.

Birte riss ihre Augen weit auf. »Asta? Nie und nimmer. Sie verlässt das Haus seit Jahren nicht mehr. Sie hat große Angst außerhalb ihrer vier Wände. Und überhaupt: Wie sollte sie denn den Alten bis zum Wald geschafft haben? Sie hat doch noch nicht einmal einen Führerschein.«

»Sie könnte jemanden beauftragt haben.«

Birte kaute lange auf dem winzigen Brocken Brötchen herum. »Unmöglich. Sie hatte keinen Kontakt zu anderen Personen. Der Außenkontakt lief nur über Hans. Er hat alles kontrolliert. Es gibt in diesem Gruselhaus nur ein Telefon, und das steht in seinem Arbeitszimmer. Da durfte sie nicht hinein.«

»Das ist ja seltsam. Waren sie oft bei den Ravenorsts? Sie scheinen sich ja dort auszukennen.«

Birte nahm das nächste Stück Brötchen auf und hielt es unschlüssig fest. Dann hob sie ihre Tasse, trank sie aus und rief nach der Wirtin. »Würden Sie mir bitte noch Kaffee bringen?«

Entschuldigend wandte sie sich an Antonia. »Ich kriege sonst mein Frühstück nicht herunter … Ja, ich war einige Male dort zum Abendessen. Immer zusammen mit Ophusen. Die beiden haben dann politisiert, wie schlecht jetzt alles wäre, wie gut doch alles in der DDR gewesen sei. Ich habe mich da rausgehalten. Ich habe zwanzig Jahre in den USA gelebt und gearbeitet, seitdem finde ich, dass wir hier und jetzt im Paradies leben.« Dabei nahm sie erneut ein Brotbröckchen auf, nur um es im nächsten Augenblick wieder abzulegen.

»Das Essen bei Ravenorsts war immer gut, Asta hat gekocht, aber ansonsten geschwiegen. Schwer erträgliche Abende, sage ich Ihnen. Aber Sie glauben nicht, wie lange einem hier die Winterabende werden können, vor allem wenn man allein lebt, da nimmt man vieles in Kauf.«

»Deshalb wohl auch die gemeinsamen Skatabende?«

»Ja, die hatten wir einmal in der Woche in der ›Reuse‹.« Birte sah angespannt auf ihren Teller. »Ich glaube, ich schaffe das Brötchen nicht mehr. Ich mache mich dann mal wieder auf den Weg. Ich muss noch den Schmied erreichen, und heute Nachmittag kommt eine Dame bei mir vorbei. Von der Kripo Stralsund.«

Sie rief nach der Wirtin, zahlte und stand auf. Auf der Treppe drehte sie sich noch einmal nach Antonia um. »Ach übrigens, wenn Sie gerne reiten, können Sie sich Wotan nachmittags mal von der Weide holen. Er ist lammfromm und lässt sich leicht führen. Ich wohne dahinten, das letzte Haus in der Reihe. Haben Sie was zum Schreiben? Ich gebe Ihnen mal meine Telefonnummer.«

Antonia, überrascht und beglückt von diesem Angebot, winkte Birte nach, als sie das Pferd losband und aufstieg. Dann bestellte auch sie die Rechnung und machte sich auf den Weg zurück zum Hotel. Unterwegs ging ihr Handy. Sie stieg vom Rad und suchte das Telefon unter etlichem Kleinkram auf dem Grund ihrer Umhängetasche. Eine weibliche Stimme meldete sich.

»Klever mein Name. Kripo Stralsund. Hätten Sie heute Zeit für ein Gespräch? Es geht um den Orgelmord.«

Orgelmord. In Stralsund schien man sich inzwischen auf diese Sprachregelung verständigt zu haben. Antonia ließ Frau Klever etwas zappeln. Sie hatte sich rein gar nichts vorgenommen für den Nachmittag, gab sich aber beschäftigt. Man einigte sich nach einigem Hin und Her auf fünfzehn Uhr.

Antonia radelte guter Stimmung ins Dorf zurück. Sie freute sich auf den Ausritt. Diese Birte war sehr zugänglich. Vielleicht hatte sie ihre offene Art aus den USA mitgebracht. Sie würde ihr Angebot schon morgen in Anspruch nehmen.

Als sie an der Bäckerei vorbeikam, stieg sie ab. Im Laden kaufte sie sich für den Nachmittag im Strandkorb ein Stück Butterkuchen und richtete dem Bäcker aus, dass Frau von Witzleben heute wohl nicht mehr käme, das Pferd lahme. Der Bäcker nickte gutmütig.

»Viel kauft die Birte ja hier nicht, immer nur ein Brötchen und ein Hörnchen. Ich gebe ihr aber immer altes Brot für den Gaul mit.«

Gegen drei Uhr traf Antonia die Kommissarin aus Stralsund in der Hotelhalle. Sie bestellte zwei Gläser Saft und musterte Klatts Kollegin aus dem Augenwinkel. Die junge Frau wirkte vollkommen unauffällig. Sie hatte sich von oben bis unten in Grau gekleidet. Graue Schuhe, einen grauen Hosenanzug und ein graues T-Shirt. Nur hinter der eckigen schwarzen Brille schien etwas in Form eines hellen Augenpaares aufzuleuchten. Während Antonia tief in einem Sessel der Lobby versank, nahm Hanne Klever mit geradem Rücken auf einem Stuhl Platz. Dann rückte sie ihre Brille zurecht und legte mit Sorgfalt ein einzelnes Blatt und ein schwarzes Heft vor sich auf den Couchtisch.

»Sie sind eine Kollegin von Herrn Klatt?«, leitete Antonia das Gespräch mit leichter Ungeduld ein.

»Und Sie sind eine Detektivin?«, fragte Hanne Klever ohne aufzuschauen zurück.

»Ja, aber jetzt habe ich Urlaub«, antwortete Antonia gedehnt. Die Kommissarin war ihr nicht sympathisch, und sie setzte rasch hinzu: »Dann können wir uns ja unsere Lebensgeschichten sparen und gleich zur Sache kommen, Frau Klever. Also, was möchten Sie von mir wissen?«

Die Kommissarin schaute auf das Blatt vor sich. »Sie sind gestern auf Rügen angekommen? Wann und wie?«

Antonia wunderte sich über diese Frage, berichtete dann aber von ihrer Bahnfahrt und der Fahrradfahrt nach Göhren und pries die Schönheit der Insel. »Vor allem der blühende Mohn hat es mir angetan«, rundete sie ihre Schilderung ab und sah die Kommissarin dabei ein wenig herausfordernd an.

Hanne Klever aber machte einen kleinen Haken hinter die erste Zeile auf ihrem Blatt und schrieb in ihr Heft. Sie erinnerte Antonia an das Bild eines mittelalterlichen Mönchs, wie sie dasaß und mit todernstem Gesicht winzige Buchstaben in die schwarze Kladde kritzelte. Sie selbst hatte bei ihren Recherchen meist ihr Notebook aufgeklappt. »Schreiben Sie da auf Pergament?«, rutschte es ihr heraus.

»Und dann sind Sie vom Hotel gleich zur Kirche gefahren? Weshalb?«, ignorierte Hanne Klever Antonias Einwurf.

Antonia rieb sich nachdenklich die Stirn. »Nun, wissen Sie, ich bin einem natürlichen Trieb gefolgt. Ich hatte meinen Freund schon fünf Tage nicht gesehen, und er hatte mich gebeten, ihm nachzureisen …«

Hanne Klever machte wieder einen kleinen Haken hinter ihre Fragen auf dem Blatt und fuhr fort, mit ernstem Gesicht aufzuschreiben, was sie hörte.

Antonia, inzwischen etwas gereizt, beugte sich vor und zeigte auf die schwarze Kladde. »›Natürlicher Trieb‹ nicht vergessen, das würde ich unterstreichen.«

Frau Klever blieb stoisch. »Wann sind Sie an der Kirche angekommen, und wen haben Sie dort angetroffen?«

Auch diese Frage wurde mit einem Häkchen auf dem Blatt versehen, sobald Antonia sich anschickte, sie zu beantworten.

»An der Kirche war ich gegen sechzehn Uhr. Innen befanden sich der Orgeltechniker, mein Freund Florian Niedlich und ein Vogel. Der Orgeltechniker, ein Herr Schluch, kommt aus Stralsund, dorthin ist er wohl auch wieder zurückgefahren. Mein

Freund übt im Moment an der Orgel in Bergen. Wo sich der Vogel jetzt aufhält, kann ich Ihnen leider nicht sagen.«

Dann lehnte sie sich zurück und sah Hanne Klever lange an. »Ich hätte da auch mal eine Frage. Weiß man schon etwas über die Tatzeit und die Todesursache?«

Die Klever gab keine Antwort und kritzelte mit unbewegtem Gesicht weiter ihre winzigen Hieroglyphen. Sie ging weder auf Antonias Sarkasmen ein, noch beantwortete sie ihre Fragen.

»Wann haben Sie die Polizei informiert? Wie lange haben Sie von der Kirche zur Wache gebraucht?« Häkchen.

Antonia antwortete und wunderte sich mehr und mehr über die Beamtin. Sie hatte selten etwas so Staubtrockenes erlebt. Ihr Gegenüber konnte höchstens Mitte dreißig sein, und doch wirkte sie wie jemand, der vierzig Jahre in einem düsteren Archiv zugebracht hatte. Offenbar konnte sie zwischen Wichtigem und Unwichtigem nicht unterscheiden und fragte aus Vorsicht daher erst einmal alles.

»Und Sie und Kommissar Klenke kennen sich? Hat er Ihnen etwas über den Fall erzählt?« Häkchen und gespanntes Abwarten.

Auch noch hinterlistig, dachte Antonia. Dann antwortete sie leichthin: »Herr Klenke hat fast gar nicht mit uns gesprochen. Wir sind von der Wache aus sofort zur Kirche aufgebrochen. Er ist eher so der schweigsame Typ …«

»Das habe ich anders erlebt.« Hanne Klever sah hoch. Aus der schwarz gerahmten Kopie einer Designerbrille senkte sich ein Blick aus ausdruckslosen hellen Augen auf Antonia. »Sie haben auf der Wache, wie mir der dortige Kollege sagte, bereits zum Ring des Opfers recherchiert?«

»Das ist richtig. So einen hellblauen Siegelring trug auch meine Großmutter mütterlicherseits, eine gebürtige von Pöselmark. Da wollte ich nachsehen, um welche Familie es sich bei dem Wappen handelte.«

Die Klever zögerte und hob den Kopf. »Wie schreibt man Pöselmark?«

Antonia buchstabierte den erfundenen Namen und nahm einen Schluck Saft. »Wär's das? Ich muss nämlich dringend zu meinem Strandkorb, von vier bis fünf halte ich da meine Sonnenstunde, ich brauche sieben Komma fünf Minuten von hier bis zum Strandkorb und vier Komma fünf Minuten, bis ich alles eingerichtet habe.«

Wenn Antonia glaubte, dass sie die zwanghafte Person mit dieser Anspielung aus der Reserve locken konnte, hatte sie sich getäuscht. Hanne Klever blieb weiterhin ruhig.

»Denken Sie bitte daran, dass Sie sich strafbar machen, wenn Sie der Polizei gegenüber etwas verschweigen«, bemerkte die Beamtin trocken, dann klappte sie ihre Kladde zu, faltete das Blatt mit den vorbereiteten Fragen zusammen und stand auf.

»Hier ist meine Karte, melden Sie sich bitte, wenn Ihnen noch nachträglich etwas einfällt, was für die Ermittlung wichtig sein könnte.«

Als Antonia sah, wie die Kommissarin in einen hellgrauen Kombi auf dem Hotelparkplatz stieg, fiel ihr ein, dass sie vergessen hatte, den Mann im blauen Overall zu erwähnen.

Es dauerte etwas, bis sie einen freien Strandkorb fand. Offenbar waren neue Gäste des Hotels angekommen, und der Strand war viel belebter als am Vortag. Sie hatte aber Glück. Ein älteres Ehepaar brach erschöpft sein nachmittägliches Sonnenbad ab und überließ Antonia das blau-weiß gestreifte Innere eines Korbs. Antonia schob die Fußbänkchen zurück, zog die Beine an und setzte sich quer auf die Bank. Dann öffnete sie genüsslich ihren Roman »Elizabeth auf Rügen«.

Ganz zu Anfang hatte sie ein paar Sätze unterstrichen, die ihr nach der Begegnung mit Frau Kommissarin Klever wieder ins Auge fielen und jetzt besonders richtig vorkamen:

O ihr strengen Märtyrerinnen auf der Folterbank der täglichen Musterhaftigkeit, hieß es da, *wüsstet ihr etwas davon, wie bekömmlich es ist und wie erfreulich, gelegentlich weniger musterhaft zu sein.*

Antonia las den Satz ein zweites Mal, als ihr Handy klingelte und sich aufdringlich in ihre Meditation drängte. Wieder rief Gesine aus Hamburg an.

»Gesi, du weißt, wie sehr ich dich mag. Aber auch große Liebe erträgt keine täglichen Anrufe, schon gar nicht im Strandkorb …«

»Ach, Antonia, komm bitte zurück, mir ist entsetzlich langweilig. Ich habe nichts zu tun. Mir fällt die Decke auf den Kopf!«

Antonia hörte Gesine zwar oft auf ihren Job bei der Zeitung schimpfen, wusste aber auch, dass sie ohne den täglichen Stress in der Redaktion gar nicht sein konnte. Sie empfahl der Freundin mit warmen Worten den Roman, den sie gerade las. »Der ist wirklich hübsch. Diese Elizabeth reist per Kutsche und zu Fuß um die ganze Insel. Und sie schreibt sehr lebendig.«

Dann richtete sie sich im Strandkorb auf und zog ihren Block aus der Strandtasche. »Deiner Langeweile kann ich aber auch noch anders abhelfen. Du könntest mir einen Gefallen tun. Ich komme hier so schlecht ins Internet. Versuch doch mal etwas für mich herauszubekommen über die Familien Ravenorst und von Witzleben auf Rügen.«

Gesine seufzte. »Diesen Tonfall kenne ich. Offenbar hast du Blut geleckt. Dann kann ich mir mein Betteln, du möchtest nach Hamburg zurückkommen, ja sparen …«

Mit dem Gefühl, durch ihren Auftrag an die Freundin wenigstens einen kleinen Schritt weitergekommen zu sein, lehnte sich Antonia in das Streifenpolster des Strandkorbs zurück und schaute auf die tiefblaue See vor sich. Manchmal konnte man tatsächlich vergessen, dass die Ostsee ein Meer war. Heute kam sie ihr wie ein riesiger Binnensee vor. Kein Lüftchen regte sich, und die Wasseroberfläche war spiegelglatt. Benommen von der Hitze schlief sie nach einer Weile ein.

Sie träumte einen wirren Traum, in dem sie zusammen mit einer Zofe und Gesine in einer Kutsche durchs Alte Land fuhr. Auf dem Kutschbock saß Frau Klever, reckte ihr beide Hände entgegen, wobei sie nur sieben Finger zeigte, und verlangte ihren Personalausweis. Gerade als sie entdeckte, dass sie keinen Ausweis dabeihatte, wurde sie sanft geweckt, indem jemand ihre Nase küsste. Es war Florian. Er schien guter Dinge. Er wollte schwimmen gehen und dann mit ihr einen Ausflug nach Moritzdorf unternehmen. Antonia war froh über einen Ortswechsel, denn wie immer wurde ihr das Strandkorbleben nach zwei Stunden zu eintönig.

Die Anlegestelle des kleinen Fährboots brütete still in der Nachmittagssonne vor sich hin. Das Wasser glitzerte silbern zwischen dem Schilf, und das Fährhaus mit seinem Bootssteg machte einen verträumten Eindruck. Ein paar Wanderer mit Rucksäcken und eine Familie mit Fahrrädern warteten auf das Boot, das jetzt gemächlich von Moritzdorf herüberkam. Hier hatte niemand Eile. Den alten Fährmann kannten sie beide noch vom Vorjahr. Er machte sich gern über die Touristen lustig, so auch heute wieder, als ein Teil einer Gruppe am Ufer auf die nächste Fahrt warten musste, weil das Boot voll war. Die Ehefrau des Radlers hatte noch als Letzte in dem kleinen Boot Platz gefunden. Der Mann musste mit den Kindern und den Rädern warten und beschwerte sich, obwohl die Überfahrt nur fünf Minuten dauerte.

»Wann kommen Sie denn wieder zurück?«, fragte er den Fährmann ungeduldig.

»Heute nich mehr!«, rief der alte Mann, ohne sich nach dem Fragenden umzudrehen. Dabei kniff er ein Auge zu und blinzelte Antonia zu. Dann wandte er sich an die Frau, die leise kicherte. »Den sind Sie los!«

Alle im Boot lachten.

Am Bootssteg auf der anderen Seite versuchte ein kleiner Hund, nach einem Ball zu tauchen, den der Enkel des Fährmanns ihm immer wieder ins Wasser warf. Antonia verspürte wieder dieses angenehme Sommerferiengefühl, das sie bei der Ankunft auf der Insel gehabt hatte.

Nachdem sie übergesetzt und angelegt hatten, hakte sie sich bei Florian unter. Sie spazierten durch das winzige Dorf zur Moritzburg, stiegen die Treppe zum Restaurant hoch und bestellten Erdbeerkuchen mit Sahne. Auch von Florian schien die Anspannung allmählich abzufallen, unter der er seit dem Vorfall in der Dorfkirche gelitten hatte. Am Morgen hatte er Antonia gestanden, dass er sich selbst in Bergen bei jeder Probe fragte, ob vielleicht noch einmal so ein gruseliger Fund zum Vorschein käme. »Dann bin ich jedes Mal froh, wenn alle Register funktionieren und ich einfach nur spielen kann.«

Beide genossen den Ausblick auf die unterhalb der Burg liegenden Getreidefelder. Der Wind strich über die Ähren, bog ihre

Spitzen sanft um und zeichnete wechselnde Wellenbewegungen in die weite Oberfläche. Antonia war fast glücklich, als sie von ihrer Torte aufsah.

»Mir ist zumute, warte mal …!« Sie holte ihre Ferienlektüre aus der Tasche, klappte das Buch auf und las die Stelle, die sie sich angestrichen hatte: *»… als kehrte ich zu den morgendlichen Anfängen des Lebens zurück, zu jenen Zeiten, als Hirtenknaben jubelten aus schierer Freude, dass sie im Freien und am Leben waren.«*

»Was ist das?« Florian sah sie überrascht an.

»Ein Roman. Die Heldin, Elizabeth von Arnim, bereist Rügen. Wir schreiben das Jahr 1904.«

»Schön, dass er dir gefällt.«

»Ja, die Elizabeth im Roman ist wirklich witzig. Und heute Morgen habe ich in der Realität eine ebenfalls sehr nette Frau kennengelernt. Auch adelig. Sie heißt Birte. Stell dir vor, ich mache morgen einen Ausritt, denn sie überlässt mir ihr Pferd.«

Florian war voll des Lobes. »Endlich lässt du es dir mal gut gehen. Lesen, schwimmen, reiten, das klingt tatsächlich nach Urlaub!«

Am Abend, auf dem Weg zur »Reuse«, erzählte Antonia ihrem Freund von der Begegnung mit Hanne Klever.

»Ich habe fast den Verdacht, Klatt will mich bestrafen. Er kennt mich doch. Letztes Jahr war er noch sehr angetan von meiner Arbeit. Und jetzt das. Schickt mir so ein totes Huhn auf den Hals.«

»Ich fand sie sehr professionell«, widersprach Florian. »Sie hat alles Nötige gefragt, ohne Psychospielchen und ohne Druck.«

Antonia war entrüstet. »Ich muss mich doch sehr wundern, Florian. Du tust gerade so, als ob du ständigen Polizeiverhören ausgesetzt wärst und Hanne Klever dich als Einzige anständig behandelt hat. Wie oft hat die Polizei dir in deinem Leben denn schon einmal Fragen gestellt?«

Als sie die »Reuse« betraten, war das Restaurant gut besetzt. In einer Ecke saß Kommissar Klenke, und neben ihm am Tisch erkannte Antonia den ehemaligen Bürgermeister Peter Ophusen. Der alte Mann hockte zusammengesunken da, und Antonia musste sich zwingen, nicht immer zu den beiden hinüberzuschauen. Sie freute sich, als Olaf an ihren Tisch kam, um die Bestellung aufzunehmen. Antonia beugte sich etwas vor und fragte ihn mit leiser Stimme nach Ophusen. »Was ist denn mit dem los, der sieht ja total mitgenommen aus? Ist er krank?«

Olaf zuckte die Achseln. »Ach, so'n Rentnerdrama. Dem ist wohl der Hund weggelaufen. Seit gestern Abend ist Benni weg. Sein Ein und Alles. Er hatte ihn doch auch immer zum Skat mit. Jetzt ist er sauer auf Klenke, weil die Polizei nicht bei der Suche hilft. Hannes Klenke macht ihm gerade klar, dass sie momentan anderes zu tun haben, das muss er doch verstehen, so'n Mord geht doch wohl vor.«

Hannes Klenke grüßte zu ihnen herüber, dann redete er wieder auf Ophusen ein. Der Rentner saß bewegungslos da und rührte sein Bier nicht an. Antonia sah, wie Klenke die Bedienung heranwinkte und Olafs Kollegin dem alten Mann einen Schnaps brachte. Ophusen kippte das Getränk hinunter und erhob sich. Er machte einen schwachen Eindruck, stützte sich auf dem Tisch ab und tat ein paar unsichere Schritte. Klenke folgte ihm, packte den alten Mann unter den Arm und führte ihn zur Tür.

Sie konnten nicht gleich hinaus, denn die Tür wurde nach innen aufgestoßen, und Kriminalkommissarin Hanne Klever betrat den Gastraum. Während Florian freundlich zu der Kommissarin hinübergrüßte, sah sich Olaf erschrocken nach ihr um und stöhnte leicht auf. »Die schon wieder, das kann dauern, bis die was ausgesucht hat …«

In der Tat konnte Antonia aus dem Augenwinkel beobachten, wie Hanne Klever sich minutiös sämtliche Gerichte, die man in der »Reuse« an eine Wandtafel geschrieben hatte, von ihm erklären ließ. Sie sah, dass Olaf auf heißen Kohlen stand, denn das Restaurant war gut gefüllt, und andere Gäste warteten auf ihr Essen.

»Bin ich froh, dass wir unseren Fisch gleich kriegen. Ich gehe ab sofort deiner patenten Frau Klever aus dem Weg. Sie hat meine Zeit einmal verschwendet, dabei wollen wir es bewenden lassen«, murmelte Antonia.

»Sie hat schöne Hände, und ich finde, sie macht ihren Job sehr gut.«

»Wie bitte?«

»Ja, und sie hat es nicht einfach. Sie ist alleinerziehend und muss den Unterhalt für sich und ihren Sohn verdienen.«

»Florian, du überraschst mich. Woher weißt du das denn alles?«

»Sie war bei mir in Bergen, und wir haben uns beim Essen unterhalten. Sie versteht sehr viel von Orgeln. Daher hat man sie wohl auch geschickt.«

»Vielleicht versteht sie viel von Orgeln, aber von ihrem Job versteht sie anscheinend weniger ...«

Antonia schaute hoch. Hanne Klever näherte sich ihrem Tisch und blieb tatsächlich bei ihnen stehen.

»Hallo, entschuldigen Sie bitte die Störung. Ich bin eigentlich nicht mehr im Dienst. Aber ich muss Sie beide noch etwas Klitzekleines fragen. Hatten Sie nicht von einem Mann gesprochen, Herr Niedlich, der in der Kirche war und betete, während sie dort oben mit dem Kollegen an der Orgel waren?«

»Ja, das stimmt. Er ist gegangen, kurz nachdem du gekommen bist. Erinnerst du dich, Antonia?«

»Ein Mann, was für ein Mann?«

»Na, der da links kniete und betete.«

»Stimmt. Das hatte ich ganz vergessen. Jemand in einem blauen Arbeitsoverall.«

Hanne Klever warf ihr einen ihrer ausdruckslosen Blicke zu und dankte. Auf dem Weg zu ihrem Tisch blieb sie stehen und sprach noch einmal Olaf an. Offenbar hatte sie noch weitere Fragen zum Tagesangebot, die sie mit ihm besprechen wollte. Olaf warf ihnen einen verzweifelten Blick zu.

Als Antonia später im Hotel nach dem Schalter über ihrem Bett griff, um das Licht auszuknipsen, fragte sie Florian: »Wie findest du eigentlich *meine* Hände?«

Florian schlief schon halb. »Schön, sehr schön«, murmelte er leise.

5

»Die alte Ravenorst lässt keinen ins Haus, heißt es. Die Ehe der beiden soll sehr unglücklich gewesen sein. Sie kam aus kleinen Verhältnissen, ich glaube von Hiddensee rüber, und Ravenorst hat sie das wohl spüren lassen; er soll eine Zeit lang sogar eine Geliebte gehabt haben, die manchmal bei ihnen eingeladen war, wenn sie eine Gesellschaft gaben. Seine Frau musste die dann als Gast bedienen, sagen die Leute. Das hätte sich mein Otto mal rausnehmen sollen …«

Antonia bezweifelte keine Sekunde, dass Frau Pisch sich das verbeten hätte. Die alte Frau wischte noch einmal resolut mit ihrer Hand über den blanken Tisch, als ob sie lästige Krümel wegfegen wollte.

»Sie haben ganz recht, Frau Pisch, wenn sich jemand in einer Beziehung schlecht behandeln lässt, ist er selbst schuld.«

Antonia hatte die Rentnerin am frühen Sonntagmorgen vor der »Reuse« angetroffen, als sie gerade die Stühle hochstellte, um die Terrasse zu fegen. »Frau Pisch, Sie hier? Heute ist doch Sonntag?«, hatte sie sich gewundert.

»Jo, und da fege ich den Dreck vom Samstag. Gestern war es hier besonders voll, und gleich kommen schon die Nächsten zum Frühstück, da will die Chefin alles picobello haben, wie der Franzose sacht … Aber, kommense, Frollein Babe, es ist keiner da, da können wir ein bisschen plaudern. Ich muss sowieso mal eine Pause machen, bin ja nicht mehr die Jüngste. Ich werde im Herbst vierundsiebzig, und die Beine wollen nicht mehr so wie früher …«

Damit hatte sie eine Flasche Limonade und zwei Gläser von der Theke geholt und sich mit Antonia auf der Eckbank niedergelassen, auf der am Vorabend Hannes Klenke mit dem alten Ophusen gesessen hatte. Antonia hatte ihr erzählt, dass sie eben noch einmal vergeblich versucht hatte, Frau von Ravenorst zu sprechen.

»Gestern habe ich zufällig Birte von Witzleben kennengelernt«, sagte sie nun, »sie scheint einen Draht zu der Witwe Ravenorst zu haben. Sie hat jedenfalls für sie eingekauft. Birtes Vater und der alte Ravenorst waren wohl Freunde.«

»Ja, man munkelt, dass er sie dort auch kennengelernt hat.«

»Wer hat wen wo kennengelernt?« Antonia war etwas verwirrt.

»Na, der Ravenorst ging bei den Witzlebens ein und aus, und die Asta hat bei denen gearbeitet, als Dienstmädchen sozusagen, da hat er sie dann kennengelernt.«

Antonia machte sich im Kopf Notizen. »Das klingt ja nach einer richtig tragischen Familiensaga. Na, vielleicht kann mir Birte von Witzleben mehr dazu sagen. Gestern Abend hat hier auf dieser Bank übrigens Peter Ophusen gesessen. Es ging ihm nicht gut, weil sein Hund verschwunden ist.«

Frau Pisch nickte. »Ophusen hatte heute Morgen den Notarzt da, hat mir Hannes Klenke erzählt. Das Herz. Er hatte ja schon mal einen Infarkt.«

Frau Pisch trank den Rest ihrer Limonade aus und setzte das Glas mit einem Ruck auf den Tisch. »So ein Getue um einen Köter! Sie hätten mal seine Verstorbene mit dem Hund sehen sollen. Die reinste Affenliebe! Als sie dann einmal einen fremden Hund überfahren hat, da ist sie einfach weitergefahren …«

»Der Benni ist aber auch süß. Wir hatten kurz das Vergnügen …«

Frau Pisch teilte diese Ansicht offenbar nicht, denn sie blickte düster vor sich hin. »Nee, Frollein Babe, wenn Sie das gesehen hätten! Die Ophusen hat den Hund, wenn es regnete, getragen und ihm was übergezogen, dass er sich nicht erkältet. Selbstgestricktes. Meinen Otto hat er ja mal gebissen, und Otto hat ihm dann einen kräftigen Tritt gegeben. Seitdem haben die nicht mehr mit uns gesprochen. Aber den Hund von dem kleinen Jesko hat sie liegen gelassen und sich nicht einmal um das sterbende Tier gekümmert.«

Antonia wollte sich nicht näher auf die Dorfquerelen einlassen und fragte die alte Frau, ob sie wisse, wie es Ophusen ginge. »Hat man ihn in ein Krankenhaus gebracht?«

»I wo! Der ist schon wieder auf den Beinen. Er lief, kurz

nachdem der Arzt weg war, den ganzen Weg zum Kliff runter und rief nach seinem Benni.«

Antonia, die sehr tierlieb war, zeigte Verständnis. »Na, hoffentlich hat er Glück und dem Hund ist nichts zugestoßen. Wenn das Tier auf die Allee gelaufen ist, sehe ich schwarz. Bei dem Verkehr hier.«

Sie stand auf und bedankte sich bei Frau Pisch für die Erfrischung. »Ich fahr mal weiter zu Birte von Witzleben. Ich darf heute ihr Pferd reiten.«

»Dann viel Spaß! Der Wotan ist lammfromm, da brauchen Sie sich keine Sorgen zu machen. Otto meint immer, der schläft noch mal im Gehen ein. Aber wenn Birte ihn so auf der Weide in den Galopp bringt, sieht man, was noch so in ihm steckt.«

Birte von Witzleben wohnte in einem modernisierten Bauernhaus, das mit Reet gedeckt war. Der Vorgarten schirmte den Eingang durch hohe Büsche ab. Antonia lehnte ihr Fahrrad an den Zaun und betrat den Garten. Hinter den Büschen schimmerte eine blau lackierte Haustür, die offen stand. Im Vorgarten und um das Haus herum wuchsen rosa Stockrosen und Lavendel. Sie näherte sich dem Eingang und gewahrte im Flur ein Gewirr von Reit- und Gummistiefeln, Reitgerten, Spazierstöcken und Trensen.

Birte ließ von oben ein »Bin gleich da!« vernehmen, als Antonia nach ihr rief. Zwei Minuten später kam sie die Treppe herunter. Sie wirkte entspannt und freundlich und hieß ihren Gast, ihr zur Garage zu folgen. Dort nahm sie einen Sattel vom Holm, legte ihn sich über den Arm und reichte Antonia eine Trense. »Wotan steht auf der Weide am Ende der Straße. Es ist nicht weit.«

Birte hatte ihr am Telefon erzählt, dass der Schmied noch am Nachmittag vorbeigekommen war und Wotan nicht mehr lahmte. Jetzt stand das Tier mitten auf der sonnigen Wiese und graste friedlich. Der Fuchswallach schien vollkommen mit der Welt im Reinen. Antonia ging langsam auf ihn zu und nahm die Trense vom Arm. Wotan blieb brav stehen und ließ sich den Hals klopfen und streicheln. Als sie neben dem Pferd stand und den warmen Geruch aus dem rötlichen Fell wahrnahm, verspürte sie plötzlich ein starkes Glücksgefühl. Für einen Moment legte sie ihren Kopf an den Hals des Tieres und schnupperte. Dann tätschelte sie das Pferd, legte ihm den Zügel über und zog die Trense auf. Wotan ließ alles artig mit sich geschehen, während Antonia mit ihm sprach. Dann führte sie ihn zum Zaun, um ihn zu satteln.

Birte lächelte. »Ich sehe, Sie kommen zurecht. Dann mache ich mich mal wieder an die Arbeit. Bis später.«

Antonia zupfte die Satteldecke gerade, legte den Sattel auf und machte den Gurt fest. Dann schwang sie sich in den Steigbügel und saß auf. Nach ein paar Runden auf der Wiese zog sie den Sattelgurt nach und ritt mit Wotan durch das Gatter, das Birte für sie geöffnet hatte. Im Schritt ging es durch die Getreidefelder. Ein leichter Wind war aufgekommen, der sich nach einer Weile verstärkte. Antonia genoss die Luftbewegung und sah mit Entzücken, wie der Wind, der hier über das Getreide strich und die Mohnblumen sacht zur Seite bog, auch die Mähne des Pferdes leicht kräuselte.

Linker Hand tauchte jetzt das Wäldchen auf, in dem man den alten Ravenorst gefunden hatte. Sie kannte die genaue Fundstelle nicht, aber das Waldstück sah nicht groß aus. Von Neugier getrieben, lenkte sie Wotan in seine Richtung. Sie hatte von Klenke gehört, dass man den Leichnam unter einer Eiche gefunden hatte. Rechts und links vom Weg dehnte sich überwiegend Buchenbestand aus. Antonia ritt auf einen kleineren Weg, machte einen Bogen und kam wieder zum Hauptweg zurück. Nirgendwo waren Eichen zu sehen. Es musste sich um einen einzelnen Baum gehandelt haben.

Noch ein paar hundert Meter weiter, und der Wald war zu Ende. Durch die Bäume konnte man schon die Wiesen sehen, die zum Kliff führten. Plötzlich ging ein Ruck durch das Pferd. Es verlangsamte sein Tempo und blieb stehen. Auch als Antonia ihre Waden in seine Flanken presste, blieb Wotan unbewegt stehen und weigerte sich, noch einen Schritt zu machen. Dabei legte er die Ohren an. Er schien sich vor irgendetwas zu fürchten. Sie versuchte noch einmal, ihn mit aller Kraft nach vorn zu treiben.

Das Pferd setzte sich widerstrebend in Gang, doch als der Weg eine Biegung machte, scheute es plötzlich. Auf dem Weg lag ein großes Stück Plastikplane, das vom Wind gebauscht wurde. Wotan wich zur Seite aus und machte ein paar Galoppsprünge in Richtung Bäume. Alles ging so schnell, dass Antonia nur kurz einen scharfen Schmerz im Gesicht spürte. Ein Zweig war ihr ins Gesicht geschlagen, und der Fuchs hätte sie beinahe abgeworfen. Sie zog die Zügel fester an und lenkte ihn gegen einen großen Baum, sodass er zum Stehen kam.

Als sie abstieg, zitterten ihr vor Schreck die Beine. Sie band Wotan ein Stück weiter an einen Ast und ging zurück zu der Stelle mit der Plane. Sie musste sie unbedingt aus dem Weg schaffen, wenn sie mit dem Pferd dort vorbeireiten wollte.

Sie zerrte die Plane vom Weg in ein Gebüsch und versuchte, sie dort unter einen Strauch zu schieben, als sie bräunliche Verkrustungen auf der weißen Oberfläche entdeckte. Ein paar Meter entfernt im Dickicht lag ein weiteres Stück Plane. Der Wind bauschte auch dieses Stück auf, und Antonia erkannte darunter etwas Weißes. Offenbar hatte jemand etwas in das Plastik eingewickelt, und der obere Teil war vom Wind auf den Weg gefegt worden. Antonia ging näher heran und hob das Stück Plastik vorsichtig mit einem Ast hoch. Sie stieß einen Schrei aus. Unter der Plane lag der Hund Benni. Über ihm summten ein paar Fliegen, und kleine Käfer und Waldameisen krabbelten in seinem ehemals weißen Fell, das jetzt an vielen Stellen rostrot war.

Als Antonia sich über den Kadaver beugte, erkannte sie eine Reihe schwarzer Streifen, die wie ein Gitter über dem Hundekörper lagen und an denen sich die Fliegen sammelten. Reflexartig stand Antonia auf und wich einen Schritt zurück. Dann trat sie noch einmal näher heran, ging in die Hocke und zwang sich, hinzusehen. Jemand hatte den Hund offenbar zerlegt, den Rumpf in vier Stücke zertrennt, den Kopf, die Beine und den Schwanz abgetrennt, um dann alles wieder so zusammenzulegen, als ob der Hund noch ganz sei.

Antonia stand auf und stützte sich an einen Baumstamm. Sie versuchte die aufsteigende Übelkeit zu bekämpfen. Die Finger in der Kirche hatten ihr nichts ausgemacht, aber hier hatte sie das Bild des kleinen Hundes vor Augen, der so fröhlich bellend neben ihr hergelaufen war. Sie zog ihr Handy heraus und machte so schnell sie konnte zwei Fotos des Kadavers, dann wankte sie auf den Weg zurück und wählte die Nummer von Kommissar Klenke.

Als sie zu Wotan zurückkehrte, hatte sie so weiche Knie, dass sie nicht mehr aufsteigen konnte. Sie führte ihn am Zügel den Weg zurück zur Weide. Dort nahm sie dem Pferd Sattel und Trense ab und ging damit zur Garage. Birte war nicht zu Hause. An der Tür hing ein Zettel mit der Nachricht, sie sei nach Bergen gefahren, um dort für die Witwe Ravenorst Besorgungen zu machen. Antonia ging zu einem Wasseranschluss an der Hauswand, wusch das Mundstück und hängte Trense und Sattel in der Garage auf. Dabei fragte sie sich unentwegt, wer dem alten Ophusen die Schreckensnachricht überbringen würde.

Vor Birtes Haustür, die jetzt im Schatten lag, ließ sie sich auf die Stufen nieder und wartete auf Klenke. Der Kommissar kam allein, und sie stieg zu ihm in den Wagen. Klenke machte ein ernstes Gesicht.

»Und Sie sind sicher, dass es Ophusens Hund ist?«

»Ja, es ist Benni. Ich habe ihn an seinem rosa Halsband erkannt.«

Sie fuhren bis zum Wäldchen, und Antonia führte Klenke an die Stelle, an der Benni lag – oder das, was von ihm übrig war. Klenke hob die Plane von dem Kadaver und fluchte leise. Dann strich er sich mehrmals mit der Hand über die Glatze, zögerte eine Weile und griff nach seinem Handy. Antonia hörte aus dem Gespräch heraus, dass er Hanne Klever verständigte.

»Ja, ganz sauber geteilt … Nein! Aber wenn es nun derselbe war? … Ist gut, Frau Klever, habe verstanden.«

Dann wandte er sich an Antonia. »Ich danke Ihnen für den Hinweis, Frollein Babe. Aber es ist besser, Sie verschwinden jetzt von hier. Die Klever soll Sie hier nicht antreffen. Die hat schon gestern komische Bemerkungen gemacht über Dienstgeheimnis und so. Und erzählen Sie bitte keinem von dem Fund. Ich muss es dem alten Ophusen schonend beibringen.«

»Was erzählen Sie denn Ihrer Kollegin, wer den Kadaver gefunden hat?«

»Das lassen Sie mal meine Sorge sein. Spaziergänger haben auf der Wache angerufen, fertig.«

Ob die Klever sich damit zufriedengeben wird, wage ich zu bezweifeln, dachte Antonia. Aber Klenke hatte recht. Wenn sie weiterhin ungestört Nachforschungen anstellen wollte, war es besser, wenn sie nicht mit dem Kommissar in Verbindung gebracht wurde.

6

In der Nacht fiel Regen, der auch am nächsten Morgen noch anhielt. Antonia legte sich nach dem Frühstück mit ihrem Rügen-Roman aufs Bett. Die Heldin Elizabeth bewunderte die Architektur von Putbus und hätte dort gern einen stillen Winter verbracht. Antonia, die im Vorjahr nur kurz in Putbus gewesen war und sich an einen hübschen Platz mit weißen Häusern erinnerte, bekam große Lust, den Ort wieder zu besuchen. Ein paar Seiten später fand die Erzählerin das Baden in Lauterbach *himmlisch.* Der Roman schwärmte allerdings von strahlendem Wetter, während Antonia durch das Fenster heute nur den trüben Himmel über Göhren sah.

Zu viele Dinge gingen ihr durch den Kopf, als dass sie sich lange auf »Elizabeth auf Rügen« hätte konzentrieren können. Sie stand auf, trat auf den Balkon und betrachtete das graue Meer, über dem sich die Wolken ballten. Eine schwarze Wand im Osten kündigte noch mehr Regen an. Ihre Finger krampften sich um das Geländer des Balkons. Immer wieder sah sie den Kadaver des kleinen Hundes unter der Plane vor sich. Sie fröstelte. Wer machte denn so etwas? Sie hatte Florian gestern Abend nichts von Benni erzählt. Er war müde von der Probe gekommen, und Antonia hatte ihm nur von ihrem Ausritt berichtet. Sie wollte ihn nicht belasten, machte sie sich vor, wusste aber, dass sie in Wahrheit nur vermeiden wollte, dass Florian sich mit ihr stritt.

Beim Abendessen hatte Florian sich gewundert, dass Antonia kaum etwas zu sich nahm. Sie hatte ihr Gericht fast unberührt zurückgehen lassen, weil ihr der Fund im Wald vor Augen stand. Sie war froh, dass sie wegen des Gewitters an dem Abend nicht in der »Reuse«, sondern in einem kleinen Restaurant in Göhren gegessen hatten. In der »Reuse« hätte Olaf sie bestimmt neugierig gefragt, was ihr auf den Magen geschlagen sei.

Antonia streckte sich. Bewegung würde sie ablenken. Die Wolken hingen tief über dem Meer, die Wasseroberfläche schob sich in müden grauen Falten auf den nassdunklen Sand. Ein sanfter Regen fiel. Kurz entschlossen packte sie ihre Badesachen zusammen und ging zum Strand hinunter. Bis auf zwei Spaziergänger war niemand draußen. Sie nahm Anlauf, lief ins Meer und schwamm ein Stück hinaus. Das Wasser war angenehm warm. Dann drehte sie um und zog langsam und rhythmisch ein paar Bahnen parallel zur Küste. Dabei kam ihr eine Idee, wie sie Frau von Ravenorst vielleicht aus dem Haus locken könnte. Eine etwas ungewöhnliche Methode, aber ich sollte sie ausprobieren, dachte sie.

Auf dem Rücken liegend ließ sie sich eine Weile von der See tragen. Das Schwimmen hatte sie entspannt. Ruhig ging sie zu ihrem Strandkorb zurück, trocknete sich ab, schlüpfte in Jeans und Sweatshirt und radelte ins Dorf.

Das Ravenorst'sche Anwesen lag wie immer stumm und still. Alle Fenster waren, wie schon bei ihrem ersten Besuch, dicht mit hellen Vorhängen verschlossen. Antonia lehnte das Fahrrad gegen die Linde und ging zur Haustür. Es gab nur einen Klingelknopf. Als sie ihn drückte, hörte man drinnen einen hohen, durchdringenden Ton. Nichts. Sie drückte noch einmal, diesmal etwas länger. Aber nichts rührte sich. Damit hatte sie gerechnet. Sie klingelte noch einmal und ging dann um das Haus herum. Zwischen dem Ravenorst'schen Haus und dem Garten von Peter Ophusen gab es einen schmalen Fußweg, der über einen Zaun hinweg einen Blick in den Garten der Ravenorsts erlaubte. Unter einem Kirschbaum standen ein runder Tisch und zwei Stühle. Antonia ging zum Ende des Grundstücks, an dem ein paar Holunderbüsche wuchsen. Ohne zu zögern kletterte sie über den Zaun und bahnte sich einen Weg durch den Holunder. Unter dem Kirschbaum nahm sie in aller Ruhe am Gartentisch Platz und wartete.

Nachdem sie die Terrassentür eine Zeit lang beobachtet hatte, bewegte sich tatsächlich die Gardine. Dann öffnete sich die Tür leise, und eine alte Dame erschien im Eingang. Sie trat auf die Terrasse hinaus, gestützt auf einen Stock mit silbernem Knauf. Antonia wartete darauf, dass sie näher kam. In der Mitte der Terrasse blieb sie jedoch stehen und starrte zu ihr herüber. Dann machte sie eine schwache Handbewegung, die Antonia als Einladung deutete, drehte sich um und schlurfte ins Haus zurück.

Antonia folgte ihr durch die Terrassentür in ein Zimmer, das nach abgestandener Luft roch. Irgendetwas Unangenehmes überlagerte diesen Geruch im Hintergrund noch, aber Antonia konnte nicht sagen, was die Ursache war. Der Raum war düster, und ihre Augen mussten sich zunächst an das Dunkel gewöhnen.

Die alte Dame bat Antonia, Platz zu nehmen. Antonia stellte sich vor und entschuldigte sich, dass sie so einfach in den Garten eingedrungen war.

»Ich wollte Ihnen mein Beileid aussprechen, Frau von Ravenorst, zum Tod Ihres Mannes. Ich bin eine Bekannte von Birte von Witzleben. Wir haben uns Sorgen gemacht, weil Sie nicht öffnen.«

Frau von Ravenorst sah von unten her in ihre Richtung, schaute aber an ihr vorbei. Dann wandte sie sich zur Seite. Antonia fürchtete schon, dass sie den Raum verlassen wollte, aber sie verharrte in der Bewegung und sprach in Richtung eines dunklen Schranks, der die Mitte der Wand beherrschte.

»Das muss Ihnen nicht leidtun. Es ist gut, dass er nicht mehr lebt.«

Antonia war verblüfft. »Wie darf ich das verstehen?«

Die alte Frau drehte sich ein wenig in ihre Richtung. »Hans war kein guter Mensch. Wenn Sie möchten, erzähle ich es Ihnen. Ich kann Ihnen aber nichts anbieten.«

Antonias Augen glitten über die Wände und düsteren Möbel des Wohnzimmers. Schwere Polstermöbel und dunkle Tapeten schluckten das Licht. An drei Wänden des Zimmers hingen zahllose Geweihe und der riesige ausgestopfte Kopf eines Keilers. Auf der Schrankmitte saß ein Fuchs und sah traurig auf ein Wiesel herab, und über der Anrichte spreizte ein Rabe seine Flügel. Antonia, die Hitchcock verehrte, musste unwillkürlich an das Bates Motel aus »Psycho« denken.

Die alte Dame ließ sich im Schneckentempo in einem der großen Sessel nieder. Dann begann sie unvermittelt zu reden.

»Er hat mir viel Leid zugefügt. Ja, das hat er. Als er jünger war, hat er mich geschlagen, in den letzten Jahren hat er mich oft oben eingesperrt. Haben Sie die Gitter an den Fenstern gesehen? Er hat sie extra für mich anbringen lassen. Er nannte das ›Gefängnisstrafe für Ungehorsam‹ …«

Antonia hielt den Atem an. »Sie gehen auch kaum aus, hat man mir im Dorf gesagt.«

»Er ließ mich nicht. Jetzt bin ich so daran gewöhnt, dass ich nicht mehr anders kann. Mein ganzer Radius ist dieses Haus. Er hat alles kontrolliert, er ging einkaufen, schrieb mir vor, was ich kochen sollte, welche Hausarbeit ich zu verrichten hatte. Alles.«

»Haben Sie denn nie daran gedacht, Ihren Mann zu verlassen?«

»Wo hätte ich denn hingehen sollen? Ich hatte doch kein Geld. Und ich leide auch seit meiner Kindheit an Angst vor Menschen. Das hat sich Hans zunutze gemacht. Ich glaube sogar, dass er mich deshalb damals zur Frau genommen hat.«

Die alte Frau zog ein Taschentuch aus ihrer Jackentasche und wischte sich die Augen. Antonia versuchte, ihre Gemütsbewegung zu unterdrücken und neutral zu klingen. »Ich habe gehört, dass Sie Ihren Mann bei der Familie von Witzleben kennengelernt haben.«

»Ja, ich habe dort gearbeitet. Die Herrschaft war immer sehr liebenswürdig zu mir, und ich habe gern dort gearbeitet, auch wenn die Bezahlung nicht immer regelmäßig war. Dann hat Hans um meine Hand angehalten, und Sie haben mir zugeredet, das sei meine große Chance. Sie haben Hans von meiner Phobie erzählt, damit er schonungsvoll mit mir umginge und mich nicht zwingen würde, zu Menschenansammlungen zu gehen. Die wussten ja nicht, was mich erwartet.«

Antonia fiel es schwer, ihre Empörung zu verbergen. »Nur gut, dass sich Frau von Witzleben um Sie kümmert«, sagte sie leichthin, um überhaupt etwas zu sagen.

Die alte Dame schnäuzte sich. »Ja, das ist sehr nett von Birte. Sie hat schon Besorgungen für uns gemacht, als Hans noch lebte. Wir haben ja kein Auto. Jetzt warte ich auf meinen Neffen Claus. Er will sich um die Bestattung kümmern. Und er will, dass ich in ein Heim gehe. Er hat recht. Das Haus ist viel zu groß für mich. In einem Heim werde ich versorgt, und er hat mir versprochen, er sorgt dafür, dass ich mein Zimmer dort nicht verlassen muss, wenn ich es nicht will.«

Antonia strich der alten Dame über den Arm. »Vielleicht haben Sie einen besonderen Wunsch? Jetzt, wo ihr Mann tot ist, dürfen Sie sich ja alles wünschen …«

Frau von Ravenorst sah ratlos auf das abgewetzte Parkett unter ihren Füßen. Dann hellte sich ihr Gesicht auf. Sie habe Appetit auf Rollmops oder Bismarckhering, verkündete sie überlaut. Und aus der Leihbibliothek wünsche sie sich Fontanes »Effie Briest«, diesen Roman wolle sie noch einmal lesen. Romane habe ihr Mann nicht gemocht und daher nie für sie ausgeliehen.

»Dieses Buch hat mir mein Neffe einmal zum Geburtstag geschenkt, und weil Claus auf Besuch war, konnte mein Mann nicht verhindern, dass ich es las. Später habe ich es noch zweimal gelesen, dann hat Hans es mir weggenommen. So ein schönes Buch!«

Antonia nickte. Sie versuchte ruhig zu bleiben, obwohl sie innerlich ganz aufgewühlt war. Hatte denn niemand von der unmenschlichen Behandlung gewusst, die Asta von Ravenorst widerfahren war? »Das lässt sich machen, Frau von Ravenorst, natürlich. Ich gebe Birte Bescheid, die kann sich um die Ausleihe kümmern. Fontane hat noch andere Romane geschrieben, die Ihnen vielleicht auch gefallen werden. Und ich besorge dann den Bismarckhering.«

Eine leichte Röte überzog die eingefallenen Wangen der Witwe. »Sie sind nett. Die Dame aus Stralsund hat mich nicht gefragt, ob ich etwas brauche.«

»Ach, war Frau Klever schon bei Ihnen?« Antonia ließ sich ihre Überraschung nicht anmerken.

»Ja, eben noch. Sie hat mich doch darauf hingewiesen, dass Sie dort unten im Garten sitzen.«

Antonia erschrak. Aber die peinliche Tatsache, dass Hanne Klever sie im Garten der Witwe des Mordopfers entdeckt hatte, wurde verdrängt von ihrer Empörung über den alten Schulleiter. »Sie hätten sich Hilfe holen müssen. Wieso haben Sie Birte nichts davon erzählt, wie Ihr Mann Sie behandelt?«

»Das ging nicht. Hans ließ mich nie unbeobachtet mit Besuchern. Er hat immer alles kontrolliert …«

Hier brach Frau Ravenorst ab, stand auf und ging langsam aus dem Zimmer. »Ich werde jetzt etwas ausruhen. Das Gespräch mit der Dame aus Stralsund war sehr ausführlich. Sie können die Haustür benutzen. Und kommen Sie gerne ein andermal wieder. Jetzt bin ich zu müde.«

Antonia verabschiedete sich von Frau von Ravenorst. Vor der Haustür atmete sie tief durch. Sie war froh, dem abgestandenen Geruch des düsteren Wohnzimmers entkommen zu sein, und schwang sich auf ihr Fahrrad.

Als Antonia in die Hauptstraße des Dorfes einbog, erkannte sie den hellgrauen Wagen mit Stralsunder Kennzeichen von Hanne Klever. Er stand halb auf dem Bürgersteig, halb auf der Straße. Offenbar hatte die Fahrerin es eilig gehabt und sich für das Einparken keine Zeit genommen. Antonia fuhr etwas langsamer.

Die Straße war auf dieser Seite durch eine lange Mauer begrenzt, die auf der Höhe des parkenden Wagens nur von einem Tor unterbrochen wurde. An der Seite hing ein Schild mit dem Hinweis auf eine Schreinerei. Als Antonia in den Hof hineinsah, erkannte sie Paletten mit Holz und im Hintergrund jemanden, der an einer Kreissäge arbeitete. Das Gekreisch der Säge tönte bis auf die Straße. Sie spähte vorsichtig um die Ecke des Tores, als sie Hanne Klever aus der Werkstatt kommen sah, neben ihr ein Mann im blauen Kittel. Der Arbeiter an der Kreissäge stellte die Maschine ab und nickte dem Mann neben der Klever zu. Offenbar der Chef, mit dem die Klever spricht, dachte Antonia und verzog sich rasch auf die andere Straßenseite. Dort schob sie ihr Fahrrad hinter das Wartehäuschen einer Bushaltestelle und harrte so lange aus, bis die Kommissarin die Schreinerei verlassen hatte, in ihren Wagen gestiegen und losgefahren war.

Antonia konnte sich zusammenreimen, warum Hanne Klever einen Handwerksbetrieb mit Kreissägen besuchte. Die glatten Wundränder an den gefundenen Fingern und auch der Hundekadaver wiesen auf eine Bearbeitung durch eine Motorsäge hin. Aber die gibt es nicht nur in Handwerksbetrieben, sondern im Haus jedes Hobbywerkers, schoss es Antonia durch den Kopf. Alle möglichen Leute hatten diese Sägen. Sie wusste inzwischen, dass Hanne Klever methodisch vorging. Aber Betriebe aufsuchen war das eine, herausbekommen, wie viele Haushalte in Rügen über Motorsägen verfügten, etwas ganz anderes. Sie wartete, bis der graue Wagen der Kommissarin um die Ecke gebogen war, und betrat dann selbst den Hof der Schreinerei.

Aus dem Hintergrund tönte das helle Kreischen der Säge, die der Arbeiter wieder angeworfen hatte. Als Antonia näher kam, sah sie, dass der Mann, der dort stand und lange Bretter in vier kleinere Stücke zersägte, einen blauen Overall trug. Ob es sich um den Mann aus der Kirche handelte, konnte sie nicht sagen, dazu hatte sie ihn zu kurz gesehen. Ein Motorgeräusch näherte sich, hinter ihr fuhr jetzt langsam ein Truck in den Hof. Zwei Männer stiegen aus und luden Bündel mit Brettern ab. Antonia ging zu dem Mann an der Säge und fragte ihn, wo sein Chef sei.

»Chef in Büro!«, schrie ihr der Mann zu, ohne seine Arbeit zu unterbrechen.

Der Schreinermeister im blauen Kittel saß hinter seinem Schreibtisch und ordnete Quittungen. Antonia wünschte Guten Tag und behauptete, sie brauche einen Kostenvoranschlag für einen Einbauschrank. »Ich hätte gerne gewusst, was so ein Ding kostet, wenn ich es mir von Ihnen bauen lasse. Ich brauche mehr Stauraum in der Küche …«

»Kommt auf die Maße an, und das Material natürlich, wie groß soll er denn sein?«, brummte der Schreinermeister, ohne seine Tätigkeit des Abheftens zu unterbrechen.

»Na, ungefähr so …« Antonia breitete ihre Arme aus. »Und so hoch.«

»Da brauche ich genaue Angaben, wenn Sie einen Kostenvoranschlag wollen.«

»Hm, ja, dann messe ich am besten aus und komme noch mal wieder.«

»Das wäre nicht verkehrt«, nickte der Mann.

Antonia blieb in der Tür stehen und blickte in den Hof. »Ich mag den Geruch von frischem Holz. Sie haben einen schönen Beruf.«

»Hmm. Geht so. Wie man's nimmt. Wenn die Auftragsbücher voll sind, finde ich es auch ganz schön.«

Der Schreiner war wohl noch mit ihrer Frage nach dem Kostenvoranschlag beschäftigt, denn er fuhr fort: »Und dann kommt das natürlich auf das Holz an, Buche ist teurer als Fichte, oder haben Sie an Spanplatten gedacht?«

»Ich dachte an Buche«, bemerkte Antonia und wandte sich wieder dem Hof zu. »Für ein Dorf haben Sie hier einen ziemlich großen Betrieb. Darf ich fragen, wie viele Mitarbeiter Sie beschäftigen?«

»Zwei Gesellen und einen Auszubildenden.«

Seufzend schob der Schreiner die Papiere vor sich zusammen und klappte den Aktenordner zu. Das lose Bündel verstaute er in einer Schachtel und stand auf. »Sie müssen entschuldigen, da ist gerade eine neue Lieferung gekommen.«

Antonia ging mit ihm in den Hof und redete weiter auf ihn ein. »… dann ist der Mann an der Säge Ihr Geselle? Ich konnte ihn nicht genau verstehen. Ist er nicht von hier?«

»Das ist unser polnischer Mitarbeiter, der Jaroslav.«

»Aus Polen. Ist wohl nicht leicht für die Leute, hier zu leben, was?«

»Jaroslav fährt jedes dritte Wochenende nach Hause zu seiner Familie. Und er verdient hier gut. Nur seiner Mutter geht es im Moment nicht so gut, das macht ihm Sorge.«

Der Schreinermeister blieb bei dem Mann an der Kreissäge stehen und wies mit dem Arm in den Hof: »Dort hinten ist noch mehr angeliefert worden, Jaro, ich brauche hiervon noch die doppelte Menge.« An Antonia gewandt erklärte er: »Wir bauen die neuen Regale für die Gemeindebibliothek, das ist ein netter Auftrag.«

»Dann will ich Sie nicht länger aufhalten. Ich messe erst mal in meiner Küche aus, und wenn ich die genaue Höhe weiß, komme ich noch mal vorbei.«

Antonia sah zu, wie der Chef mit dem polnischen Gesellen zu dem Stapel ging, den die beiden Lieferanten der Holzfirma an der Hofwand errichteten. Jaroslav hinkte leicht beim Gehen, und plötzlich wusste sie, dass er der Mann aus der Kirche gewesen sein musste. Sein Gang war ihr im Gedächtnis geblieben, nicht bewusst, aber sie hatte es offenbar doch registriert und irgendwo abgespeichert. Vielleicht hatte er dort für seine kranke Mutter gebetet, oder er war aus anderen Gründen gekommen. Weil er wusste, was mit den Pfeifen los war? Antonia machte sich im Geist eine Notiz. Sie würde wiederkommen und ihn in ein Gespräch verwickeln.

Der Himmel zog sich erneut zu, und als Antonia ein Stück gefahren war, fielen die ersten dicken Regentropfen. Sie wurde nass und beeilte sich, ins Hotel zu kommen, wo sie die hoteleigene Sauna aufsuchte und zwei Gänge machte. Außer ihr war niemand da. Nach dem Saunagang legte sie sich etwas schlafen. Am frühen Abend rief sie Kommissar Klenke an und fragte, wie Peter Ophusen auf die schlimme Nachricht reagiert habe.

»Wir haben ihm nur ein Foto gezeigt, auf dem man nicht alles deutlich sehen konnte. Er will den Hund unbedingt haben und im Garten begraben. Wir dürfen ihn aber noch nicht rausrücken.«

Antonia schwieg kurz, aber es drängte sie, ihren Verdacht zu äußern. »Ich bin sofort von einer Verbindung zum Orgelmord ausgegangen. Beides ist zu krank, als dass man es nicht in einen Zusammenhang stellen müsste …«

Kommissar Klenke seufzte. »Was ich Ihnen jetzt sage, muss unbedingt unter uns bleiben. Das Tier ist so sauber zerlegt, dass Frau Klever den Kadaver nach Stralsund gegeben hat. Auch Klatt vermutet einen Zusammenhang mit dem Orgelmord. Wenn die Wundränder am Fleisch und am Knochen vom Hund mit denen an den Fingern übereinstimmen, dann wurde eventuell sogar dieselbe Säge benutzt wie bei Ravenorst, sagt Klatt.«

»Oje! Da geht aber einer ran, was?«

Klenke räusperte sich. »Da mögen Sie recht haben. Sie können froh sein, dass Sie diesmal nichts mit dem Fall zu tun haben, Frollein Babe. Kollege Klatt ist jedenfalls ziemlich nervös. Er hat übrigens nach Ihnen gefragt. Ich habe denen dann doch gesagt, dass Sie den Hund gefunden haben. Musste ja bei der Wahrheit bleiben.«

»Dann habe ich vielleicht bald wieder das Vergnügen mit Frau Klever?«

Antonia war froh, dass Kommissar Klenke sie so ins Vertrauen zog, er musste sie wirklich schätzen. Und ein weiteres Treffen mit Hanne Klever könnte vielleicht ganz nützlich sein. Sie zog ihren Notizblock heraus und vermerkte alles, was sie von Frau Ravenorst, dem Schreiner und Klenke erfahren hatte. Obwohl sie die Sachlage nicht sonderlich erhellten, las sie ihre Aufzeichnungen noch einmal durch.

Als Belohnung zog sie ihren Reiseroman hervor und folgte Elizabeth auf die Insel Vilm, wo die Heldin einem gut aussehenden jungen Engländer namens Ambrose begegnet und dabei über die *angenehm langsame Art der Engländer … die sich bewegen und sprechen, als sei das Leben grenzenlos und als könne die Zeit ja warten,* nachsinnt. Jener »Brosy« ist ein Bewunderer der deutschen Philosophie. Elizabeth läuft ihm beim Fotografieren dauernd ins Bild, und er hält ihr einen zwanzigminütigen Vortrag über das Absolute. Gerade als die Heldin feststellt, dass sie keine feste Meinung zu diesem Thema hat, klingelte Antonias Handy.

»Also, hör mal, was ich für dich herausgefunden habe!«, legte Gesine gleich los. »Beide Familien, die Ravenorsts und die Witzlebens, sind alt, Rügener Uradel sozusagen. Und offenbar war es immer schon Usus, dass man untereinander geheiratet hat. Die Ravenorsts stellten viele Kirchenmänner, die Witzlebens hatten Landwirtschaft und Pferdezucht. Vor allem der Witzleben'sche Familienzweig auf dem Festland in Mecklenburg-Vorpommern. Nach dem Ersten Weltkrieg sind viele Angehörige beider Familien bürgerlichen Berufen nachgegangen. Die Witzlebens auf Rügen starben fast aus, es gab nur noch einen Zweig, und der war schon vor dem Zweiten Weltkrieg verarmt.«

»Weiß man denn, wie die gelebt haben? Von irgendetwas müssen sie doch existiert haben.«

»Nach dem Krieg saßen sie verschuldet auf ihrem Landsitz und hungerten mehr oder weniger, weil sie die Landwirtschaft aufgeben mussten. Nach Gründung der DDR sind sie dann in einem kleineren Haus in der Nähe des Gutes untergebracht worden. Das alte Gutshaus wurde in ein Ferienheim für Kinder umgewandelt. Den Rest kannst du ja diese Birte von Witzleben selbst fragen.«

»Vielen Dank, Gesi, das ist hochinteressant. Wenn es auch in dem Mordfall hier nicht weiterführt –«

»Jetzt warte doch mal ab. Ich habe etwas sehr Wichtiges herausgefunden. Der alte Ravenorst hatte im 19. Jahrhundert einen Vorfahren, der die Orgel in Bergen spielte, und man erzählt sich, dass dieser Mann seine Frau sehr schlecht behandelt hat, sodass diese ihm eines Nachts aus Rache sämtliche Finger abgeschnitten hat.«

»Ach!« Antonia griff aufgeregt nach ihrem Stift. »Also gab es ein Vorbild? Wann genau war das denn?«

»Muss so Ende des 19. Jahrhunderts gewesen sein.«

»Ist ja gruselig. Und was genau hat der Mann ihr angetan?«

»Genaues kann ich nicht sagen, aber er soll sie andauernd betrogen haben, und stellvertretend hat sie dann wohl seine Finger –«

»Gesi, das ist aber jetzt deine Interpretation!«

Nachdem die Freundin aufgelegt hatte, wählte Antonia Florians Nummer. Sie musste es zweimal versuchen, bis er abhob.

»Antonia, ich hatte dich doch gebeten, mich nicht während der Proben anzurufen.«

»Ja, ja, ja. Wie soll ich denn wissen, wann du spielst und wann du Pause machst?«

Sie bat ihren Freund, sich in Bergen wegen der Geschichte, die Gesine ihr erzählt hatte, für sie umzuhören. »Frag doch mal jemanden, der sich mit der Kirchengeschichte auskennt«, schlug sie vor. Florian versprach sich umzuhören und legte rasch wieder auf. Während der Probe hatte er normalerweise sein Handy ausgeschaltet. Antonia rechnete es ihm hoch an, dass er trotzdem abgehoben hatte. Offenbar war er seit dem Fund in der Dorfkirche so verstört, dass er die Verbindung zu ihr nicht unterbrechen wollte.

Beim Abendessen im Hotel berichtete Florian, dass der Küster in Bergen die Geschichte tatsächlich kannte: Man erzähle sich, dass im ausgehenden 19. Jahrhundert die Ehefrau eines Organisten ihren Mann betäubt und im Schlaf sämtliche Finger abgeschnitten habe.

»Und hat sie die Finger auch in die Pfeifen gesteckt?«

»Nein, das wohl nicht. Aber der Tatbestand genügte, um die

Frau dann in eine Heilanstalt zu bringen. Weißt du, wie mein Informant den Bericht wörtlich beendet hat?«

»Nein, wie?«

»Die Frau kam dann wech, aber *er* konnte nicht mehr spielen …« Florian kicherte leise, während er gleichzeitig die Hände über eine imaginäre Tastatur gleiten ließ.

Antonia lachte nicht. Sie dachte nach.

»Wer könnte denn von diesem historischen Vorfall wissen?«

»Na, in Bergen ist die Geschichte bestimmt jedem Kind geläufig. Solche Gruselgeschichten werden doch gern verbreitet.«

Antonia schwieg. Ob die Witwe des alten Ravenorst die Geschichte schon einmal gehört hatte? Sie wollte ohnehin noch einmal bei ihr vorbeigehen, um ihr die versprochenen Sachen zu bringen. Vielleicht könnte sie das Gespräch auf diese Geschichte lenken.

7

Auf der Selliner Seebrücke ging ein sanfter Wind. Florian hatte an diesem Tag keine Probe und deshalb beim Frühstück vorgeschlagen, etwas gemeinsam zu unternehmen. Antonia, die nicht schon wieder den Tag im Hotelstrandkorb verbringen wollte, hatte sich einen Ausflug nach Sellin gewünscht. Sie hatten unterhalb der Wilhelmstraße geparkt und waren zur Seebrücke spaziert. Am Ende der Brücke hatte man als Touristenattraktion eine Tauchgondel installiert, und Florian wollte unbedingt einen Tauchgang mitmachen. Antonia sträubte sich, weil sie sich vor engen Räumen fürchtete.

»Ich dachte, du leidest unter Höhenangst?«, fragte Florian erstaunt.

»Auch«, antwortete Antonia. »Ich bin ein ganzes Neurosenbündel, wie du vielleicht schon bemerkt hast.«

»Dafür bist du aber andererseits ziemlich tough. Ich kann dafür kein Blut sehen, wie du weißt.«

»Ganz richtig, Florian, und ich würde dich auch nicht nötigen, es anzusehen!«

»Ach, komm, Antonia, das hier ist doch etwas anderes. Die halbe Stunde. Ich halte auch deine Hand.« Dann neigte er sich zu ihrem Ohr und flüsterte: »Ich möchte nur mit dir gemeinsam untergehen.« Zärtlich knabberte er an ihrem Ohrläppchen.

Antonia zog die Schultern hoch und ergab sich. »Ja, okay.«

»Ich wusste, das würde dich willenlos machen«, flüsterte Florian ihr jetzt in das andere Ohr.

Mit ein paar Rentnern und Kleinfamilien stiegen sie in die Gondel, die wie ein Aufzug langsam ins Meer tauchte und dem Grund der Ostsee entgegenschwebte. Zwei Männer begleiteten die Fahrt. Der eine erläuterte den Zuhörern, was sie nun alles erwarten würde, wenn das Wasser heute klarer wäre. Durch das schlechte Wetter der letzten Nacht sei viel Sand hochgewirbelt und das Wasser daher ein wenig trüb.

Durch die Seitenfenster sah Antonia mit Unruhe, wie das

Wasser höher und höher stieg, und sie versuchte sich durch ruhiges Atmen zu entspannen. Hinter der Scheibe sah es aus wie in einem großen Aquarium, Sand und Seetang wirbelten auf, Fische waren kaum zu sehen. Der Mann vorn beschrieb ihnen mit Hilfe einer Tafel die Ostseefische. Scholle, Flunder, Hering, Aal – Antonia hörte die Namen wie von Weitem. Eine Scholle und ein größerer Fisch schwammen tatsächlich träge vorbei. Die anwesenden Schulkinder schrien plötzlich aufgeregt durcheinander, aber es war nur ein großes Stück Plastik, das vorbeitrieb. Antonia musste an die helle Plane im Wald und an Benni denken und griff instinktiv nach Florians Hand.

Sie war froh, als der Unterwasserbesuch endete und der Bootsführer ankündigte, dass sie nun wieder nach oben führen. Erleichtert verließ sie hinter Florian die Tauchgondel und hielt ihr Gesicht in den Wind.

»Grauenhaft, ich habe auch nie verstanden, wie jemand freiwillig in ein U-Boot gehen kann.«

Florian zuckte mit den Schultern. »Ich fand es jetzt nicht sehr spektakulär, aber nur Wasser um sich herum zu haben, ist tatsächlich ein komisches Gefühl.«

Antonia, als studierte Psychologin, erläuterte ihm das komische Gefühl genauer. »Bei einer Phobie rechnet man stets mit dem Schlimmsten: Wenn nun Wasser reinkommt, wie kommen wir hier raus, das war alles, woran ich denken konnte.«

Florian legte tröstend seinen Arm um sie. »Weil du so tapfer warst, spendiere ich uns Kaffee und Kuchen.«

Antonia zog den Freund begeistert zum Kaiserpavillon, den sie vom Vorjahr in bester Erinnerung hatte. »Punschtorte und Kakao! Als ›Lohn der Angst‹ …«

Gegen Mittag legte sich der Wind, und es wurde sehr warm. Im Hotel machte Antonia einen kleinen Mittagsschlaf und wurde erst gegen drei Uhr vom klingelnden Handy geweckt.

»Frau Babe, hier Klatt. Wie geht es Ihnen? Genießen Sie Ihre Ferien? Ich habe gehört, dass Sie wieder auf eigene Faust ermitteln.«

»Herr Klatt, schön von Ihnen zu hören. Wie geht es Ihnen?«

»Ich denke, Sie haben meine Frage verstanden. Ermitteln Sie in der Orgelmord-Sache?«

»Nicht dass ich wüsste, Herr Kommissar, ich mache hier Urlaub. Ich lese viel, gehe schwimmen und habe neulich einen sehr schönen Ausritt gemacht. Fast bis zu den Zickerschen Bergen, kennen Sie die?«

»Frau Babe, lenken Sie nicht ab. Meine Kollegin, Kommissarin Klever, findet Sie stets dort vor, wo sie ihre Ermittlungen durchführt. Polizeiliche Ermittlungen.«

Antonia blieb gelassen. »Das ist mir auch schon aufgefallen. Da muss es sich um Zufälle handeln, das Dorf hier unten ist ja klein, da läuft man sich immerzu über den Weg.«

Schweigen am Ende der Leitung. Da Antonia auch nichts sagte, räusperte sich Kommissar Klatt, bevor er fortfuhr. »Von meinem Kollegen Klenke habe ich gehört, dass Sie es waren, die den Hund gefunden und Klenke verständigt hat?«

»Richtig. Der Benni. Das war ein Schock. Das Pferd hat gescheut, da bin ich abgestiegen und habe den Kadaver gefunden.«

»Hatten Sie irgendeinen Grund, gerade dort zu suchen? Hatten Sie einen Hinweis?«

»Nein, das war Zufall. Es gibt ja nur diesen einen Weg durch den Wald. Und der Wind hatte ein Stück Plane auf den Weg geweht, daher wurde das Pferd scheu, und ich musste absteigen …«

Antonia hörte, wie Klatt ungeduldig die Luft ausstieß.

»Da Sie ja auch die Finger der ersten Leiche gefunden haben, sind Sie also wieder ganz nah dran.«

»Wie meinen Sie das?« Antonia war alarmiert und setzte sich aufrecht hin.

»Na, Sie waren doch auch bei dem Fund auf der Orgel dabei …«

»Das meine ich nicht. Sie sprachen eben von der *ersten* Leiche, was soll das heißen? Gibt es noch einen Todesfall?«

Am anderen Ende war es wieder ruhig. Dann hörte sie Klatt seufzen.

»Sie werden es ja doch morgen erfahren. Man hat auch den Freund des Ermordeten, Peter Ophusen, letzte Nacht umgebracht. Auf dieselbe Weise. Der Postbote hat ihn gefunden. Er hatte ein Einschreiben für Ophusen und hat nach dem Empfänger gesucht. Ophusen lag mit durchschnittener Kehle hinter seinem Haus, in Pyjama und Bademantel. Jemand muss ihn in der Nacht in den Garten gelockt haben. Ich rufe auch deshalb an. Um Sie zu warnen. Sie sind nah dran am Geschehen. Das kann dem Täter nicht verborgen bleiben.«

Antonia war gerührt. Sie hatte eine Rüge erwartet, aber Klatt wollte sie beschützen. Sie dankte dem Kommissar mit großem Ernst. »Ich passe auf mich auf, Herr Klatt. Versprochen. Ich weiß Ihre Fürsorge zu schätzen. Sobald ich etwas weiß, melde ich mich bei Ihnen.«

Also noch ein Toter. Antonia ging noch einmal alles durch. Erst ein Mann, dann ein Hund, dann wieder ein Mann. Und die beiden Toten waren befreundet. Einem von ihnen gehörte der Hund, den man aller Wahrscheinlichkeit nach mit derselben Säge zerlegt hatte, mit der dem ersten Opfer die Finger entfernt worden waren. Sie holte ihre Aufzeichnungen hervor und ergänzte sie. Den polnischen Schreinergesellen fügte sie mit einem Fragezeichen in ihre Zeichnung ein, die die Personen um Ravenorst darstellte.

Sie klappte rasch den Block zu, als sie hörte, wie Florian die Tür aufschloss und das Zimmer betrat. Er kam vom Strand hoch und ging trällernd unter die Dusche. Antonia machte sich ein weiteres Cluster für Ophusen. Natürlich überschnitten sich hier die Personen, denn Ravenorsts Witwe, Birte von Witzleben und der Neffe Claus von Ravenorst hatten beide Opfer gekannt.

Florian richtete sich am Nachmittag mit einer Partitur und einer Flasche Mineralwasser im Strandkorb ein, Antonia fuhr zu Birte von Witzlebens Haus, um ein zweites Mal mit Wotan auszureiten. In Birtes Vorgarten fand sie Frau Pisch, die einen Gartenschlauch angeschlossen hatte und die Blumenbeete vor dem Haus wässerte. An der Seite des Hauses lehnte eine Leiter, Birte stand auf den oberen Sprossen und versuchte, hartnäckige Efeuranken von der Hauswand zu entfernen. Frau Pisch machte ein verdrießliches Gesicht.

»Dieses Jahr ist es wirklich sehr trocken, ständig muss man

gießen, und das schon im Juni. Das bisschen, was gestern runtergekommen ist, hat kaum was gebracht. Otto macht sich Sorgen um den Garten und schleppt den ganzen Tag Wasser. Er hat sich so mit seinen Bohnen. Für die Tomaten ist es ja gut, dass es nicht regnet …«

Birte grüßte von der Hauswand her. Der Efeu hatte sich bis zu den Fenstern des oberen Stockwerks ausgebreitet. Wenn sie eine Ranke von der Wand riss, blieb eine braune Spur zurück.

»Haben Sie das von Ophusen schon gehört, Frollein Babe?« Frau Pischs Stimme nahm einen verschwörerischen Klang an. »Hannes Klenke war ganz aus dem Häuschen, sage ich Ihnen. Er hat sich doch neulich noch so um ihn gekümmert, als das mit dem Hund war. Wohin soll das noch führen? Man ist sich ja seines Lebens hier nicht mehr sicher! Erst der alte Ravenorst und jetzt Peter Ophusen.«

Antonia pflichtete ihr bei. »Das ist wirklich sehr beunruhigend, zwei Morde in kürzester Zeit und beide auf die gleiche Art.«

Birte stieg langsam die Leiter herunter und gesellte sich zu ihnen. »Das mit Ophusen tut mir sehr leid, ich konnte ihn zwar nie besonders leiden, er war ein serviler Kriecher und hat sich seinem Freund Ravenorst total unterworfen, aber er hing sehr an seinem Hund, das fand ich nett. Außerdem ist jetzt mein Skatabend endgültig futsch.«

Antonia nickte. »Mir ist aufgefallen, dass der Mörder nicht lange fackelt. Beide Opfer mit durchschnittener Kehle … Das erfordert ein gewisses Geschick und vor allem Kaltblütigkeit.«

»Jo, das muss man können«, bestätigte Frau Pisch. »Bei uns zu Hause hat immer meine Mutter die Hühner geschlachtet. Das konnte nur sie. Sie hat zuerst das Huhn genommen, dann das Beil und zack, war's vorbei. Mein Vater und die Brüder konnten das nicht.«

Die Sonne brannte vom Junihimmel, und Birte wischte sich eine Strähne aus der Stirn. »In Detroit, wo ich lange gewohnt habe, hatten wir auch mal so einen Fall. In der Nachbarschaft. Eine Zeit lang wurden dort ständig Katzen umgebracht und schrecklich zugerichtet. Der Täter war, wie sich später herausstellte, ein Metzgergeselle. Die haben ja das notwendige Werkzeug. Nun ja, ich mach dann mal oben weiter. Vom Fenster komme ich besser an den Efeu ran. Ihnen viel Spaß beim Ausritt, Wotan freut sich bestimmt, ich hatte heute Morgen noch keine Zeit für ihn. Ich war einkaufen und bin dann bei Asta von Ravenorst vorbei.«

»Oh, wie geht es ihr?«

»Besser denn je. Ich habe gestern Claus angerufen, ihren Neffen, er will kommen und sich um die Beerdigung kümmern. Die Leiche ist noch immer in der Gerichtsmedizin, aber er will die Bestattung vorbereiten und Asta auch bei ihren Pensionsansprüchen helfen.«

»Wissen Sie, wann er ankommt?«

»Nein. Er wollte so bald wie möglich aufbrechen. Er lebt irgendwo im Rheinland. Ich denke, er kommt morgen oder übermorgen nach Rügen.«

»Könnte ich vielleicht seine Telefonnummer haben? Wahrscheinlich weiß er eine Menge über den Ermordeten und seine Geschichte.«

»Warum interessiert Sie das?« Birte sah sie für einen Moment erstaunt an, zog dann aber ihr Handy aus ihrer Jeanstasche und suchte die Nummer des Anwalts.

Frau Pisch schleppte gerade eine Gießkanne mit Wasser zu den Steingewächsen des Vorgartens. Im Vorbeigehen blickte sie von schräg unten zu Antonia herüber und murmelte etwas vor sich hin.

»Was meinen Sie, Frau Pisch? Ich hab Sie nicht verstanden.«

Frau Pisch verteilte das Gießwasser vorsichtig und sparsam. Dann sah sie zu Antonia herüber. »Claus von Ravenorst? Vor dem nehmen sie sich mal in Acht, Frollein Babe …«

»Wie meinen Sie das?«

»Hinter dem sind alle Frauen her! Wenn der hier in seinem Sportwagen aufkreuzt, sperren die Eltern ihre Töchter weg …«

Antonia winkte ab. »Auf Autos fahre ich nicht ab, Frau Pisch. Keine Sorge.«

Auf der Wiese kam ihr Wotan entgegengetrabt. Sie hatte ihm beim letzten Mal ein paar Möhren mitgebracht, und jetzt stand er erwartungsfroh da und wieherte leise. Antonia sattelte den Wallach und ritt diesmal in die dem Wald entgegengesetzte Richtung. Heute wollte sie nur durch die Felder streifen.

Die Hitze hatte dort ihre Spuren hinterlassen. Der Mohn verlor schon an Kraft, und die Kornblumen hatten durch die starke Sonne ein helleres Blau angenommen. Sie ritt in Richtung der Zickerschen Berge und ließ die lebhaft befahrene Straße nach Thiessow hinter sich. Ab und an überholte sie ein oder zwei Wanderer, ansonsten war sie allein in der friedlichen Landschaft mit den sanft ansteigenden Hügeln. Der Boden unter ihr war weich, sodass Wotans Hufschlag nur wie ein dunkles Klopfen klang. Das Pferd schien den Ausritt zu genießen, jedenfalls schritt es kräftig voran.

Der höchste Hügel lag da wie der Rücken einer riesigen Schildkröte. Das Gras, auf dem sie ritt, war von der Sonne versengt, und über den Feldern hing der Geruch des Sommers. Sie lehnte sich leicht nach vorn, um dem Pferd den Ritt auf die Anhöhe zu erleichtern. Oben hielt sie an. Von dort hatte man einen wundervollen Blick über den südlichen Bodden. Die Sicht war so klar, dass sie Usedom und eine andere, kleinere Insel als Linie am Horizont erkennen konnte. Land und Meer lagen völlig still und wie verwunschen da. Antonia überkam ein Gefühl der Zeitlosigkeit. Wären diese schrecklichen Dinge nicht passiert, sie hätte den Anblick uneingeschränkt genießen können. Eine Zeile aus »Elizabeth auf Rügen«, die sie sich gestern Abend in ihrer Ausgabe unterstrichen hatte, fiel ihr ein.

Könnte ich doch meine Seele auf Vorrat anfüllen mit der heiteren Klarheit eines solchen Nachmittages …

Am Abend spazierte sie, müde vom Ausritt, allein zum Essen in die »Reuse«. Florian war in Stralsund, um für sein Konzert in der Marienkirche zu proben. Als sie auf ihr Essen wartete, hatte sie den Eindruck, dass alle Einheimischen nur über Ophusens Tod tuschelten, während die Touristen ahnungslos ihren Fisch aßen.

An einem der Nebentische saß ein Mann in mittleren Jahren, der die »Financial Times« und ein Smartphone vor sich liegen hatte. Während er die internationalen Wirtschaftsnachrichten studierte, blickte er immer wieder auf das Display seines Handys, nahm es manchmal auf und tippte etwas hinein. Antonia beobachtete ihn bedenkenlos, denn er war so in seine Tätigkeit versunken, dass er um sich herum nichts wahrzunehmen schien.

Als sie die Rechnung geordert hatte, wählte Antonia, um die Zeit zu überbrücken, die Nummer von Claus von Ravenorst, des Rechtsanwalts aus dem Rheinland. Zu ihrem Erstaunen klingelte es nicht nur in ihrem Handy, sondern auch ganz in ihrer Nähe. Nur wenige Tische waren besetzt. Dann sah sie, wie ihr unmittelbarer Tischnachbar sein Smartphone hochhob und antwortete. Sie stand auf und ging an seinen Tisch. Der sympathisch aussehende Mann Ende vierzig mit freundlichen Augen hinter einer Goldrandbrille sah interessiert auf.

»Das ist ja ein Zufall! Dann habe ich also Ihre Nummer gewählt«, sagte Antonia.

Inzwischen hatte Olaf dem Mann ein großes Schnitzel mit Kartoffeln serviert, und er fragte sie, ob sie sich nicht zu ihm setzen und erzählen wolle, warum sie ihn angerufen habe. Antonia spürte Olafs fragenden Blick, hatte aber keine Lust, ihn über ihren Gesprächspartner aufzuklären. Doch Olaf schien ihn zu kennen, denn er ging zum Tresen und rief herüber: »Claus, noch ein Pils?«

Claus von Ravenorst nickte, besah sich in aller Ruhe seinen Teller und begann mit großem Behagen seine Mahlzeit.

»Ich bin eben erst angekommen, heute Morgen in aller Frühe von Bad Godesberg gestartet. Ich habe unterwegs einen Mandanten in Hannover besucht und bin dann gleich weiter nach Rügen zum Haus meiner Tante gefahren. Heute Abend werde ich aber noch in Greifswald erwartet. Dort halte ich morgen früh eine Jubiläumsrede für einen Freund an der juristischen Fakultät und fahre dann im Anschluss weiter nach Berlin, wo ich einen Gerichtstermin habe. Ich bin dann morgen am frühen Abend wieder zurück auf Rügen.«

Antonia hörte sich erstaunt seine Agenda an. Den Mann schien es nicht zu stören, dass er jede Menge Termine hatte. Er strahlte eine große Ruhe aus.

»Wie lange fährt man denn von Greifswald nach Berlin?«

»Etwa zweieinhalb Stunden, für mich eher zwei«, lächelte Claus von Ravenorst in sich hinein.

Antonia bestellte sich noch einen Weißwein und wünschte dem Anwalt ein zweites Mal verwirrt einen guten Appetit. Während er aß, stellte sie sich als Privatermittlerin vor, die ihm gern ein paar Fragen stellen würde. »Ich bin eigentlich im Urlaub, aber ich war dabei, als man die Finger … Ich würde das jetzt ungern vertiefen, während Sie essen, aber die Sache lässt mich einfach nicht los.«

Claus von Ravenorst antwortete wohlerzogen, er habe von der schrecklichen Sache gehört und wolle seiner Tante beistehen. Während er sprach, sah er ab und an auf das Display seines Handys.

»Wie war Ihr Onkel denn so? Ich meine, als Mensch.«

Der Rechtsanwalt spießte bedächtig ein Stück Fleisch und eine halbe Kartoffel auf seine Gabel, bevor er antwortete.

»Umgänglich. Obwohl ich mich immer fern von ihm gehalten habe. Weil er Lehrer war. Ich war ja auch vor der Wende nur zweimal in den Sommerferien da, mit meinen Eltern und meiner Schwester. Als Jugendlicher wollte ich nicht auch noch in den Ferien Lehrer treffen. Wir wohnten außerdem im Hotel. Meist haben meine Eltern den Onkel und die Tante besucht, während ich mit meiner Schwester am Strand war.«

Sein Handy klingelte. Ruhig legte er Messer und Gabel nieder und lauschte. »Ja, ich fahre gleich los. Ich bin dann in einer Stunde da. Bis dann.«

Claus von Ravenorst entschuldigte sich für die Unterbrechung und erläuterte Antonia, dass er nach der Wende ein paarmal mit seiner Frau einen Kurzurlaub auf Rügen gemacht und die Verwandten von Binz aus besucht hätte. »Wir wollten sie zum Kaffeetrinken einladen, aber Tante Asta fühlte sich jedes Mal nicht gut.«

»Hat Ihr Onkel das gesagt?«

»Ja. Tante Asta kam nie ans Telefon.«

Antonia spürte, wie sich ihr Magen zusammenkrampfte. Claus von Ravenorst winkte Olaf zu und bestellte die Rechnung.

»Ich muss gleich nach dem Essen los. Wenn Sie noch Fragen haben und es Ihnen zeitlich passt, können Sie mich morgen zwischen achtzehn und neunzehn Uhr im Haus meiner Tante treffen. Dann können wir uns ausführlicher unterhalten.«

Antonia nickte. Sie wartete, bis der Anwalt das Restaurant verlassen hatte, ging zum Tresen und bestellte sich bei Olaf noch einen Wein. Olaf stellte ein Glas vor sie hin und goss den Weißwein betont langsam ein und sah sie forschend an.

»Mensch, Antonia, jetzt sitzt du hier schon mit der Prominenz herum!«

»Das gehört zu meinem Job, Amigo. So fein ist er nun auch wieder nicht. So'n Handy hat ja wohl inzwischen jeder.«

»Hast du mal seine Karre gesehen?«

Antonia schaute verdrossen hoch. »Nee, interessiert mich auch nicht. Das ist der Neffe vom alten Ravenorst, das ist das Einzige, was mich interessiert.«

Auf dem Rückweg zum Hotel kam Antonia an dem neuen Supermarkt vorbei, der auch am Abend geöffnet hatte. Auf dem Parkplatz räumte das Ehepaar Pisch gerade seine Wochenendeinkäufe ins Auto. Otto Pisch zündete sich eine Zigarette an und sah dem Rauch nach, während die kleine Frau Pisch halb im Kofferraum steckte und die Waren verstaute.

Otto Pisch winkte sie heran. »Frollein Babe, ich wollte noch was melden. Also die Herta Klenke hat ja jetzt auch so eine Motorsäge, sie sägt andauernd damit herum …«

Aus dem Kofferraum erklang hohl, aber energisch die Stimme seiner Frau. »Nein, Otto, du vertust dich, das ist eine elektrische Heckenschere, mit der sie rummacht. Das ist keine Säge.«

Otto Pisch sog nervös an seiner Zigarette. »Schere oder Säge. Sie konnte doch den Benni nicht leiden. Vielleicht hat *sie* der Töle den Garaus gemacht.«

Antonia versuchte ihn zu beschwichtigen. »Herr Pisch, ich verstehe ja, dass Sie Frau Klenke nicht mögen, aber mit diesen Verdächtigungen sollten Sie vorsichtig sein.«

Pisch zündete sich am Rest seiner Kippe eine neue Zigarette an. Dann schüttelte er den Kopf. »Nee, nee. Da können Sie sagen, was sie wollen, Herta hasst Hunde! Sie hat immer eine Dose Pfefferspray zur Hand, und wenn einer an ihrem Grundstück vorbeikommt, sprüht sie das arme Tier an, und als das mit dem

Benni war, habe ich gehört, wie sie beim Bäcker sagte, auf einen Köter mehr oder weniger käme es doch nicht an ...«

Frau Pisch war inzwischen aus dem Kofferraum wieder aufgetaucht. Sie öffnete die Wagentür und schob ihren Mann resolut hinter das Steuer. »Jetzt halt aber mal den Mund. Du kannst keine Katzen leiden, und trotzdem lässt du sie am Stück.«

Zu Antonia gewandt, tippte sie sich an die Stirn. »Otto redet Unsinn. Die Herta hat es schon lange mit der Hüfte, die kann nur ganz langsam gehen, die könnte doch so'n Hund wie den Benni niemals einholen oder festhalten.«

Antonia senkte ihre Stimme. »Haben Sie denn eine Idee, wer sonst aus dem Dorf in Frage käme, Frau Pisch? Es muss doch jemanden geben, der Ophusen ganz und gar nicht leiden konnte, also ein wirkliches Motiv hätte ...«

Aus dem Wagen hörte man wieder die verdrießliche Stimme von Otto Pisch. »Ich glaube, die Herta und der waren mal verlobt, aber er hat dann eine andere genommen, weil sie mehr Geld mit in die Ehe brachte.«

»Ach! Wie interessant«, bemerkte Antonia.

Frau Pisch winkte ab. »Dann hat sie aber doch mit Hannes Klenke das große Los gezogen, der war sogar etwas jünger als sie, während Ophusen zwanzig Jahre älter war.«

Antonia winkte den beiden nach, als Otto Pisch den Wagen vom Parkplatz auf die belebte Straße lenkte. Sie dachte an die Blumen, die sie Frau Pisch immer noch nicht gebracht hatte, obwohl sie schon fast eine Woche auf der Insel war.

8

Nach einem kurzen gemeinsamen Schwimmen in der Ostsee machte sich Florian am anderen Morgen wieder pflichtbewusst auf den Weg nach Bergen. Antonia verabschiedete sich besonders zärtlich von ihm. Sie hatte Schuldgefühle, weil sie ihn nicht in ihre Kenntnisse eingeweiht hatte und sich gleichzeitig mit allen möglichen Informanten über den Mordfall unterhielt. Sie war immer kurz davor gewesen, Florian alles zu berichten, aber dann zögerte sie ihre Beichte wieder hinaus, weil sie hoffte, auf diese Weise ungestört den Fall lösen zu können.

Auf dem Balkon las sie eine Weile in ihrem Roman. Dann wurde sie unruhig, ging zu ihrem Fahrrad und fuhr ins Dorf, wo sie einen kleinen Jungen, der immer wieder einen Fußball gegen eine Hauswand trat, nach der Metzgerei fragte. Dem Hinweis von Birte zu folgen, schien ihr sinnvoll. Eine Metzgerei war ein Ort, in dem tagtäglich scharfes Schneidewerkzeug benutzt wurde. Hier kannte man sich aus mit dem Zerteilen und Vierteln von Fleisch und Knochen. Der Junge wies ohne aufzusehen mit der Hand die Straße hinunter und schoss stoisch den Ball weiter gegen die Hauswand. »Metzger haben wir nich. Am Ende rechts ist ein Fleischer.«

Als sie das Geschäft betrat, standen dort schon drei Frauen mittleren Alters, und Antonia konnte in aller Ruhe den Gehilfen beobachten, wie er die Aufschnittmaschine bediente und Bierschinken, Fleischwurst und Salami in Scheiben schnitt. Dann spießte er die Haufen mit einer Gabel auf und legte sie auf das Papier.

»Darf es sonst noch etwas sein?«

Die Kundin schaute versonnen in die ausgelegten Waren und bat um ein großes Stück von der groben Leberwurst. »Das wäre dann aber auch wirklich alles.«

Die nächste Kundin wünschte zwei Bratwürste und gemischten Aufschnitt. Antonia starrte derweil auf die geröteten Hände des Verkäufers und dachte an den Mann in Detroit, der so viele Katzen umgebracht hatte. Was der wohl für eine Störung hatte?

Meist war bei solchen Tätern schon in der Kindheit etwas schiefgelaufen.

Das Geräusch der Aufschnittmaschine erinnerte sie an die Sägemaschine in der Schreinerei, nur dass die Intervalle kürzer und die Maschine viel leiser war. Auch die dritte Kundin bestellte eine Portion Aufschnitt nach der anderen. Vermutlich hatte sie eine Großfamilie zu füttern. Antonia wurde allmählich nervös. Als der Gehilfe endlich »Das wär's dann?« fragte, betrat eine rundliche Frau im weißen Kittel den Laden, unter ihrem Arm eine Schüssel mit gebratenen Koteletts. Sie begrüßte alle Anwesenden mit kräftiger Stimme, ging hinter die Theke und verteilte die Fleischwaren auf eine große Porzellanschale. Ein verlockender Duft machte sich im Laden breit.

Die Frau vor ihr begann ein Gespräch mit der Metzgerin, während Antonia den jungen Mann hinter der Theke fragte, ob er ihr ein Brötchen schmieren und mit Schinken belegen könne und ob er eventuell Abfälle für ihren Hund habe. Der Gehilfe nickte freundlich. Als er das Brötchen eingepackt hatte, ging er in einen angrenzenden Raum und kam mit einem kleinen weißen Plastiksack zurück, den er Antonia über die Theke reichte.

»Hier ein paar Knochen vom Rind und vom Schwein.«

Als Antonia sich bedankte, kommentierte die Inhaberin des Ladens: »Es sei Ihnen gegönnt, junge Dame. Peter Ophusen kommt ja nun nicht mehr. Der hat immer was für seinen Benni abgeholt. Erst der Benni, dann er selbst. Furchtbar!«

Im Nu waren die beiden Kundinnen und die Frau im weißen Kittel in ein lebhaftes Gespräch über den Mord verwickelt. Antonia suchte umständlich nach ihrer Geldbörse, um Zeit zu gewinnen und Neues zu erfahren. Es entspann sich jedoch nur ein Streit darüber, ob Peter Ophusen einen Herzschrittmacher gehabt hatte oder nicht; er habe schließlich einen Infarkt gehabt, meinte die erste Kundin, und die zweite belehrte sie, dass das nicht unbedingt zusammenhänge, ihr Mann habe doch letztes Jahr einen Schrittmacher bekommen, und er habe keinen Infarkt gehabt. Antonia zahlte und verließ den Laden. Der Geruch der frisch gebratenen Fleischstücke folgte ihr. Ihr Magen knurrte. Sie hatte seit dem Frühstück nichts mehr zu sich genommen.

Auf dem Rückweg zum Hotel machte sie auf einer Lichtung im Wald Rast, lehnte das Fahrrad gegen eine Bank und öffnete das Paket mit dem Abfall. Sämtliche Knochen waren glatt zersägt. Obwohl die Knochengröße variierte, war die Schnittfläche immer gleich glatt. Antonias Augenmerk richtete sich vor allem auf die Ränder, die ebenfalls glatt und ungezackt waren. Es war nicht zu erkennen, wo die Säge angesetzt oder abgesetzt worden war. Mögliche Tatwerkzeuge besaß dieser Metzgerladen wohl zur Genüge.

Sie besah sich noch einmal die Fotos von den abgetrennten Fingern. Sie hatte sie von oben und von der Seite mit dem Handy aufgenommen und vergrößerte diejenigen, auf denen die Schnittfläche zu sehen war. Der Täter hatte die Finger – so war anzunehmen – bei dem liegenden Opfer entfernt, möglicherweise mit den Handflächen nach unten. War der Ansatz einer Säge zu sehen? Auf dem Kameradisplay war das nicht zu erkennen. Frustriert nahm sie den Plastikbeutel mit den Knochen, steckte das Handy ein und radelte weiter. Am Ortseingang warf sie den Metzgereiabfall in einen Müllcontainer.

Im Dorf hielt sie vor einem kleinen Lebensmittelladen, der vor seiner Tür Obst und Blumen ausgestellt hatte. Sie kaufte einen Strauß pinkfarbener Freilandrosen und fuhr damit zum Haus des Ehepaars Pisch.

Im Vorgarten kam ihr Otto Pisch entgegen. Eine Zigarette im Mundwinkel, grüßte er knapp und wies mit der Hand nach hinten. »Heute ist meine Frau in den Bohnen. Gehense einfach ums Haus rum …«

Antonia fand Frau Pisch in gebückter Haltung bei den Stangenbohnen.

»Och, Frollein Babe, schaffen Sie sich nie einen Garten an. Da hört die Arbeit nie auf. Dieses Jahr sind die Blattläuse besonders schlimm, die Bohnen wollen Wasser, die Tomaten hatten im Mai zu viel davon und werden nicht richtig. Sehense mal, für die war es einfach zu nass …«

Antonia folgte ihr zu den Tomatenstauden und hielt ihr den Strauß Rosen hin.

»Für mich? Aber Frollein Babe, wär doch nicht nötig gewesen. Dann kommense mal, ich hab noch Streuselkuchen im Schrank.«

Frau Pisch kochte Kaffee und stellte eine halbe Platte mit Kuchen und Butter auf den Tisch. Antonia ließ sich mit Behagen an dem alten Küchentisch nieder. Frau Pisch hatte hier jahrzehntelang ihre Familie bekocht, ihren Mann, zwei eigene Söhne und Hannes Klenke, den sie als Jungen betreut hatte, wenn seine Mutter arbeiten ging.

»Was machen Ihre Söhne?«

Frau Pisch füllte Kaffee in den Porzellanfilter und seufzte. »Nur Sorgen! Der eine pafft genauso viel wie sein Vater und hat einen viel zu hohen Blutdruck, der andere, unser Malte, ist arbeitslos und kriegt Hartz IV. Ich steck ihm manchmal was zu, aber Otto, mein Mann, darf das nicht wissen.«

»Ach, das tut mir aber leid. War Malte nicht der, der auch bei Ravenorst unterrichtet wurde?«

»Jo, beide! Unser Paul war in der Schule immer gut. Malte hatte viele Probleme. Und mit Ravenorst konnte er gar nicht. Da wurden die Noten immer schlechter … Noch neulich hat er gesagt, dass es gut sei, dass man dem … Ich meine, er mochte ihn nicht.«

»Es heißt, er habe dem Alten mal auf einem Dorffest Prügel angedroht …«

»Das war der Ravenorst selber schuld.« Die kleine Frau reckte sich und holte Tassen und Teller aus dem Oberschrank.

»Er hat unseren Malte provoziert. Malte hat an der Bierbude ausgeholfen, und Ravenorst hat behauptet, er habe ihm falsch rausgegeben, als er bezahlt hat, und dann hat er gesagt, Malte habe ja noch nie rechnen können. Oder ob er ihn absichtlich betrügen wolle? Da ist Malte aus der Bude raus, hat ihn am Kragen gepackt und einen alten Hurenbock geschimpft, aber seine Kumpanen und Hannes Klenke sind dann dazwischengegangen, er soll sich nicht unglücklich machen, wegen so einem … Aber nehmense doch, Frollein Babe, der Kuchen sieht sie so an, und ruhig mit viel Butter, das macht man hier so.«

Antonia nahm sich ein Stück Streuselkuchen und bestrich es dick mit Butter. Der Kuchen schmeckte köstlich. Sie sah die Szene auf dem Dorffest genau vor sich.

»Ich habe schon gehört, dass Hans von Ravenorst hier von keinem gemocht wurde.«

»Nee, da habense recht. Unser Malte war letzten Sonntag zum Kaffee auf Besuch und hat gesagt, der hätte wohl keinem je was Gutes getan und es wäre nich schade um ihn.«

»Wohnt Malte denn noch hier auf Rügen?«

»Nee, die Jungs sind nach Stralsund gezogen. Hier gab's ja für die keine Arbeit. Sie arbeiten beide bei einer Spedition, also unser Malte ja schon länger nicht mehr.«

Antonia hätte zu gern gewusst, ob Malte Pisch ein Alibi hatte. Als hätte Frau Pisch ihre Gedanken erraten, schaute sie vom Kaffeebrühen auf.

»Als das passiert ist mit dem Ravenorst und dem Ophusen, war mein Malte mit seinem Kegelclub 'ne Woche auf Mallorca. Otto darf das nicht wissen. Keine Arbeit, kein Urlaub, sagt er immer. Das mit Mallorca können Sie Hannes Klenke fragen, der weiß das. Unser Malte hat früher schon mal zugeschlagen, ja, wenn er einen über den Durst getrunken hat, und Hannes hat ihn auch schon mal in eine Zelle gesteckt deswegen, aber jemandem den Hals durchschneiden, das würde er nicht, so wahr ich seine Mutter bin … Greifen Sie doch zu, Frollein Babe!«

Antonia hatte die Kaffeestunde mit Frau Pisch sehr genossen und radelte erheitert zum Hotel zurück. Dort hatte man eine Nachricht für sie im Zimmerfach hinterlegt. Sie solle einen Kommissar Schmidt zurückrufen. Im ersten Moment glaubte sie, Kommissar Klatt aus Stralsund habe den Fall abgegeben. Dann erinnerte sie sich jedoch daran, dass jemand unter ihrem Namen ein Zimmer im Alten Land gebucht hatte und dann darin gestorben war.

Sie rief die Nummer des Kommissariats an und erfuhr, dass die junge Frau laut Befund der Gerichtsmedizin Selbstmord durch Schlaftabletten begangen hatte. Es gab keine Zeichen von Gewalteinwirkung, und man hatte in ihrer Wohnung einen Abschiedsbrief gefunden.

»Und was war das Motiv?« Antonia hatte Mitleid mit der Unbekannten.

»Liebeskummer«, brummte der Kommissar. Dann fügte er

trocken hinzu: »Versteh ich nicht. Als hätten andere Mütter nicht auch schöne Söhne.«

»Aber wie konnte sie unter meinem Namen dort übernachten?«

»Daran arbeiten wir noch, Frau Babe. Ich wollte Ihnen nur sagen, was wir bisher herausgefunden haben.«

Antonia bedankte sich und gab dem Kommissar noch einmal ihre Handynummer. Dann setzte sie sich auf den Balkon, der um diese Zeit schon im Schatten lag. Die Ostsee unter ihr rollte träge, papierflache Wellen auf den Strand. Vom Ufer wehte ein leichter Modergeruch herüber. Die Luft schien gestaut, kein Wind ging. Das Wasser leckte an den Steinen der Mole, und das Schilf hing schlaff herab, als warte es darauf, gegossen zu werden. Trotz der Schwüle biss Antonia genüsslich in das Schinkenbrötchen, das ihr der Fleischergehilfe mit den roten Händen zubereitet hatte. Dabei überlegte sie, welche Tatwaffen der Mörder benutzt haben und wie er vorgegangen sein könnte.

Bei den Knochen konnte es sich nur um eine Elektrosäge gehandelt haben. Ein Messer wäre zu schwach, um Knochen zu sägen. Die Säge in der Schreinerei war eindeutig zu grob gezahnt, die Metzgerei kam zwar in Frage, aber Elektrosägen waren weit verbreitet und heutzutage in jedem Hobbykeller zu finden. Um jemandem die Kehle durchzuschneiden, genügte allerdings ein sehr scharfes Messer. Und eine gewisse Kraft, um das Opfer zu überwältigen und in Position zu halten.

Antonia holte ihr Laptop, lud die Fotos hoch und besah sich noch einmal die Aufnahmen von den Fingern. Der Schnitt war sehr exakt, die Wundränder glatt. Ohne Zweifel mit einem sehr feinen Sägeblatt gemacht. Und der Hund? Mit Widerwillen besah sie sich die beiden Aufnahmen des Hundekadavers. Hier hatte der Täter durch das Fell geschnitten. Vielleicht konnte man auf einem entsprechenden Werkzeug verschiedene Sägeblätter anbringen? Sie musste sich so eine Elektrosäge einmal näher ansehen. Frau Pisch hatte ihr gesagt, dass es einen großen Heimwerkermarkt in Sassnitz gäbe. Dahin müsste sie allerdings den Bus nehmen, mit dem Fahrrad würde sie ewig brauchen.

Sie klappte ihren Block auf und notierte sich unter dem

Stichwort Elektrosäge: *Finger und Benni*. Unter dem Stichwort Messer: *Ravenorst / Ophusen*. Der Mörder hatte mit mindestens zwei Tatwaffen hantiert.

Am frühen Abend machte sie sich zum dritten Mal per Rad auf den Weg, diesmal zum Haus der Ravenorsts. Claus von Ravenorst hatte ihr eine Nachricht aufs Handy geschickt, dass er zurück sei und heute für sie Zeit habe. Er sei im Haus seiner Tante. Sie nahm einen Umweg und verließ die belebte Hauptstraße. Stattdessen fuhr sie über einen Radfahrweg, der ein Stück durch den Wald und dann zwischen bunt blühenden Hecken hindurchführte. In der Luft hing der zarte Duft von Heckenrosen, und der Blick reichte von einer kleinen Anhöhe über die Felder bis zum Meer. Kaum zu glauben, dass in dieser Idylle jemand Böses hegte.

Die mit Reet gedeckten Häuser lagen etwas unterhalb der Straße, sodass sie am Dorfeingang zunächst nur Dächer sah. Sie bog in eine Straße ein, die parallel zum Boddenmeer verlief, und fuhr langsam über das buckelige Pflaster zu der alten Linde, die das Ravenorst'sche Haus halb versteckte. Vor dem Haus parkte ein dunkelblauer Porsche Cabrio, am Heck klebten zwei Zeichen, das eines Rotarier-Clubs aus dem Rheinland sowie ein Abzeichen von Rotary International. Aha, Porsche-Schnösel. Das hat Olaf also gemeint, dachte Antonia und klingelte extra lange und heftig.

Der Anwalt öffnete die Tür. Er schien wie am Vorabend guter Dinge. Sein Teint war tief gebräunt, als käme er gerade von einem Mittelmeerurlaub.

»Frau Babe! Treten Sie ein.«

Antonia hielt in den Händen zwei Gläser mit Rollmops und Bismarckhering und kam sich etwas deplatziert vor.

»Darf ich Ihnen die abnehmen?«

»Für Ihre Tante.«

»Sehr aufmerksam. Bitte gehen Sie schon einmal in die gute Stube, ich bringe die Gläser in die Küche. Meine Tante fühlt sich nicht wohl und ist bettlägerig.«

Als er zurückkam, ging der Anwalt zunächst zum Fenster und öffnete die Terrassentür. »Entschuldigen Sie den Mief, aber die alten Leute haben nie richtig gelüftet.«

»Ja, das ist mir schon bei meinem ersten Besuch aufgefallen. Wonach riecht es hier eigentlich so penetrant?«

»Das kommt von den ausgestopften Tieren. Mein Onkel war ja Jäger, und er hat manche selber präpariert. Er hat das unten im Keller gemacht. Offenbar nicht immer mit Erfolg, jedenfalls dürfte es eigentlich nicht so riechen.« Dann fügte er mit entschlossener Stimme hinzu: »Hier muss demnächst einmal alles gründlich renoviert werden.«

Antonia lehnte sich in ihrem Sessel zurück. Im muffigen Wohnzimmer der Ravenorsts wirkte die elegante Erscheinung des Anwalts wie ein Fremdkörper. Sie dachte an den Porsche vor der Tür und musterte ihr Gegenüber mit distanziertem Blick. Claus von Ravenorst hatte jedoch ein heiteres Gemüt und schien ihre Reserviertheit nicht zu bemerken. Er plauderte freundlich über den schönen Juni, dass er gestern noch im Regen von Bad Godesberg losgefahren sei, das Wetter hier aber unerwartet herrlich vorgefunden habe. Dann sah er auf seine teure Armbanduhr.

»Entschuldigen Sie, dass ich zur Sache kommen muss. Termine. Wir hatten heute schon Besuch. Eine Dame aus Stralsund …«

Antonia seufzte. »Ja, das ist wie in dem Märchen mit dem Hasen und dem Igel. Wo ich auch hinkomme, Frau Klever war schon da.«

»Wenn ich Sie richtig verstehe, ist Frau Klever der Igel?«, fragte der Anwalt verschmitzt.

»Das ist so. Ich bin ja auch Ermittlerin, nicht polizeilich, sondern privat. Frau Klever und ich scheinen aber ähnliche Strategien zu verfolgen. Nur: Sie ist die Schnellere.«

»Nun, ich fand sie ein wenig ausführlich«, schmunzelte der Anwalt. »Und was wollen Sie jetzt von mir wissen?«

»Ich hätte gerne noch einmal mit Ihnen über Ihren Onkel gesprochen.«

Der Anwalt faltete seine gepflegten Hände und legte den Kopf etwas schief. Am rechten Ringfinger steckte ein Ehering, am linken der Ring mit dem Ravenorst'schen Wappen. Antonia rechnete sich aus, dass der Ehering Mandanten Seriosität und Verlässlichkeit signalisierte. Sie sah von den Ringen auf die polierten Nägel und fragte sich, ob ihr Gegenüber zur Maniküre ging.

»Und warum genau wollen Sie das wissen? Wer ist denn Ihr Auftraggeber?«, tönte die sonore Stimme des Anwalts. Antonia, die sich in Gedanken noch mit seinen Händen beschäftigte, antwortete nicht sofort. Dann setzte sie sich aufrecht hin und gab routiniert Auskunft.

»Ihre Tante ist es nicht. Nein, es gibt da jemanden, der an der Aufklärung der beiden Morde interessiert ist, er will aber nicht genannt werden.« Antonia fiel auf, dass ihr das Lügen in den letzten Tagen immer leichter gefallen war.

Claus von Ravenorst lehnte sich zurück. Ein paar Sonnenstrahlen hatten sich in das düstere Universum des Wohnzimmers verirrt und ließen seine Brillengläser funkeln.

»Ach, Sie arbeiten doch schon für jemanden? Das ist schade. Als Frau Klever heute Morgen noch einmal erwähnte, Sie seien Privatdetektivin, kam mir nämlich die Idee, ob Sie nicht für uns arbeiten könnten. Meine Tante und ich sind natürlich sehr an der raschen Aufklärung des Mordes an meinem Onkel interessiert. Ich bin hier, um vor allem die Erbschaftsfrage zu klären und die Bestattung zu organisieren. Wir erwarten den Notar aus Bergen mit dem Testament meines Onkels. Aber der unaufgeklärte Mord ist eine große Belastung für meine Tante.«

»Ist Ihre Tante die Alleinerbin Ihres Mannes? Oder haben Sie Grund anzunehmen, dass auch Sie begünstigt sind?«

Antonia sprach mit Absicht etwas geschwollen. Sie wollte Eindruck machen, denn der Altersunterschied zwischen ihnen und die gesellschaftliche Position des Anwalts erschütterten ihre übliche Selbstsicherheit.

Von Ravenorst hatte mit einem Seitenblick sein Smartphone, das vor ihm lag, gestreift. »Das wird sich erst bei der Eröffnung des Testaments herausstellen«, antwortete er abwesend. Er tippte ein paar Zeilen in das Handy, dann lachte er in sich hinein. Antonia war irritiert und fragte sich, was er da gelesen hatte. »Verzeihen Sie, da musste ich rasch antworten«, fuhr der Anwalt fort. »Wie gesagt – ich kann Ihnen für meine Person kein echtes Motiv bieten. Man mordet ja nicht auf Verdacht.«

»Aber Sie sind doch wahrscheinlich der einzige Erbe Ihrer Tante. Insofern …«

»Ja, aber nur wenn mein Onkel seine Ersparnisse nicht dem Heimatverein vermacht hat. Er war da sehr engagiert. Dann ginge Tante Asta leer aus und folglich auch ich.«

»Und das Haus und der Garten?«

Der Anwalt lächelte. »Dafür würde man nun nicht unbedingt morden, oder?« Dann stand er auf und verbeugte sich leicht.

»Sie müssen mich jetzt entschuldigen, ich treffe mich mit Rotarier-Freunden im Binzer Kurhaus zum Essen. Ich dachte, ich hätte mehr Zeit für Sie, aber mit dem Besuch der Kriminalkommissarin heute hatte ich nicht gerechnet. Morgen Nachmittag bin ich auch hier, falls Sie noch Fragen haben. Hier ist meine Karte, rufen Sie mich an, wenn Sie möchten.«

Antonia musste sich widerwillig eingestehen, dass sie Claus von Ravenorst gegenüber Vorurteile gehabt hatte. Sie fand ihn sympathisch. Er sprach offen und direkt und machte nicht den Eindruck, als habe er etwas zu verbergen.

Sie hatte im Internet herausgefunden, dass er Teilhaber einer renommierten Kanzlei in Bad Godesberg war, und alles deutete darauf hin, dass es ihm materiell an nichts fehlte. Gier als Motiv war demnach auszuschließen. Andererseits wollten Leute mit Geld immer mehr Geld, das konnte man täglich in den Zeitungen lesen. Aber bei seinem Terminkalender hatte er bestimmt auch ein Alibi für die Zeit, als sein Onkel ermordet wurde. Klatt und Klever hatten das mit Sicherheit schon überprüft.

Sie verließ das Haus zusammen mit dem dynamischen Anwalt. Antonia bat ihn, seiner Tante gute Besserung auszurichten. Er dankte freundlich und stieg in seinen Sportwagen. Als sie ihr Fahrrad loskettete, blickte sie dem mit überhöhter Geschwindigkeit Davonbrausenden heimlich nach.

Im Hotel ging sie noch einmal alle Fakten durch. Beiden Mordopfern hatte man die Kehle durchgeschnitten, den Hund zerteilt. Aber warum zuerst den Hund und dann erst den Besitzer? Und warum die Morde in so kurzen Abständen? Stand der Mörder unter Zeitdruck? Ihre Überlegungen wurden von Florians Anruf unterbrochen. Ob sie heute Abend mit ihm in

Bergen essen wolle? Sie könnten sich danach einen Film ansehen. Er hole sie gegen acht Uhr ab. Antonia packte erleichtert ihre Notizen zusammen. Sie hatte Zeit, um noch einmal schwimmen zu gehen.

»Ich habe Urlaub, ich habe Urlaub, dies ist mein Urlaub …«

Dieses Mantra vor sich hin murmelnd, packte sie ihre Badesachen und ging zum Strand hinunter. Sie rollte ihr hellrosa Badetuch aus, streckte sich darauf aus und las ein paar Seiten in ihrem Roman. Elizabeth bekommt in Göhren kein Zimmer, weil alle Pensionen und Hotels ausgebucht sind, muss daraufhin mit der Kutsche nach Thiessow weiterfahren, wo sie beim Baden hinter ihrem Badehaus zufällig ihrer Cousine Charlotte begegnet, die sich auf der Flucht vor ihrem Mann, einem viel älteren Philosophieprofessor aus Bonn, befindet. Elizabeth ist daraufhin kreuzunglücklich, weil die Gesellschaft von Charlotte ihre ersehnte Ferienruhe empfindlich stört. Noch eine, die nicht richtig Urlaub machen kann, dachte Antonia und vergrub ihren rechten Fuß tief im warmen Sand.

9

Am nächsten Vormittag rief sie Claus von Ravenorst an, um mit ihm einen zweiten Termin zu verabreden. Sie hatte sich eine Reihe von Fragen für ihn notiert, wollte aber vor allem herausfinden, was Hanne Klever ihn gefragt hatte. Der Anwalt war wie immer aufgeräumter Stimmung.

»Das trifft sich gut, Frau Babe. Ich wollte gerade das Haus verlassen, weil ich es hier nicht mehr aushalte. Meine Tante ist bettlägerig, eine Krankenschwester sieht nach ihr, und das Wohnzimmer kennen Sie ja selbst. Was halten Sie von einem Kaffee in Putbus? Sie sagten gestern beiläufig, der Ort habe Ihnen gefallen.«

Antonia druckste etwas herum. Dann rückte sie mit der Sprache heraus. »Ich habe ein Anliegen. Ich müsste dringend etwas in Sassnitz besorgen, komme da aber tagsüber nur mit dem Bus hin, weil Florian mit dem Wagen unterwegs ist. Würde es Ihnen etwas ausmachen, heute noch mit mir hinzufahren? Kaffee trinken kann man da auch.«

Der Anwalt war einverstanden. Er sei in einer Viertelstunde da.

Antonia, die vor dem Hotel auf ihn gewartet hatte, besah sich den heranrollenden Porsche mit leisem Unbehagen. Der Anwalt stieg aus und hielt ihr die Tür auf. Antonia war diese Art Umgangsformen nicht gewöhnt und trat zögernd näher.

»Kommen Sie, er beißt nicht.«

Antonia konnte seine Augen hinter der Sonnenbrille nicht erkennen. Womöglich machte er sich lustig über sie. Sie wollte so erwachsen wie möglich wirken, nahm in den Ledersitzen des Cabrios Platz und ließ ihren Arm lässig über die Wagentür hängen. Wahrscheinlich fuhr er sonst nur mit Damen, für die Sportwagen nichts Ungewöhnliches waren.

»Meine Freundin Gesine sagt immer, ein Porsche ist was für ältere Säcke, die junge Frauen aufreißen wollen«, rutschte es ihr heraus.

Der Anwalt nahm es gelassen. »Das liegt nicht in meiner Absicht. Ich fahre nur gern schnell. Außerdem wollten Sie doch nicht zu Fuß nach Sassnitz gehen, oder?«

Antonia setzte sich gerade hin und schnallte sich etwas unbeholfen an, als der Mann hinter dem Steuer auch schon startete und losbrauste. Sie war überrascht, wie schnell das Gefährt beschleunigte, und genoss die Fahrt, sagte aber nicht, dass sie bisher nur einmal in einem Cabrio gefahren war, einem Leihwagen, den sie sich letztes Jahr bei ihren Recherchen gegönnt hatte. Stattdessen erkundigte sie sich nach Frau von Ravenorst.

»Wie geht es Ihrer Tante?«

»Es geht ihr schon wieder besser. Sie hatte gestern einen kleinen Schwächeanfall. Ich dachte zuerst, sie trauert jetzt doch um Onkel Hans. Aber nein. Die Krankenschwester, die nach ihr sieht, hat in Erfahrung gebracht, dass sie vorletzte Nacht kein Auge zugetan hatte, sondern die ganze Zeit nur gelesen hat. Birte hat ihr nämlich einen Roman vorbeigebracht –«

»Lassen Sie mich raten! ›Effie Briest‹?«, unterbrach Antonia ihn.

»Richtig. Woher wissen Sie das?«

»Sie hat mir davon erzählt. Ihr Mann hat ihr das Lesen verboten, jetzt hat sie bestimmt viel nachzuholen …«

Der Anwalt nickte. »Mein Onkel Hans war wohl ziemlich einengend. Er hat sogar die Lektüre meiner Tante kontrolliert.«

»Und da konnten Sie nicht einschreiten?«, fragte Antonia empört.

Der Anwalt schaltete den Motor herunter, weil sich vor ihnen eine Schlange gebildet hatte. Er antwortete nicht sofort, sondern leitete zunächst ein Überholmanöver ein. Dann sah er kurz zu Antonia hinüber. »Vieles habe ich ja auch erst jetzt erfahren.«

Die Sonne schien warm. Der frische Wind im offenen Wagen tat gut. Claus von Ravenorst summte eine Melodie vor sich hin, die Antonia nicht kannte, und sie entspannte sich.

Das Hafenstädtchen Sassnitz machte am Vormittag noch einen recht verschlafenen Eindruck. Claus von Ravenorst besah sich interessiert die Segelboote und Motoryachten am Hafen – seine Leidenschaft, wie er Antonia erzählte.

»Ich besitze selber ein Boot, eine Storebro, ein skandinavisches Modell. Aus Holz.«

»So was gibt's noch?«, fragte Antonia erstaunt.

»Die Plastikdinger kann ich nicht leiden. Das sind nur schwimmende Joghurtbecher.«

»Und wo liegt Ihr Boot? Im Süden? Oder in Holland?«

»Nein, auf dem schönsten Fluss der Welt, dem Rhein.«

Antonia nickte. »Der Rhein hat schon was. Ich war ein paarmal in Köln, wir werden vielleicht dorthin umziehen. Florian, mein Freund, soll dort eine Stelle antreten.«

Sie gingen ein Stück spazieren, entschieden sich für das Café am Hafen und bestellten auf der Terrasse hausgemachten Apfelkuchen mit Sahne. Claus von Ravenorst wirkte trotz seines hektischen Lebensstils gelassen und erzählte von seiner Tätigkeit als Wirtschaftsanwalt. Antonia verstand nichts von seinen Ausführungen zum Kartellrecht und wechselte ungeduldig das Thema. Ob er vielleicht Leute kenne, die seinem Onkel nicht gut gesonnen waren.

»Da muss ich passen. Dazu kenne ich mich hier zu wenig aus. Ich fand es nur auffällig, dass er an einem Siebten sterben musste. Die Sieben ist sonst meine Glückszahl …«

Antonia sah erstaunt auf. »Sie sind ein Anhänger der Zahlenmystik? Das hätte ich jetzt nicht gedacht. Wie dem auch sei, ich glaube, für Ihren Onkel war es egal, ob er an einem Siebten oder Neunten starb.«

»Möglicherweise hat es aber dem Mörder etwas bedeutet.«

»Ich glaube, die meisten morden im Affekt und wissen gar nicht, was gerade für ein Datum ist«, widersprach Antonia.

»Meine Glückszahlen sind jedenfalls die Sieben und die Neun. Meine Frau zum Beispiel ist an einem Siebten geboren, und ich benutze in meiner Kanzlei das Diktatkürzel 07, weil ich als Siebter –«

»007?«, unterbrach ihn Antonia lachend. »Und warum ist dann auf Ihrem Nummernschild keine Sieben zu finden?«

»Doch. Sie ist da. BN – VR – 331, Quersumme sieben.«

Antonia schwieg eine Weile. Sie hielt wenig von Zahlenspielen und Horoskopen. Dann sah sie den Anwalt jedoch prüfend an.

»Hier habe ich ein Rätsel für 007, den Zahlenspezialisten: Wie kann es sein, dass eine fremde Frau unter meinem Namen in meinem Zimmer liegt, in der Nummer 16, obwohl ich dieses Zimmer für den Abend gebucht hatte?«

»Ach, diese Selbstmörderin, von der Sie mir erzählt haben?«

»Ja. Sie hatte sich unter einem Phantasienamen ein Zimmer reservieren lassen, und man gab ihr die Nummer 19. Am anderen Tag lag sie mausetot in Zimmer 16, und die Polizei hat gedacht, sie sei ich, Antonia Babe, weil ich das Zimmer vorbestellt hatte.«

Claus von Ravenorst schrieb die beiden Zahlen auf ein Blatt Papier und betrachtete sie lange.

»Vielleicht ist sie in ihrer Verwirrung in die 16 statt in die 19 gegangen. Nur wenn die Zimmertüren offen standen natürlich. Oder man hat das an der Rezeption verwechselt und ihr den falschen Schlüssel gegeben.«

Antonia sah ihn erstaunt an, nahm sich aber vor, noch einmal mit der Pension zu telefonieren.

»Aber kommen wir noch einmal auf den Mord an Ihrem Onkel zurück. Ist in der jüngsten Vergangenheit etwas Auffälliges in *Ihrem* beruflichen Umfeld passiert? Etwas, das womöglich Anlass zur Beunruhigung geben könnte? Haben Sie vielleicht Feinde? Vielleicht will Ihnen jemand schaden.«

»Das glaube ich nicht. Dazu war der Kontakt zu meinen Verwandten hier zu lose. Und meine Trauer um meinen Onkel hält sich in Grenzen.«

»Was ich meine: Könnte es sein, dass Ihnen jemand einen Mord anhängen will?«

Der Anwalt hatte im Café die Sonnenbrille gegen seine Goldrandbrille getauscht. Er sah von seinem Smartphone hoch, das ihn wieder kurzfristig in seinen Bann gezogen hatte. »Soviel ich weiß, gab es hier ja *zwei* Morde. Ich hatte in den letzten Wochen viel Stress. Ich bin Aufsichtsratsvorsitzender einer weltweit operierenden Kosmetikfirma. Kollegen aus unserer Kanzlei betreuen auch zwei Konkurrenten, und unsere Aktionäre haben jetzt den Eindruck, das sei für unsere Firma nachteilig. Sie sind der Meinung, die gesamte Kanzlei sollte allein hinter unserer Firma stehen. Das gab schon viel Aufruhr und böses Blut. Aber mit meinem Onkel und seinem Skatbruder hat das nun wirklich nichts zu tun. Die Dinge haben sich auch schon wieder beruhigt.«

»Was ist mit der Konkurrenz?«

Claus von Ravenorst sah sie überrascht an. Offenbar hatte er ihr diese Frage nicht zugetraut. »Es gibt Leute von einer Kette, die billige Kosmetika herstellt. Ich habe mir letztes Jahr von denen ein paar Aktien zugelegt und an deren Hauptversammlung teilgenommen.«

»Wieso?«

»Man muss seine Feinde kennen. Die haben uns früher einmal unlauteren Wettbewerb unterstellt, aber ich habe den Prozess für unsere Firma gewonnen. Seitdem sinnen die auf Rache.«

»Und die könnten nicht Ihren Onkel ermordet haben, um *Sie* zu belasten?«

Claus von Ravenorst zuckte mit den Schultern. »Ich glaube nicht. Das wären ja Mafiamethoden!«

Antonia runzelte die Stirn. »Möglich ist alles. Andererseits: Die Sache mit Benni spricht tatsächlich dagegen. Auftragskiller vergreifen sich normalerweise nicht an kleinen Hunden, es sei denn, *Sie* hätten eine besondere Beziehung zu dem Hund gehabt.«

»Nein, ich hatte nicht das Vergnügen, Benni näher kennenzulernen.«

»Zweimal Apfelkuchen mit Sahne, einmal Cappuccino, einmal Kakao mit Sahne«, unterbrach eine Kellnerin das Gespräch und stellte etwas abrupt ein Tablett mit Kuchen und Getränken auf den Tisch.

Antonia rutschte unruhig auf ihrem Stuhl hin und her. »Ich versuche, alle Möglichkeiten im Auge zu behalten. Sie haben recht, erst ihr Onkel, dann Ophusen. Aber was ist, wenn der erste und der zweite Mord gar nicht miteinander in Verbindung stehen? Ein anderer hat sich gedacht, nach ihrem Onkel sollte auch Ophusen dran glauben? Das wäre dann sicher politisch motiviert. Wissen Sie etwas über die Freundschaft der beiden? Was hat sie verbunden?«

Claus von Ravenorst besah sich ausführlich sein Stück Kuchen. Er schien den Anblick zu genießen. Dann nahm er mit Behagen einen Schluck von seinem Kaffee, setzte die Tasse ab, legte den Kopf schief und betrachtete Antonia mit ernstem Blick.

»Wissen Sie, Onkel Hans war in Wahrheit ein alter Nazi, und das hat sich nie geändert. Er ist nach der Gründung der DDR nur aus Opportunismus in die SED eingetreten, er wollte die Insel nicht verlassen. Er hat sich immer sehr für das Militärische und Paramilitärische interessiert, die jungen Pioniere, die NVA, das war sein Ding. Und die Jagd natürlich. Mit dem alten Witzleben ist er hier immer auf die Jagd gegangen. Die furchtbaren Resultate hängen ja bei Tante Asta im Wohnzimmer. Dann hatte er noch seine Zinnsoldaten. Mit seinem Freund Peter Ophusen hat er Abende lang ganze Schlachten nachgestellt. Oder über den Plänen der Wehrmacht gehockt und sich ausgedacht, was gewesen wäre, wenn Hitler im Russlandfeldzug eine andere Strategie verfolgt hätte.«

»Glauben Sie, dass er auch für die Stasi gearbeitet hat?«

Claus von Ravenorst sah von seiner Apfeltorte hoch, die er systematisch in kleine Portionen zerteilte und langsam und mit Genuss verzehrte. Dann bestellte er sich bei der Kellnerin noch ein zweites Schälchen mit Sahne und legte die Kuchengabel nieder.

»Zuzutrauen wäre es beiden. Beide hatten etwas Heimtückisches, Hinterhältiges. Sie waren bei den Jüngeren im Ort nicht beliebt. Ich habe hier inzwischen Bekannte, die mir das erst kürzlich berichtet haben. Bei Onkel Hans kam hinzu, dass er immer ein strenger, unnachgiebiger Lehrer war, das wird ihm auch nicht gerade Freunde gebracht haben. Nur die Mädchen hatten es bei ihm leichter …«

»Ihre Tante hat mir erzählt, wie er sie behandelt hat.« Antonia spürte wieder, wie Wut in ihr hochstieg. »Ich kann nicht verstehen, dass da niemand von Ihrer Seite eingeschritten ist.«

Der Anwalt zuckte mit den Schultern. »Das ist unter Verwandten nicht so leicht. Meine Mutter wollte sich da als Schwester nicht einmischen. Onkel Hans war ein gutes Stück älter als sie. Und Sie dürfen nicht vergessen, dass wir sie vor der Wende auch nur zweimal besucht haben, vom Hotel aus. Da bekommt man das ja nicht so mit. Mir wäre es auch später nicht aufgefallen. Onkel

Hans hat meine Tante sehr abgeschirmt, meiner Frau war das von Anfang an nicht geheuer. Mit Recht, wie sich jetzt herausstellt.«

»Und was meinen Sie mit den Mädchen?«, fragte Antonia.

»Man munkelt, dass er zu manchen Schülerinnen mehr als nett war. Aber Genaues weiß man nicht.«

»Um wen es sich da handelt, wissen Sie auch?«

»Leider nicht. Da müssen Sie Birte fragen, die war ja bei ihm im Unterricht.«

Antonias Handy klingelte. Es war Florian. »Wo steckst du denn? Ich habe dich am Strand gesucht. Jetzt muss ich gleich wieder zur Probe.«

Antonia spürte, wie sie rot wurde. »Ich bin gleich da. Ich bin unterwegs …«

Der Anwalt sah sie prüfend an.

»Entschuldigung, Notlüge! Mein Freund soll nicht wissen, dass ich hier Ermittlungen durchführe. Ich darf ihn vor den Konzerten nicht aufregen. Künstler sind sehr sensibel, wissen Sie.« Dann wischte sie sich verlegen mit der Serviette den Mund und drängte zum Aufbruch. »Auf dem Rückweg muss ich in den großen Heimwerkermarkt, geht das?«

Den Anwalt schien es nicht zu stören. Er tat wie ihm geheißen und bog auf den Parkplatz des Heimwerkermarktes ein. Er verzichtete allerdings auf den Besuch und tippte stattdessen weitere Botschaften in sein Smartphone.

Drinnen wurde Antonia rasch fündig. Ein Angestellter wies ihr den Weg in die Eisenwarenabteilung, und sie sah sich verschiedene Modelle von Heimwerker-Motorsägen an. Es gab eine Reihe von jeweils passenden Sägeblättern. Zum Erstaunen des Verkäufers, der plötzlich hinter ihr auftauchte und fragte, ob sie Hilfe brauche, machte sie von drei Sägeblättern unterschiedlicher Größe Fotos. Sie kaufte zwei Sägeblätter, die so fein waren, dass sie von der Zahnung dem Wundrand, den die Fotos von den Fingern zeigten, entsprechen konnten.

Als sie zum Parkplatz zurückkam, schrieb Claus von Ravenorst noch immer unentwegt in sein Smartphone.

»Wem schreiben Sie denn da die ganze Zeit?«

Der Anwalt lächelte. »Alles dienstlich.«

Auf der Rückfahrt erzählte Antonia ihm von dem Fall, den sie im Vorjahr gelöst hatte. »Eine Art Ritualmord, wissen Sie«, erzählte sie etwas großspurig.

Claus von Ravenorst nickte. »Ich habe davon in der Zeitung gelesen. Und welch tragende Rolle Sie bei der Aufklärung hatten …«

Antonia erfüllte seine Bemerkung mit Stolz. Vor dem Hotel dankte sie ihm für seine Hilfe und reichte ihm zum Abschied die Hand. »Sind Sie morgen auch noch hier?«

»Ja, ich habe mir Akten mitgebracht. Am späteren Nachmittag treffe ich einen Freund und Mandanten in Lauterbach. Ich will mit einem Boot rüberfahren. Hätten Sie Lust, mitzukommen? Allein macht so eine Fahrt keinen Spaß.«

Antonia sagte sofort zu. »Eine Bootsfahrt? Wie herrlich! Da bin ich dabei.«

Im Hotelzimmer besah sie sich die beiden Sägeblätter näher und fotografierte die Zackenränder. Sie würde die Fotos später hochladen und mit den Fotos der Orgelfunde vergleichen. In der Hotellobby versuchte sie, online zu gehen, aber das WLAN funktionierte nicht. Das hieß, nach Sellin zu radeln, um dort den Internetshop aufzusuchen. Sie wollte Gesine eine Mail schicken und sie darum bitten, noch mehr über Ravenorst und Ophusen als Personen herauszubekommen.

Das Internetcafé hatte geschlossen, und Antonia schlenderte eine Weile ziellos in der öden Einkaufszone des Neubauviertels herum. In einer Schuhboutique im Selliner Einkaufspark entdeckte sie durch das Schaufenster Hanne Klever, die mit einer Verkäuferin sprach. Man sah der Angestellten an, dass sie schon einige Strapazen hinter sich hatte. Antonia betrat den Laden und schaute interessiert in die Ecke mit den Kundensesseln. Auf dem Boden standen etwa acht Paar Schuhe. Frau Klever schien unschlüssig. Antonia musste lächeln. Sie versteckte sich im hinteren Teil des Ladens und tat so, als interessiere sie sich für die dort ausgestellten Laufschuhe. Die Verkäuferin kam mit hochrotem Gesicht zur Kasse, und Antonia hörte, wie sie der Kollegin ihr Leid klagte.

»Passt nix?«, fragte die blondierte Frau hinter der Kasse, ohne hochzusehen. Ihre Kollegin senkte die Stimme.

»Doch, alle. Aber bei dem einen Paar ist es das Fußbett, bei dem anderen ist der Absatz eine Idee zu hoch, das dritte drückt auf den Rist, und dann stimmt die Farbe nicht oder es sind zu viele Riemchen. Ich hole jetzt das neunte Paar. Ich wette, die kauft am Ende nix. Und das geht jetzt schon eine Stunde so!«

Die Verkäuferin sollte recht behalten. Hanne Klever erhob sich, nachdem ihr auch das neue Paar nicht zusagte. »Eigentlich wollte ich auch einen Schnürschuh. In Grau. Aber vielen Dank für die Beratung.«

Die Verkäuferin sagte mechanisch: »Bitte schön, keine Ursache«, verdrehte die Augen und packte die vielen Paar Schuhe wieder ein.

Auf dem Weg zum Ausgang trat Antonia Hanne Klever in den Weg und grüßte sie laut. »Hallo, Frau Klever! Sie suchen neue Schuhe?«

Der ausdruckslose Blick der Klever schwebte zwischen den Regalen hin und her. Sie antwortete nicht sofort. Dann drehte sie sich plötzlich um und sagte mit gedehnter Stimme: »Ich habe heute meinen freien Nachmittag.«

»Wie schön. Hätten Sie Lust, mit mir einen Kaffee zu trinken?«

Hanne Klever ging mit großen Schritten weiter, ohne sie anzuschauen. »Eigentlich nicht. Worum geht es denn?«

Antonia musste sich beeilen, wenn sie mit der Kommissarin Schritt halten wollte. »Ich mache mir so meine Gedanken. Wir sind ja Kolleginnen, und ich dachte, es wäre gut, sich auszutauschen.«

In der Nähe des Schuhladens gab es ein Café, und die Klever steuerte jetzt, ohne viele Worte zu machen, einen Tisch unter dunkelblauen Sonnenschirmen an, die mit einer Brauereireklame verziert waren.

»Also bitte!« Dann ließ sie sich nieder und griff nach der Eiskarte.

Antonia winkte der Bedienung. »Wissen Sie, Frau Klever, ich bin ja hier auf Urlaub, aber ich mache doch so meine Beobachtungen. Darüber wollte ich mit Ihnen sprechen.«

Die Klever schwieg. Sie belebte sich aber, als eine Kellnerin an den Tisch trat. »Den Capribecher bitte, mit einer doppelten Portion Sahne.«

Heute gönnt sie sich was, dachte Antonia und bestellte sich einen Espresso. Nach längerem Geplänkel über das wechselhafte Wetter der letzten Tage lenkte sie vorsichtig das Gespräch auf die Morde.

»Ich bin fest davon überzeugt, dass alle diese Vorfälle miteinander verbunden sind. Der alte Ravenorst, dann Benni, dann Ophusen. Wie denken Sie darüber?«

Antonia hatte eine schroffe Abfuhr erwartet, aber Hanne Klever lehnte sich stattdessen seufzend in den weißen Plastikstuhl der Caféterrasse zurück.

»Das liegt doch wohl auf der Hand. So viel Kriminalität gibt es ja hier nicht, und Gewaltverbrechen kommen ganz selten auf der Insel vor. Meine Vermutung ist, dass der zweite Mord eher passieren sollte, um etwas zu vertuschen. Der erste sah ganz nach Plan aus, der zweite war eine Verzweiflungstat.«

Antonia starrte ihr Gegenüber überrascht an. Die Klever schien also nicht nur penibel zu recherchieren, sie dachte sich offenkundig auch etwas dabei. Die Kommissarin hatte Antonias Reaktion bemerkt und zog sich abrupt wieder in ihr Schneckenhaus zurück.

»Dabei handelt es sich nur um eine private Vermutung. Als Kriminalbeamtin darf ich Ihnen natürlich nichts von unseren Ergebnissen mitteilen.«

Antonia rührte in ihrem fast leeren Espressotässchen und überlegte fieberhaft, was die Klever wohl mit Verzweiflungstat gemeint haben könnte. Es würde nichts bringen, sie direkt zu fragen. Deshalb wiederholte sie nur gedehnt: »Verzweiflungstat, hm. Daran habe ich auch schon gedacht.«

Die Klever hüllte sich erwartungsgemäß in Schweigen, Antonia bemerkte jedoch, dass ihre Lider hinter den Brillengläsern leicht ins Flattern geraten waren. Sie konnte sich ausrechnen, dass die Polizei wahrscheinlich auch nicht recht weiterkam und unter Ermittlungsdruck stand. Daher war jeder Hinweis für die Beamtin wichtig. Antonia legte noch einmal nach.

»Der Täter war verzweifelt. Ophusen muss etwas gewusst haben über den ersten Mord. Ich denke, so war es.«

Die Klever kratzte mit dem Löffel säuberlich auch den allerletzten Rest Eis aus ihrem Glasbecher. »Oder er hat etwas gesehen …«, murmelte sie mehr für sich, brach aber ihre Rede schnell wieder ab.

Antonia sprang wie elektrisiert auf und legte das Geld für ihren Espresso auf den Tisch. »Frau Klever, das bringt mich auf eine Idee … Ich danke Ihnen für Ihre Zeit, aber ich muss los!«

Mit einem boshaften Lächeln stieg sie auf ihr Rad. Ihr plötzlicher Aufbruch war nur vorgetäuscht: Sie wollte sich lediglich ein wenig dafür rächen, dass die Kommissarin stets die Undurchschaubare spielte.

Im Hotel fand sie auf dem Balkon einen schlecht gelaunten Florian vor. Seine Probe war nicht gut gelaufen, er hatte sich nicht konzentrieren können.

»Ich brauche dringend ein paar Tage Pause. Ich weiß, dass ich dann wieder besser spiele …«

Antonia setzte sich zu ihm und erzählte von ihrem Tag.

»Mit dem Neffen von Frau von Ravenorst, dem Anwalt, war ich in Sassnitz. War hübsch dort. Wir haben in einem Café am Hafen Kaffee getrunken. Ich kannte das Städtchen ja noch gar nicht. Letztes Jahr bin ich immer nur bis Binz gekommen.«

»Wie kommst du denn an den?« Florian machte ein verdrossenes Gesicht.

»Ich habe etwas für die alte Dame, Asta von Ravenorst, abgegeben. Er ist wegen des Todes seines Onkels hier und hat mir die Tür geöffnet.« Zumindest war das nicht gelogen.

Florian strich sich müde durchs Haar und entschuldigte sich, dass er wegen der Proben nicht mehr Zeit mit ihr zusammen verbringen konnte.

Antonia beschwichtigte ihn.

»Du musst keine Schuldgefühle haben. Das war ja gar nicht geplant, dass ich schon so früh nach Rügen komme.«

»Und was sind deine Pläne für morgen?«

»Morgen mache ich mit Claus von Ravenorst einen Bootsausflug nach Lauterbach, zu einem seiner Mandanten. Er möchte, dass ich mitkomme, sonst wird ihm die Fahrt zu lang.«

»Was? Schon wieder mit diesem Mann? Jetzt also mit dem Boot«, maulte Florian. »Willst du den Rest deiner Ferien mit diesem Ravenorst verbringen, während ich an der Orgel schwitze? Und, was findest du an dem?«

»Er hat schöne Hände …«, lächelte ihn Antonia maliziös an.

Florian war empört. »Antonia, das ist eine billige Retourkutsche, und das weißt du. Nur weil ich die Klever mal gelobt habe.«

»Florian, jetzt stell dich mal nicht so an! Ich könnte auf deine ewigen Proben genauso eifersüchtig sein …«

Florian winkte ab und ließ sich aufs Bett sinken. Es ging ihm auch physisch nicht gut. Er hatte sich mittags in Bergen den Magen verdorben und wollte nicht mehr ausgehen. Antonia konnte ihn noch nicht einmal mehr zu einem Strandspaziergang überreden.

Sie nahm sein Auto und fuhr allein zur »Reuse«. Als sie neben dem Restaurant auf den Parkplatz einbog, schrillte das Handy in ihrer Jackentasche. Es war Gesine.

»Antonia, ich halte es in meiner Wohnung nicht mehr aus. Ich habe Bekannte, die übermorgen zum Campen nach Rügen fahren, und ich habe mich denen einfach aufgedrängt. Sie haben meine Verzweiflung erkannt und nehmen mich mit. Kann ich bei euch im Hotel wohnen?«

Antonia fragte sich für den Bruchteil einer Sekunde, ob Gesine sie bei ihrer Recherche behindern würde, aber dann überwog ihre Freude. »Das ist eine sehr gute Idee, Gesi. Unser Hotel ist, soviel ich weiß, ausgebucht. Aber wir finden schon was für dich!«

In der »Reuse« war nicht viel los. Antonia nahm am Fenster Platz und bestellte sich das Tagesgericht, Scholle mit Bratkartoffeln. Sie war in Gedanken bei Ophusen. Was wusste die Polizei über seinen Tod, das sie nicht wusste? Und was sollte diese Zurichtung seines Hundes?

Nachdem er die anderen Gäste bedient hatte, kam Olaf zu ihr herüber und setzte sich an ihren Tisch. »Haste schon gehört? Gestern hat es hier eine Schlägerei gegeben.«

Antonia zerteilte schweigend ihren Fisch und wartete darauf, dass Olaf fortfuhr. Er stand auf, zapfte sich ein Bier und setzte sich wieder neben sie. »So'n Rechter hat den Jaro vom Schreiner verprügelt.«

»Ein Neonazi? Ich dachte, die gäb es hier nicht«, bemerkte Antonia abwesend. Und wenn die beiden Morde nun doch zusammenhingen und kühl geplant waren? Vielleicht wusste Klenke inzwischen mehr. Schade, dass er heute nicht in der »Reuse« war.

»Klar haben wir auch eine rechte Bewegung auf Rügen. Wie in ganz Mecklenburg-Vorpommern. Bei der Arbeitslosigkeit hier kein Wunder. Unsere Jungs von der Insel sind dann sauer, wenn sie sehen, wie andere die Jobs kriegen, weil die nicht so viel verlangen.«

»Aber die Polen sind doch fest angestellt, werden die denn unter Tarif bezahlt?«

»Weiß nicht, was der Schreiner denen gibt. Darauf kommt es ja auch nicht an. Die Vorurteile sind da und die Wut auch, da schauen die im Einzelfall nicht so genau hin.«

»Und wie kam es zu der Schlägerei?«

Olaf trank in mächtigen Schlucken sein Glas leer und wischte sich den Mund. »Also, der Jaroslav und sein Kumpel, der irgendwo anders arbeitet, die beiden standen am Tresen und bekamen jeder ein Bier. Da stand dann auf einmal ein Typ hinter ihnen, so einer mit Glatze, und behauptete, er habe früher bestellt, und pöbelte sie an.«

»Billige Masche. Und dann?«

»Der Pole wollte ihn vorlassen, aber da fing der mit der Glatze schon an zu fluchen und zu schimpfen. Dann hat der Jaro ihm sein Bier angeboten, das ich gerade vor ihn hingestellt hatte, aber der andere, der mit der Glatze, der schon reichlich abgefüllt war, schrie gleich los, er wolle sein Scheiß-Bier nicht, er wolle selbst bestellen, und boxte ihn gegen die Brust. Da ist der andere Pole, der Freund vom Jaro, dazwischengegangen, und die Glatze hat zuerst ihm eine verpasst und dann dem Jaro.«

»Das heißt, der Neonazi hat die Schlägerei provoziert?«

»Ja, na gut, der eine von den Polen war auch schnell mit der Faust dabei. Der Friedlichste von den dreien war der Jaroslav. Wir sind jedenfalls zu dritt auf die Glatze los, und Hannes Klenke hat ihn mitgenommen auf die Wache. War gar nicht von hier, meinte Hannes, als er später noch mal zurückkam. Kam vom Zeltplatz und hatte sich da schon volllaufen lassen. Hatte auch Krach mit seiner Alten, da kam was zusammen.«

»Hoffentlich will er sich jetzt nicht an Jaroslav rächen, weil er die Nacht auf der Wache verbringen musste.«

»Glaub ich nich! Hannes sagte, als der nüchtern war, hat ihm das alles leidgetan. Seine Freundin hat ihn abgeholt. Die sind dann auch heute schon zurück aufs Festland.«

»Und seine Kumpels?«

»Die anderen haben nur dagesessen und nicht viel gesagt.«

»Warum meinst du, dass die auch der rechten Szene angehören?«

»Sieht man doch. Die hatten alle so komische T-Shirts an und Springerstiefel, zwei hatten rasierte Köpfe.«

»Guten Abend!«

Birte von Witzleben hatte das Restaurant betreten und war an Antonias Tisch gekommen. Sie bestellte sich bei Olaf eine Suppe und ein Pils und fragte Antonia, ob sie sich zu ihr setzen könne. Birte sah blass aus. Antonia begrüßte sie herzlich und machte ihr auf der Eckbank neben sich Platz.

Während Birte bedächtig das weiche Innere aus ihrem Beilagenbrötchen pulte und die Bröckchen in die Suppe tunkte, erzählte Olaf noch einmal die Geschichte von Jaroslav und der Schlägerei. Birte hob ihren Löffel, legte ihn aber wieder ab. Sie sah die beiden anderen erstaunt an.

»Was, den Jaro hat es erwischt? Der kann doch keiner Fliege was zuleide tun! Der Schreinerladen hat meine Regale im Wohnzimmer gebaut. Und Jaro hat mir den Tipp gegeben, dass ich in meinem oberen Flur unter den Schrägen viel Platz durch Einbauschränke gewinnen könnte. Er ist phantastisch. Er hat alles so gebaut, dass es aussieht, als wäre es immer schon da gewesen. Bei einem alten Haus ist das nicht ganz einfach. Dann fahre ich wohl mal vorbei und wünsche ihm gute Besserung.«

Antonia erkundigte sich nach Wotan, und Birte berichtete lächelnd, dass sich die Hinterhand erholt habe und sie heute Morgen einen spritzigen Galopp über die Felder mit ihm machen konnte. Dann schob sie den noch fast vollen Teller mit der Suppe von sich weg. Das zweite Brötchen aus dem Beilagenkorb rührte sie nicht an. Stattdessen leerte sie ihr Glas Bier in einem Zug und bestellte sich bei Olaf ein zweites. Dann schaute sie Antonia an.

»Ich habe eine Bitte. Ich möchte am Wochenende für drei Tage nach Berlin fahren und wollte Sie fragen, ob Sie sich in dieser Zeit um das Pferd kümmern können. Frau Pisch ist zwar da, und sie weiß auch, wo sein Futter steht, aber sie ist ängstlich, und es wäre schön, wenn Sie das übernehmen könnten.«

Antonia willigte sofort ein. »Sehr gerne. Am Wochenende erwarte ich zwar eine Freundin aus Hamburg, aber Gesine kann ja mitkommen zum Füttern. Sie ist früher auch geritten. Leider hab ich noch kein Zimmer für sie, unser Hotel ist ausgebucht.«

Zu ihrer Überraschung bot Birte an, dass Gesine in ihrem Haus übernachten könne. Sie habe Platz genug.

Antonia war erfreut. »Das wäre natürlich toll, ich fürchte aber, sie kann die Stufen nach oben noch nicht so gut gehen, sie hat sich den Fuß angebrochen.«

»Sie kann unten im Wohnzimmer schlafen. Ich habe da eine Schlafcouch. Kein Problem.«

Antonia griff nach ihrem Handy. »Dann werde ich Gesine die frohe Botschaft mal gleich mitteilen.«

Ihr Display zeigte den Erhalt einer SMS an. Sie stammte von Claus von Ravenorst. Er hole sie morgen früh um zehn Uhr am Hotel ab. Olaf, der neben ihr saß, reckte neugierig seinen Hals, und Antonia spürte verärgert, wie sie errötete.

10

Am folgenden Morgen saß sie auf der Hotelterrasse und hielt nach dem blauen Sportwagen des Anwalts Ausschau. Sie freute sich auf den Ausflug, und etwas später schien es ihr schon fast natürlich, in einem Porsche Cabrio über die Insel zu fahren.

Der Anwalt schien wie immer guter Dinge, denn er summte vor sich hin. Als Antonia ihr im Wind flatterndes Haar mit beiden Händen festhielt, griff er nach vorn, betätigte einen Knopf und förderte aus einer Klappe ein seidenes Kopftuch zutage. Er hielt es Antonia hin, aber sie lehnte ab.

»Ich nehme nur Wegwerf-Kopftücher«, rief sie lächelnd. Der Anwalt zuckte mit den Schultern, legte das Tuch wieder in das Fach zurück und summte weiter vor sich hin.

Die »Amiga«, das Boot, das er gemietet hatte, lag im Hafen von Seedorf friedlich in einer Reihe mit anderen kleineren Yachten und machte einen vertrauenerweckenden Eindruck. Dennoch betrat Antonia das Bootsdeck mit gemischten Gefühlen. Sie war bisher nur auf großen Ausflugsbooten gefahren, und sie konnte nicht einschätzen, wie weit es bei dem Anwalt mit der Navigation bestellt war.

Claus von Ravenorst stieg in die Kabine und machte sich am Steuerpult des Bootes zu schaffen. Als er Antonias skeptischen Gesichtsausdruck sah, wies er auf eine Klappe in der Bordwand. »Keine Bange. Dahinter liegen die Rettungsringe.«

Für Antonia war das kein wirklicher Trost – schließlich war die Ostsee kein Fluss. Die See lag jedoch wie ein Spiegel da, zumindest als sie die Having entlangfuhren, die südlich durch die Landzunge der Reddevitzer Höft geschützt war. Als sie um die Ecke in das offene Meer bogen, wurde der Wellengang erheblich stärker. Der Anwalt blieb ruhig, hatte aber keine Zeit mehr, bei dem heftigeren Wellengang sein Smartphone zu bedienen. Antonia durfte das Steuer auch eine Weile halten, war aber froh, als sie es ihm wieder abgeben konnte.

Nach einer Weile tauchte Vilm vor ihnen auf. Claus von

Ravenorst steuerte das Boot südlich um die kleine Insel herum. Antonia war überrascht: Hier bot sich ihnen ein Blick auf eine wunderschöne sandige Bucht. Der gut gelaunte Anwalt wies hinüber und erläuterte mit lauter Stimme, um den Dieselmotor zu übertönen, dass die Insel vollkommen autofrei sei.

»Wussten Sie, dass hier früher die SED-Prominenz Urlaub gemacht hat? Man hat das auch die Karibik des Ostens genannt.«

Die Sonne beschien einen weißen Strand, hinter dem sich das Grün alter Bäume erhob. Von Ravenorst zeigte ihr erneut, wie sie das Boot auf Kurs halten konnte. Er selbst machte mit seinem Smartphone Fotos von der Insel.

Antonia dachte an ihren Roman und wie Elizabeth von Arnim auf der Insel Vilm dem jungen Brosy ins Bild gelaufen war. Bei den damaligen Verhältnissen eine Katastrophe, heute wäre es dank Digitalfotografie keiner Erwähnung wert.

»Was schreiben Sie denn da die ganze Zeit für Nachrichten? Ich meine, Sie schicken doch keine Fotos an Ihr Büro?«

»Wenn ich ein Foto mache, schicke ich es meist an meine Facebook-Freunde, die freuen sich.«

»Dafür haben Sie auch noch Zeit? Sie scheinen mir beruflich sehr eingespannt …«

Claus von Ravenorst sah hoch und lächelte. ›Pflücke den Tag‹, ist meine Devise. Sie machen sich übrigens gut am Steuer.« Damit stieg er an Deck und führte, wenn er nicht tippte, Telefonate mit seiner Kanzlei in Bad Godesberg.

Am Ufer schob sich jetzt ein helles Gebäude mit einer klassizistischen Säulenreihe an der Front ins Blickfeld.

»Und was ist das?«, rief Antonia von Ravenorst über die Schulter zu.

»Das ist das alte Badehaus von Goor, 1818 erbaut und heute ein elegantes Hotel. Wenn Sie möchten, können wir dort später Tee trinken.«

Antonia stimmte begeistert zu. Als sie sich Lauterbach näherten, übernahm der Anwalt wieder das Steuer, manövrierte das Boot geschickt in den Yachthafen und legte am Gästesteg an.

»Einen Moment noch, ich schaue nur mal eben nach einem

der Motoren.« Er öffnete eine Bodenklappe. »Die Storebro läuft mit zwei Dieselmotoren«, erklärte er fachmännisch.

Antonia blickte auf einen der metallenen Körper, die sich unter dem Boden erstreckten. »Da unten wäre theoretisch auch noch Stauraum?«

»Ja, das ist aber bei dem Dieselgeruch nicht zu empfehlen.«

Antonia hörte Claus von Ravenorst leise fluchen. Irgendetwas war offenbar nicht in Ordnung. Dann stand der Anwalt wieder auf, schloss die Klappe und wusch sich die Hände.

An Land ließ sich Antonia auf dem Rasen nieder. Zwischen den Motoryachten und Segelbooten funkelte die Sonne auf dem Wasser. Antonia genoss das Schauspiel, bis von Ravenorst die Liegegebühr beim Büro der Marina bezahlt hatte. Dann folgte sie ihm zu einer Ansammlung von Ferienhäusern, die über dem Wasser zu schweben schienen.

»Mein Freund Christian ist Chirurg. Schönheitschirurgie. Auf Nasenkorrekturen spezialisiert. Er hat sich für eine Weile beurlauben lassen und hier für ein paar Monate ein schwimmendes Ferienhaus gemietet.«

»Beneidenswert!« Antonia malte sich aus, wie es wäre, hier den ganzen Sommer zu verbringen.

»Unter uns: Er ist nicht ganz freiwillig hier. Er wurde vom Dienst suspendiert, aber nicht wegen eines Kunstfehlers in der Schönheitschirurgie. Er arbeitet in einer Schweriner Privatklinik. Man hat dort Produkte verkauft, die leider Schaden anrichteten. Anstatt Falten zu reduzieren, bekamen die Anwenderinnen reihenweise rote, geschwollene Gesichter.«

Antonia wollte sich gerade über seine Freimütigkeit wundern, als er auch schon fortfuhr. »Normalerweise spreche ich nicht über meine Klienten, ich erzähle Ihnen das nur als Warnung, falls Sie noch hübscher werden wollen, als Sie schon sind.«

»Ich denke, der Mann ist Chirurg und kein Chemiker.«

»Ja, aber als Leiter der Klinik haftet er.«

»Hm, und Sie wollen ihn verteidigen?«

»Erstens ist er mein Freund, und zweitens kann er nichts für die Produkte.«

Sie betraten den Steg, der zum schwimmenden Ferienhaus

des Chirurgen führte. Sein Bewohner, ein großer, sportlich wirkender Mann Ende fünfzig in weißen Jeans und dunkelblauem Tennishemd, erhob sich aus seinem Terrassenstuhl und kam ihnen entgegen. Er umarmte den Anwalt und sah neugierig auf Antonia herab. Claus von Ravenorst stellte sie vor.

»Frau Babe ermittelt privat im Todesfall meines Onkels, und meine Tante und ich sind ihr sehr verbunden, dass sie uns auf dem Laufenden hält.«

Ravenorsts Freund ging ins Haus und tauchte mit zwei Bierdosen, einer Flasche Mineralwasser und drei Gläsern wieder auf.

»Nehmt Platz!«

Antonia setzte sich in einen der Deckstühle und trank ein halbes Glas. Dann entschuldigte sie sich, sie wolle bei der Besprechung nicht stören. Ihr fiel Elizabeth von Arnim ein, die das Baden in Lauterbach als *himmlisch* bezeichnet hatte. Wo sie denn hier in der Nähe schwimmen könne?

»Direkt von hier aus. Umziehen können sie sich drinnen im Bad.«

Antonia ging ins Haus. Die Tür zum winzigen Bad lag neben der Küchenzeile. Neben dem Kühlschrank stand eine ganze Batterie leerer Schnapsflaschen, daneben ein gelber Müllsack mit Bierdosen. Der Chirurg hing offenbar an der Flasche.

Sie zog sich um, ging um das schwimmende Haus herum, sprang ins Wasser und schwamm ein Stück hinaus. Von der Mitte der Bucht aus sahen die schwimmenden Ferienhäuser und angrenzenden Pfahlbauten wie ein prähistorisches Dorf aus.

Antonia legte sich auf den Rücken. Elizabeth, ihre Romanheldin, war 1904 nur über ein Badehaus, das von einer Badefrau mit weißer Haube gewartet wurde, ans Wasser gelangt. Antonia dachte daran, wie Elizabeth plötzlich beim Baden auf ihre Cousine trifft und ihr Aufenthalt von da an ruiniert zu sein scheint. Todunglücklich über die Begegnung mit Charlotte, fühlt sie sich in ihrem Urlaubsgenuss gestört. *Charlotte war anstrengend, und anstrengenden Frauen gehe ich immer aus dem Wege*, hieß es im Roman. Antonia hatte dabei an Hanne Klever denken müssen. Wie gut, dass ich heute mal jemanden befragen kann, bei dem die Klever garantiert noch nicht war, dachte sie zufrieden.

Sie ließ sich vom Wasser tragen und sah zum Ferienhaus des Chirurgen zurück: Die beiden Männer saßen über Papiere gebeugt im Schatten des Terrassendachs. Um sich auszuruhen, schwamm sie zum Steg eines der leer stehenden Häuser, kletterte hinauf und legte sich in die Sonne.

Nach einer Weile, in der ihr Badeanzug fast trocken geworden war, schwamm sie die lange Strecke ruhig zurück. Die Männer saßen nicht mehr auf den Deckstühlen. Sie stieg die Leiter zur Terrasse hoch und schaute in das Innere des Ferienhauses. Niemand da, die Tür stand aber offen. Sie legte sich wieder in die Sonne und wartete. Schließlich hörte sie, wie sich Stimmen näherten. Die beiden Freunde kamen den Steg herunter.

»Wir haben einen Spaziergang gemacht und etwas aus dem Fischladen am Hafen zu Essen besorgt«, erklärte Ravenorst. Sein Freund Christian brachte Teller, und Claus von Ravenorst wickelte die Spezialität des Ortes, dick belegte Fischbrötchen, aus fettigem Papier und legte je eins in die Mitte der Teller. Antonia nahm Platz. Die Bewegung und die Bootsfahrt hatten sie hungrig gemacht. Sie hatte lange nicht mehr so etwas Köstliches gegessen und brachte ihr Behagen mit mehreren »Hmmm« zum Ausdruck.

»Dafür ist Lauterbach bekannt. Das können die hier besonders gut.«

Auch der Chirurg wischte sich mit zufriedener Miene den Mund mit einer Papierserviette des Fischladens. Dann schaute er Antonia neugierig an. »Und Sie sind Privatermittlerin? Was haben Sie denn schon herausgefunden über die ›Morde vom Mönchgut‹, wie unsere Zeitung es genannt hat?«

Antonia antwortete nicht, holte stattdessen ihr Handy heraus und öffnete die Fotos von Benni und den abgetrennten Fingern. Sie versuchte, sie so groß wie möglich zu machen.

»Sie sind doch Chirurg und können bestimmt was vertragen. Was sagen Sie zu diesen Bildern?«

Auch Claus von Ravenorst warf einen Blick auf das Display, sah aber rasch wieder weg. Sein Freund kniff die Augen zusammen.

»Ich komme ursprünglich aus der Unfallchirurgie. Das hier sieht mir sehr professionell aus. So als habe hier jemand mit Routine gearbeitet. Vielleicht ein Kollege? Oder jemand in Ausbildung. Student oder Assistenzarzt? Jedenfalls kein *gewöhnlicher* Mörder«, setzte er hinzu und brach in Lachen aus. »Sorry, wir Ärzte machen gerne Witze ...«

Ravenorst, dessen Finger wieder über sein Smartphone huschten, sah erstaunt auf und zu Antonia herüber, als sie sich für die einzelnen Instrumente zu interessieren begann.

»Und mit was arbeitet man da in der Unfallchirurgie?«

»Das ist nicht viel anders als beim Fleischer. Wir brauchen natürlich auch Sägen. Kommt drauf an. Bei Fingern dieser Größe ... Das sind doch die von deinem Onkel Hans, nicht wahr? Ich weiß nicht, ich würde sagen ...«

Antonia sah aus dem Augenwinkel, wie Claus beim Eintippen innehielt. Er stand auf und fragte nach der Toilette. Das Gespräch schien ihm nicht zu bekommen. Als er im Inneren des Ferienhauses verschwunden war, erkundigte Antonia sich bei dem Chirurgen, wie man erkennen könne, ob es sich um eine Heimwerkersäge oder ein orthopädisches Operationsinstrument gehandelt habe. An der Zahnung vielleicht?

Der Chirurg strich sich nachdenklich den Dreitagebart. »Ich denke, das ist letztlich egal. Ob sie ein Brett oder ein Wadenbein zersägen ... Beim Holz kommt es ja auch oft auf den feinen Schnitt an.«

»Besitzen Sie zu Hause zufällig eine Heimwerkersäge?«

Der Chirurg schüttelte den Kopf. »Nein. Für Heimwerken hatte ich nie etwas übrig. Ich hole vernünftige Handwerker, für eigene Basteleien habe ich keine Zeit. Aber Sie haben meine Frage noch nicht beantwortet. Was wissen Sie denn über die Mordfälle?«

Antonia seufzte. »Fast nichts. Das ist es ja. Ich glaube, die Polizei ist viel weiter als ich. Kannten Sie die Opfer?«

»Ich? Nein! Ich habe kaum einen Fuß in dieses Dorf gesetzt. Ich bin in Binz geboren und nach der Schule so schnell wie möglich nach Greifswald zum Studium.«

Ravenorst war zurückgekommen und bat den Freund, Kaffee zu kochen. »Wir haben noch die Bootsfahrt zurück vor uns, und im Osten zieht Regen auf.«

Antonia sah an den östlichen Himmel. Tatsächlich schob sich

über dem Horizont eine dunkle Grauschicht vor das bisher reine Blau. Sie folgte Christian in die Küche.

»Ich hätte da noch eine Frage. Wenn Sie aus Binz stammen, kennen Sie vielleicht die Familie von Witzleben? Sie hatten in der Nähe von Binz ein Gutshaus, mussten aber später in ein kleineres Haus ziehen.«

Der Mann hantierte mit einer brandneuen Espressomaschine und bediente das Mahlwerk. Hinter ihr tauchte jetzt Claus von Ravenorst im Türrahmen auf.

»Er war sogar eine Zeit lang mit Dörte, Birtes älterer Schwester, liiert. Stimmt's, Christian?«

Der Chirurg nickte und gab der Espressomaschine ein paar elektronische Befehle. »Nun, ›liiert‹ wäre übertrieben. Ich kannte sie schon seit der Jugendweihe. Wir haben öfters auf Festen zusammen getanzt und waren ein paarmal zusammen im Kino. Sie hat dann ziemlich bald geheiratet und lebte auf dem Festland. Ist jetzt in Frührente. Sie war Lehrerin und hielt den Schuldienst nicht mehr aus. Von ihrem Mann lebt sie getrennt.«

»Warum?«

»Kann ich nicht sagen. Der war auch Lehrer. Dörte lebt heute sehr zurückgezogen auf einem alten Bauernhof in der Nähe von Stralsund. Ihr Mann ist im Westen. Ich muss noch irgendwo ihre Telefonnummer haben, wir haben uns nämlich vor zwei Jahren an Ostern zufällig in Binz wiedergetroffen und wollten Kontakt halten. Es ist aber nichts daraus geworden. Sie war auch ein bisschen seltsam.«

»Wie meinen Sie das?«

»Sie ist wohl ziemlich in die Esoterik-Szene abgetaucht und sprach viel von einem Engel, mit dem sie sich unterhält …«

»Sie spricht mit einem Engel?«, fragte Ravenorst und hob erstaunt die Brauen. »Andere kommen für so was ins Irrenhaus.«

Antonia lachte. »In dieser Szene tummelt sich so manches.«

»Von Christian habe ich auch die Geschichte mit den Schülerinnen, die Onkel Hans besonders ins Herz geschlossen hatte. Ich glaube, Dörte war eine seiner Lieblingsschülerinnen«, setzte Claus von Ravenorst hinzu.

Der Chirurg holte zwei Espressotässchen aus dem Hängeschrank und stellte sie unter die Düsen der Kaffeemaschine. Der Espresso schoss mit lautem Zischen und Brodeln in die Tassen, und ein köstlicher Duft breitete sich im Raum aus. Christian stellte die Tassen samt Zuckerdose und zwei Löffeln auf ein Tablett und trug das Ganze auf die Terrasse.

»Nehmen Sie selbst keinen Kaffee?«

Ihr Gastgeber schüttelte den Kopf. »Ich bleib bei Bier. Kaffee stört da nur.«

Erst jetzt bemerkte Antonia, wie Christians Hände zitterten und dass sein Gesicht eine ungesunde, schuppige Röte aufwies. Er war ganz offensichtlich Alkoholiker. Langsam ließ er sich wieder in das Segeltuch seines Terrassenstuhls nieder und ächzte leise. Dann holte er eine Bierdose unter dem Tisch hervor und zog die Lasche von der Öffnung.

»Dörte ist drei Jahre älter als Birte. Sie war damals lange zur Nachhilfe bei dem alten Ravenorst. Im Gegensatz zu Birte war sie wohl etwas schwerfällig und lernte schlecht. Und weil Witzleben sein Jagdbruder war, hat Hans ihm zuliebe die älteste Tochter nach der Schule einzeln unterrichtet. Dann hat er das wohl auf andere Gebiete ausgedehnt. Jedenfalls munkelte man, dass zwischen den beiden etwas lief. Dörte hat nie etwas gesagt, sie war ein sehr verschlossenes Mädchen. Aber einmal auf einer Fete, da hat sie zu viel Wein getrunken, später habe ich sie nach Hause gebracht, und da hat sie die Sache mit dem alten Ravenorst erzählt. Ging wohl so zwei Jahre. Niemand wusste davon.«

Antonia machte sich im Geiste eine Notiz, dass sie unbedingt Birte nach ihrer Schwester und deren Beziehung zum alten Ravenorst fragen musste. »Und wie war Birte?«

»Sie war immer ein guter Kumpel. Sehr sportlich. Soweit ich mich erinnern kann, hatte sie nie einen Freund. Ich glaube, sie konnte Männern nichts abgewinnen.«

Auf der Rückfahrt nach Seedorf war Antonia sehr schweigsam. Sie hatte sich auf die Planken am Heck niedergelassen und schaute nachdenklich auf die Schaumstreifen, die das Boot in die Ostsee schnitt. Hatte wirklich niemand von dem Verhältnis des alten Schulleiters mit seiner Schülerin gewusst? Am besten, sie fragte diese Dörte selbst. In ihrer Jackentasche knisterte der Zettel mit der Telefonnummer, den ihr der Chirurg gegeben hatte.

Die Fahrt verlief ruhig und kam Antonia kürzer vor als die Hinfahrt. Kurz bevor sie in Seedorf einliefen, fielen erste Regentropfen.

»Noch mal Glück gehabt!« Claus von Ravenorst legte den Steuerhebel um und machte ein zufriedenes Gesicht. »Obwohl ich auf dem Rhein auch bei leichtem Regen gern fahre ...«

Im Wagen schloss er das Verdeck und fuhr Antonia zum Hotel zurück. Sie schüttelte Ravenorst herzlich die Hand und bedankte sich bei ihm für den schönen Tag.

Als sie ausstieg, sah sie, wie ein paar Hotelgäste, die vom Strand zurückkamen, den Porsche anstarrten. Wie peinlich, dachte sie, winkte dem Anwalt jedoch freundlich zu, als er den Wagen wendete und mit hohem Tempo davonschoss.

Florian war offenbar schon zurück von der Probe, denn seine Sachen lagen wie immer auf dem Zimmerboden verstreut. Vom Balkon aus konnte Antonia ihn unten im Strandkorb sitzen sehen. Er trug seine rote Regenjacke und las.

Sie ging hinunter an den Strand, setzte sich neben ihn und berichtete lebhaft von der Bootsfahrt nach Lauterbach und den schwimmenden Ferienhäusern. Florian schien es wieder besser zu gehen. Er hörte gleichmütig zu und fragte nach dem Bootstyp und der Geschwindigkeit, die er erreichen konnte. Darauf wusste Antonia keine Antwort, weil sie bei Ravenorsts Vortrag über die technischen Daten nicht wirklich zugehört hatte.

»Ich habe heute schon mittags mit der Probe aufgehört und mir ein Lunch in der ›Reuse‹ gegönnt. Ich habe ja gestern kaum etwas essen können. Im Lokal war die Aufregung groß. Olaf erzählte mir, dass der polnische Arbeiter, der gestern in die Schlägerei verwickelt war, von einem Unbekannten von hinten in die Kreissäge gestoßen worden ist. Der Täter konnte unerkannt fliehen –«

»Oh Gott! Was ist mit dem Mann passiert?«

»Jaroslav hat einen halben Finger verloren und um Hilfe geschrien. Er hatte Glück. Sein Boss war in der Nähe und hat ihn umgehend in die Notaufnahme gefahren. Man konnte den Finger wieder zusammennähen.«

Antonia war erschüttert. »Ich hab mir schon gedacht, dass sich die Kerle vielleicht an ihm rächen würden. Aber so drastisch? Das hätte ich nicht geglaubt.«

Sie blätterte in der Zeitung, die Florian mitgebracht hatte. »Ob die etwas über den Vorfall berichten?«

Florian winkte ab. »Da steht nichts drin. Olaf ist als Nachrichtenquelle verlässlicher als die hiesige Presse. Vielleicht waren es gar keine Neonazis. Vielleicht war es der Wahnsinnige, der schon zwei Menschen und einen Hund auf dem Gewissen hat. Vielleicht trifft er seine Auswahl ganz ungezielt, eben weil er töten will, was meinst du?«

»Schon möglich.«

Antonia überflog weiter die Lokalnachrichten und spielte die Gleichgültige. »Daran sollen sich jetzt Klatt und Klenke die Zähne ausbeißen. Hier steht übrigens, dass morgen Abend das Strandfest mit großem Feuer stattfinden soll. Gehen wir hin?«

Florian schüttelte den Kopf. »Da kann ich leider nicht. Ich bin morgen den ganzen Tag in Bergen, weil am Sonntag das Konzert ist.«

Antonia legte die Zeitung beiseite und machte einen Spaziergang am Strand.

Der leichte Regen hatte aufgehört, und eine kräftige Abendsonne verlieh der See eine solche Leuchtkraft, dass Antonia fasziniert stehen blieb. Wie schon einmal zuvor, versuchte sie, Dörte von Witzleben, Birtes ältere Schwester, zu erreichen, aber niemand hob ab.

Weiter unten am Strand hatte man bereits einen großen Haufen Brennholz und ein paar Autoreifen für das morgige Strandfeuer aufgeschichtet. Als sie näher kam, erkannte Antonia den Meister aus der Schreinerei, der mit einem Gehilfen Balken und Bretter zum Feuer schleppte. Sie blieb stehen und wünschte einen guten Tag.

Der Schreiner wischte sich den Schweiß von der Stirn. »Ach, Sie sind doch die mit dem Küchenschrank. Haben Sie denn inzwischen ausgemessen?«

»Noch nicht. Ich hab aber von dem Unfall Ihres Mitarbeiters gehört, das muss ja schrecklich gewesen sein!«

»Ja, schön war das nicht. Der Finger ist wieder dran, aber der Jaro steht noch unter Schock. Ich habe ihn für das Wochenende nach Hause zu den Seinen geschickt.«

»Und Sie konnten nicht erkennen, wer das war?«

»Ich war doch im Büro und hab telefoniert. Bis ich Jaro schreien hörte. Aber da war der Mann schon um die Ecke. Ich konnte ihm nicht folgen, weil ich erst den Jaro versorgen musste. Verband und so.«

»Das haben Sie offenbar hervorragend gemacht«, sagte Antonia anerkennend. »Haben Sie also den Täter noch sehen können?«

»Ja, aber nur kurz. Er lief durch das Tor. Hatte so einen altmodischen dunklen Anzug an, helle Haare, und er trug eine Kappe. Das habe ich auch der Polizei gesagt. Komische Klamotten bei diesem warmen Wetter …«

»Also von den Skinheads, mit denen es die Prügelei gab, war es keiner?«

»Nee, 'n Skinhead im Anzug? Und so feine helle Schuhe hatte der an. Na, ich mach mal weiter. Wir haben noch jede Menge altes Holz aus einem Abbruchhaus hierherzuschleppen, damit das morgen ein schönes Feuer gibt …«

»Hoffentlich bleibt es trocken!«, rief Antonia ihm nach.

Nach dem Abendessen im Hotel widmete sich Florian wieder seinen Partituren, und Antonia las in ihrem Roman. Gegen elf Uhr verspürte sie plötzlich Bewegungsdrang. Als Florian sich auf dem Bett ausstreckte, stand sie auf und reckte sich.

»Flori, ich muss noch mal kurz an die frische Luft.«

Ihr Freund sah auf und nickte abwesend. Dann unterbrach er sein Summen und bat Antonia, sich nur im Ort aufzuhalten. »Geh bitte nicht allein ans Meer. Wer weiß, wer sich da herumtreibt? Hast du die Taschenlampe dabei?«

Antonia nickte und versprach, vorsichtig zu sein.

Draußen ging ein lauer Sommerwind. Der Ortsausgang war schnell erreicht. Entgegen der Absprache mit Florian lenkte Antonia ihre Schritte doch in Richtung Dünen und atmete tief durch. Unten lag silbrig schimmernd die See, und im Mondlicht sah man helle Schaumkronen auf dem dunklen Wasser tanzen. Als sie die Dünen fast überquert hatte, hörte sie hinter sich ein Geräusch. Es klang, als ob Räder leise im Sand knirschten. Antonia dachte zunächst, jemand schöbe ein Fahrrad durch den Sand, dann aber sah sie, wie jemand den Strandweg hinunterkam und einen hölzernen Leiterwagen hinter sich herzog. Sie duckte sich und legte sich hinter dem Strandhafer flach in den Sand.

Als die Person näher kam, erkannte sie die dürre Gestalt der Witwe Ravenorst. Sie ging mit erhobenem Haupt und schnellen Schrittes in Richtung Kliffweg. Antonia kam aus dem Staunen nicht mehr heraus. Die alte Dame machte nicht nur behände Schritte, sie ging auch ganz ohne Stock und trug einen großen Korb vor sich her, den sie in Richtung Holzstapel schleppte. Antonia konnte nicht erkennen, was sie dort genau tat, aber es schien, als ob sie den Inhalt des Korbs auf den Haufen schichtete. Dann kehrte sie zu dem Wagen zurück und holte einen Koffer, den sie ächzend durch den Sand zog. Antonia hatte den Impuls, der alten Frau zu helfen, blieb jedoch liegen. Sie wollte zunächst sehen, was passierte.

Asta von Ravenorst schien auch den Inhalt des Koffers auf dem Scheiterhaufen zu verteilen, denn nach einer Weile kam sie mit leeren Händen zurück, nahm die Stange des Leiterwagens auf und entfernte sich wieder in die Richtung, aus der sie gekommen war.

Als sich das Geräusch der Räder verflüchtigt hatte, lief Antonia zum Strand hinunter. Es war zu dunkel, um zu erkennen, was die Witwe dort im Einzelnen entsorgt hatte. Hinter dem Scheiterhaufen stolperte sie über den Koffer, den Asta von Ravenorst offenbar auf das Holz gelegt hatte, der aber wieder heruntergefallen war. Antonia richtete sich auf, knipste ihre Taschenlampe an und beleuchtete den Scheiterhaufen. Sie erkannte zwischen alten Brettern, Balken und Reisig ein paar Kleidungsstücke, alte Anzüge und grüne Lodenjacken. Am Fuß des Scheiterhaufens stand ein großer Korb, aus dem zwei ausgestopfte Rehbockköpfe herausragten. Sie hält also Kehraus, dachte Antonia.

Auf dem Rückweg ins Dorf kam ihr die alte Frau erneut mit

dem Leiterwagen entgegen. Antonia tat so, als sei sie überrascht. »Frau von Ravenorst! Ich bin es, Antonia Babe. Noch so spät unterwegs?«

Die alte Dame blickte sich scheu um. »Ich bringe ein paar Dinge zum Strandfeuer. Tagsüber traue ich mich nicht. Da sind so viele unterwegs. Ich mag nicht gesehen werden …«

»Brauchen Sie vielleicht eine Lampe? Ich kann Ihnen meine Taschenlampe leihen.«

Antonia leuchtete in den Leiterwagen, auf dem zwei große Kartons standen. Asta von Ravenorst hob abwehrend die Hände.

»Nein, vielen Dank. Dann könnte man mich ja sehen. Ich komme auch im Dunkeln zurecht.«

Damit zog sie den Leiterwagen energisch weiter in Richtung Strand. Ob die Nummer mit der Gehbehinderung nur vorgetäuscht war? Noch etwas, was ich diesen Claus fragen muss, dachte Antonia. Falls er nicht mit seiner Tante unter einer Decke steckte. Vielleicht hatten die beiden den alten Ravenorst ja gemeinsam umgebracht?

11

»Das Hotel ist ausgebucht. Aber Birte von Witzleben hat mir einen Schlüssel für dich dagelassen. Sie ist in Berlin. Ich fahre dich am Abend zu ihrem Haus.«

Ihre Bekannten aus Hamburg hatten Gesine bis zum Hotel gebracht. Sie und Antonia saßen nun entspannt auf der Hotelterrasse und tranken Eistee. Sie hatten sich viel zu erzählen.

Gesines Fuß steckte noch in der klobigen Orthese, und längere Spaziergänge waren ihr nicht möglich. Für den Nachmittag nahmen sich die beiden Freundinnen dennoch einen Ausflug vor. Antonia hatte vorgeschlagen, einen Leihwagen zu mieten und in die Granitz, den Buchenwald in der Nähe von Sellin, zu fahren, um dort den Schwarzen See zu besuchen.

Als sie dort ankamen und den See vor sich liegen sahen, waren Gesine und Antonia begeistert, dass das Gewässer immer noch von Seerosen bedeckt war, so wie es Elizabeth von Arnim in ihrem Roman beschrieben hatte. Gesine, die sich für eine Weile Antonias Buch geschnappt hatte, wünschte sich, weiter nach Norden zu fahren und an einer bestimmten Stelle in der Nähe der Kreidefelsen – ganz wie die Autorin – baden zu gehen. Sie zeigte Antonia die entsprechende Stelle.

»Hier schreibt sie: *Der Weg am Strand von Saßnitz nach Stubbenkammer allein ist eine Reise nach Rügen wert.* Stubbenkammer, da möchte ich hin.«

Die Fahrt in den Norden zog sich, denn die Straßen waren am Wochenende ziemlich verstopft. Viele Feriengäste kamen für einen Kurzurlaub auf die Insel, da die Wettervorhersage beständige, sonnige Tage versprach. Immer wieder bildete sich auf der Strecke zum Königsstuhl, einem der beliebtesten Touristenziele der Insel, ein Stau.

In Stubbenkammer suchte Antonia einen Parkplatz, der sich in Strandnähe befand, damit die Freundin nicht zu weit gehen musste. Sie entdeckten einen steinigen Abschnitt, entledigten sich erlöst ihrer Kleider und tauchten ins kühle Nass.

Als sie nebeneinanderher schwammen, bedauerte Gesine, dass sie nur ein paar Tage bleiben könne. Sie hatte einen Artikel für das Feuilleton ihrer Zeitung übernommen, der am kommenden Wochenende herauskommen sollte, und müsse wieder nach Hamburg zurück. Froh, ihren Fuß etwas kühlen zu können, schwamm sie ein paar Züge in Ufernähe, denn der schwere Plastikstiefel zog ihr rechtes Bein nach unten.

Antonia schwamm weiter hinaus und ließ sich auf dem Rücken treiben. Ihre Gedanken bewegten sich, sobald sie allein war, immer im Kreis. Sie konnte einfach kein Motiv für die Morde erkennen. Bei dem Fall, den sie im Vorjahr gelöst hatte, hatte man den Täterkreis stärker eingrenzen können. Sie hatte nach einem Frauenhasser gesucht. Hier konnte sie bisher kein Motiv erkennen, bis auf die Tatsache, dass die beiden Opfer befreundet waren und möglicherweise beide in den achtziger Jahren für die Stasi gespitzelt hatten.

Sie schwamm zurück und setzte sich am Ufer missmutig auf einen Findling, über den Gesine ihr hellblaues Badetuch gebreitet hatte. Das Dumme war, dass sie an keinerlei offizielle Ermittlungen herankam. Sie musste unbedingt von Hannes Klenke erfahren, ob man etwas über eine Stasi-Tätigkeit der beiden Ermordeten wusste.

Gesine lehnte mit dem Rücken am Findling und genoss die Sonne. »Herrlich! Wenn man doch nur an der See leben könnte. Mir geht es hier schon viel besser als in Hamburg.«

Als Antonia ihr von ihren Schwierigkeiten erzählte, ein Tatmotiv zu erkennen, schlug Gesine vor, die Witwe Ravenorst zu fragen, ob ihr damals in den achtziger Jahren etwas an ihrem Mann aufgefallen war.

»Ja, aber selbst wenn! Der Jaroslav hat doch nicht für die Stasi gearbeitet, der ist Ausländer und viel zu jung. Und der wurde ja vielleicht vom selben Täter angegriffen …«

»Na ja, es kann sich immer auch um einen Psychopathen handeln, das hattest du ja schon mal hier.«

Antonia war es peinlich, dass Gesine sie daran erinnerte, wie sie sich seinerzeit im Hinblick auf den Täter lange getäuscht hatte. Gesine schob ihre Sonnenbrille ins Haar und legte den

Kopf zur Seite. »Der Hund zum Beispiel hat ja auch nicht für die Stasi gearbeitet«, bemerkte sie trocken, »trotzdem ist es doch möglich, dass man sich an Ophusen rächen wollte.«

»Vielleicht hat er zuerst nur den Benni töten wollen, dann aber folgte Ophusen selbst ... Nein, das macht doch keinen Sinn! Die Klever meint, der Ophusen hat vielleicht etwas gesehen und musste deshalb dran glauben ...«

»Das ist auch möglich. Vielleicht hat er gesehen, wie der Täter den alten Ravenorst verschleppt hat. Er wohnt ja, wenn ich dich richtig verstanden habe, direkt nebenan, oder?«

»Das wäre eine Möglichkeit ...«

Gesine schloss genießerisch die Augen und hielt ihr Gesicht in die Sonne. »Und was macht Elizabeth?«

Antonia war ganz in Gedanken. »Was meinst du?«

»Na unsere Reisende, was schreibt sie noch so über die Gegend hier?«

Antonia klappte seufzend ihren Roman an der Stelle auf, an der sie zuletzt einen Einkaufszettel als Lesezeichen eingelegt hatte.

»Sie hat auf Schloss Granitz die Harvey-Brownes wiedergetroffen, also den netten Ambrose und seine Mutter, die Frau des Bischofs. Und sie ist auf der Flucht vor ihrer Cousine, einer Frauenrechtlerin, die wiederum auf der Flucht vor ihrem viel älteren Ehemann ist, einem berühmten Philosophieprofessor und Nietzsche-Spezialist, den der junge Ambrose bewundert ...«

Gesine hatte inzwischen den Picknickkorb geöffnet und den Inhalt auf ein rot-weiß kariertes Tischtuch gelegt. Nun pellte sie ein hart gekochtes Ei, streute etwas Salz darauf und reichte es Antonia mit einem halben Brötchen. »Hier, Seeluft macht hungrig. Aber was sagt sie über die Insel?«

Antonia blätterte zurück und schlug das Kapitel auf, in dem Elizabeth über den Schwarzen See berichtet.

»Hier ist die Stelle über den See, den wir eben besucht haben. Hör mal: *Nach Westen endet der See in einem schilfigen Sumpf ... besternt von schneeweißen Wollblumen. Ein ganz eigenartiger Duft wie der äußerst zarte Geruch von Russischem Leder erfüllt die Luft, jedenfalls tat er das an diesem Nachmittag ... ich denke gern an diesen schönen kleinen See als ewig duftend, das ganze Jahr einsam und verzaubert daliegend im Herzen der abgeschiedenen Hügel.*«

Gesine seufzte. »Was für eine Gnade, in einer Zeit zu leben, in der man noch seine Umgebung auf diese Weise wahrnehmen konnte. In der in Deutschland noch kein Superstar gesucht wurde und niemand andauernd auf sein Smartphone starrte.«

Ihre Bemerkung erinnerte Antonia schlagartig an Claus von Ravenorst, der jetzt in Berlin war. Sie war ihm dankbar dafür, wie er sie bisher unterstützt hatte. Jedenfalls konnte sie sich ihm anvertrauen, während Florian entweder keine Zeit hatte oder ihre Arbeit behinderte … Nein, da tat sie Florian unrecht. Er wollte ja nur, dass sie Ferien machte, während er seinem Job nachging.

»Und was macht sie jetzt?«

»Wer?«

»*Elizabeth!*«

»Ach so, ja. Sie trifft die Harvey-Brownes wieder und wandert mit Mutter und Sohn ungefähr drei Stunden nach Stubbenkammer. Der Fußweg, heißt es hier, schenke *dem Reisenden eine Reihe der erlesensten Überraschungen.*« Antonia, die nicht gern lange wanderte, war insgeheim froh, dass Gesines Verletzung den Fußweg nicht erlaubte.

»Und als sie in Stubbenkammer ankommen, hat die Zofe Gertrud inzwischen einen Tisch mit einem weißen Tischtuch, einem Krug mit Rosen, Tee und Erdbeeren organisiert.«

Gesine stöhnte theatralisch auf. »Ich würde sofort auf Navi und Smartphone verzichten, wenn die Götter mir eine solche Zofe schenkten.«

Antonia schüttelte den Kopf. »Mir ginge das auf die Nerven, dauernd so jemand um mich herum zu haben.«

Gesine schmökerte weiter in Antonias Buch. »Hör zu«, sagte sie plötzlich. »*Trotz der Hitze hatte ich hier das Gefühl, die kräftigste Luft Rügens zu atmen*, schreibt Elizabeth. Und deswegen«, fuhr Gesine fort, »auf nach Lohme. Ich lade ich dich hiermit feierlich zu Kaffee und Kuchen auf der Hotelterrasse von Schloss Ranzow ein.«

»Sehr gerne!«

Auf der Rückfahrt nach Göhren dankte Antonia der Freundin,

dass sie ihr zu einem schönen Ferientag verholfen hatte. Gesine blieb hanseatisch ungerührt.

»Des Menschen Wille ist sein Himmelreich. Du müsstest deine Nase ja nicht in Dinge stecken, die dich nichts angehen. Dann hättest du hier die ganze Zeit wunderbare Ferien …«

Bevor die beiden Freundinnen an diesem Abend gegen neun Uhr vom Hotel zum Strand gingen, hatten sie sich, müde von dem langen Ausflug, auf Antonias Balkon ausgeruht. Das große Strandfeuer, so hatte Antonia in der Zeitung gelesen, sollte gegen zehn Uhr entzündet werden.

Das Fest war in vollem Gange. Das halbe Dorf scharte sich um ein paar kleine Buden und Bierwagen. Es roch nach gebrannten Mandeln, Zuckerwatte und Bratwurst. Die beiden Frauen steuerten hungrig einen Stand an, der die obligatorischen Fischbrötchen verkaufte.

Nebenan gab es Bier. An der Theke des Bierwagens standen Olaf und zwei seiner Freunde. Mit je einem Fischbrötchen in der Hand gesellten Antonia und Gesine sich zu ihnen. Olaf war schon etwas angetrunken und stellte Antonia mit großspuriger Geste seinen Freunden vor.

»Das ist die berühmte Ermittlerin Antonia Babe, sie ist hinter dem Orgelmörder her und ist eine Enkelin von Sherlock Holmes, falls ihr das noch nicht wisst.«

»Urenkelin«, korrigierte ihn Antonia.

Dann sah sie, wie sich Olafs Gesicht verdüsterte. »Oh nein!«

Über den Platz kam Hannes Klenke, an seiner Seite Hanne Klever. Klenke ging auf Olaf zu und fragte ihn, ob er Frau Klever ein paar Fragen beantworten könne, es dauere nicht lange.

»Jetzt? Hat das nicht Zeit bis morgen?«

»Jetzt stell dich nicht so an, Olaf. Frau Klever ist in den beiden nächsten Tagen nicht abkömmlich.«

Antonia sah, wie sich das Trio zu einem etwas abgelegenen Stehtisch verzog. Sie hätte zu gern gewusst, was für Fragen die Klever an Olaf hatte.

Unterdessen begrüßte sie alte Bekannte vom Vorjahr. Unter ihnen war der Gemeindevorsteher Thiessow, den sie bei ihrem letzten Aufenthalt auf Rügen als einen etwas stoischen und sehr am Essen orientierten Mann kennengelernt hatte. Auch heute schien er sich nicht vom Bratwurststand lösen zu können. An einer Bude, an der auch Kaffee ausgeschenkt wurde, gewahrte sie neben dem Ehepaar Pisch Armin Brunske, der wiederum neben einer stattlichen Frau mit würdevollem Gesichtsausdruck stand. Wahrscheinlich seine neue Bekannte, die Witwe. Antonia wechselte mit jedem ein paar Worte. Alle schienen sich zu freuen, dass sie wieder auf Rügen war. Gesine wurde allen vorgestellt und angesichts ihrer Humpelei angemessen bedauert. Erst als über ein Megafon die Ankündigung erfolgte, dass in wenigen Minuten das große Feuer angezündet würde, schlenderten Antonia und ihre Freundin mit den Biergläsern in der Hand in die Nähe des Scheiterhaufens.

Man hatte Heizöl über den Sockel des Holzhaufens gekippt, und nun entzündete ein Helfer der Feuerwehr mit dramatischer Geste das Feuer. Die Flammen fanden durch das Reisig und die vielen Kartonagen hindurch rasch ihren Weg nach oben. Antonia sah, wie eine alte Lodenjacke helles Feuer fing. Sie bildete sich ein, dass ihr Geruch den Benzingestank überlagerte.

Nicht weit vom Feuer stand, isoliert und leicht gekrümmt, Asta von Ravenorst. Sie kniff die Augen zusammen, so als ob das Licht sie schmerze. Antonia ging zu ihr hin, Gesine folgte ihr humpelnd nach.

»Schön dieses Feuer, nicht wahr, Frau von Ravenorst?«

Die alte Frau nickte. Über ihr mageres Gesicht tanzte der Widerschein der Flammen, und ein Hauch von Frohsinn lag in ihren Zügen.

»Ich habe alle seine Anzüge und Jacken hergebracht. Und dann noch die Briefe und seine Lieblingsbücher. Das ganze eklige Zeug über die Jagd und neueste Waffen und die Hefte über den Krieg.«

»Seine Briefe? Hat denn die Kripo nichts beschlagnahmt?«

»Die alten Briefe wollten sie nicht. Die Dame von der Polizei hat nur seine Tagebücher und ein paar Notizhefte mitgenommen.«

Genau, dachte Antonia, wahrscheinlich die Notizhefte, in denen er seine Beobachtungen für die Staatssicherheit notiert hatte. Dieses Material würde mich auch interessieren. »Was war denn in den großen Kisten, die Sie gestern noch gebracht haben, wenn ich fragen darf?«

Asta reckte ihre knochige Hand in Richtung Feuer. »Da!«

Vor ihnen erfassten die Flammen jetzt die oberen Lagen des Scheiterhaufens. An der rechten Seite rutschte der große Karton herab, den Asta auf einem Leiterwagen zum Strand gezogen hatte. Das Feuer zehrte den Karton rasch auf und legte den Inhalt frei: Mehrere Geweihe und ein riesiger Wildschweinkopf reckten sich, hell erleuchtet, in den Nachthimmel. Die Flammen züngelten um die ausgestopften Tiere, leckten am Fell des Wildschweinkopfes, umzuckten die gedrehten Hörner eines Gnus und boten den Gaffenden ein makabres Schauspiel. Ein zweiter Karton wurde erfasst, und die Hitze hob seinen Inhalt in die Höhe. Ausgestopfte Marder und Hirschgeweihe bäumten sich noch ein letztes Mal auf und sackten dann in sich zusammen. Zuletzt fiel der riesige Wildschweinkopf nach unten.

Alle standen wie gebannt, nur ein kleines Kind weinte. Antonia bemerkte aus dem Augenwinkel, wie Asta von Ravenorst sich eine Träne wegwischte, als sich das Panoptikum ihres Peinigers in flockige Asche auflöste. Im Übrigen wirkte sie jedoch ruhig und gefasst.

»Darf ich Ihnen meine Freundin Gesine aus Hamburg vorstellen? Wir begleiten Sie gerne noch bis nach Hause«, sagte Antonia und bot der alten Dame ihren Arm. Asta stützte sich auf ihren Stock, nahm aber dankbar Antonias Angebot an und hakte sich bei ihr unter.

»Das ist sehr nett von Ihnen! Mein Neffe Claus konnte nicht mitkommen, er musste überraschend abreisen.«

»Hat er gesagt, wann er wiederkommt?« Antonia hatte noch ein paar dringende Fragen an den Anwalt.

»Nächste Woche ist die Testamentseröffnung. Dann will er wieder da sein.«

Die scheue Asta von Ravenorst ließ es sich gefallen, dass die beiden jungen Frauen sie bis zu ihrer Haustür begleiteten. Als sie gerade die Tür hinter sich zuziehen wollte, rief Gesine noch einmal nach ihr.

»Wollen Sie nicht morgen Abend mit uns zum Orgelkonzert kommen? Wir holen Sie ab!«

Antonia nickte. »Ja, denken Sie darüber nach.«

Asta von Ravenorst hob unentschlossen die Schultern und ließ sie wieder fallen. Um die Sache abzukürzen, schlug Antonia vor: »Wir schauen einfach vorbei. Entweder Sie kommen mit, oder Sie bleiben hier, wenn Ihnen nicht danach ist.«

Beim Hotel stieg Antonia in den Leihwagen und brachte Gesine zu Birtes Haus. Birte war am Morgen nach Berlin abgereist, hatte jedoch die Schlafcouch in ihrem Wohnzimmer ausgezogen, das Bett für Gesine bezogen und einen Zettel hinterlassen, dass sie in der Küche alles für ein Frühstück finde.

»Die ist aber nett. Sie kennt mich doch gar nicht«, lobte Gesine.

»Ich füttere dafür ihr Pferd. Also, bis morgen früh! Ich reite mit Wotan aus. Brötchen bringe ich danach mit, der Bäcker ist auf dem Weg. Dann trinken wir einen Kaffee zusammen, okay?«

12

Am Morgen frühstückten die beiden Freundinnen auf Birte von Witzlebens Terrasse. Gesine wirkte etwas angespannt. Sie habe nicht richtig schlafen können, der Fuß habe plötzlich wieder wehgetan und sie wach gehalten. Sie lobte aber Birte, die ihr nicht nur ein Bett hergerichtet, sondern auch einen gut gefüllten Kühlschrank hinterlassen hatte.

»Sie ist wirklich sehr großzügig, sie lässt mich auch ohne Weiteres ihr Pferd reiten«, stimmte Antonia zu und blinzelte in die Sonne. »Was machen wir denn heute? Was hast du für Pläne?«

»Am liebsten würde ich am Strand faulenzen.« Gesine verzog ihr Gesicht. »Der blöde Fuß. Ich habe mir gestern vielleicht zu viel zugemutet.«

»Auch gut«, meinte Antonia gutmütig. »Schwimmen ist fein, allerdings wird es bei dem Wetter heute voll werden.«

Gesine stellte das Frühstücksgeschirr auf ein Tablett und brachte es in die Küche zurück. Während sie das Geschirr in die Spüle stellte, hörte Antonia sie fluchen. »Verdammt, hat sie denn keine Geschirrspülmaschine?«

Antonia trat vor die Haustür und sah unternehmungslustig in den tiefblauen Himmel. Gesine klapperte laut mit den Tassen, sie schien den Abwasch nicht aufschieben zu wollen.

»Antonia, holst du bitte noch den Honig von der Terrasse? Er steht in der Sonne.«

»Okay.«

Sie ging durch das halbdunkle Wohnzimmer zur Terrasse und griff nach dem Honig, der durch die Morgensonne die Konsistenz von Motoröl angenommen hatte. Auf dem Rückweg blieb sie neugierig am Kamin stehen und betrachtete die Fotos, die Birte auf den Sims gestellt hatte. Eine Aufnahme mit einer Freundin an den Niagarafällen, Birte hatte den Arm um die Schulter der Frau gelegt, ein Foto von Birte auf Wotan, ein Porträtfoto und ein altes Foto, das Birte und ihre sechs Geschwister vor einer mit Efeu bewachsenen Wand zeigte. Birte und ihre ältere Schwester standen hinten. Sie mussten etwa sechzehn und vierzehn Jahre alt sein, die fünf kleineren Kinder hatte man vor ihnen aufgestellt: drei Jungen und zwei weitere Mädchen. Alle Kinder sahen sehr ernst in die Kamera. Keines von ihnen lächelte.

Antonia stellte das klebrige Glas neben die Fotos, zog die Jalousie der Terrassentür hoch und nahm das Familienfoto in die Hand. Von der Körpersprache her schien es zwischen Dörte und Birte zu dieser Zeit keine große Nähe gegeben zu haben, denn beide Schwestern wandten den Kopf voneinander weg und sahen seitlich in die Kamera. Birte hatte ihre Hände auf den mageren Schultern eines kleinen Bruders ruhen, während Dörte ihre Arme vor der Brust verschränkt hielt. Was wohl aus den Geschwistern geworden war? Von Frau Pisch hatte sie gehört, die Familie sei immer sehr arm gewesen. Alle hätten inzwischen die Insel verlassen.

Auf dem Porträtfoto war Birte höchstens zwanzig Jahre alt. Es zeigte sie im Halbprofil. Eine junge Frau mit verschlossener Miene. Ihr Kopf war leicht nach rechts geneigt, im Ohr steckte ein kleiner Stein. Sie hatte den Saphirstecker, den sie trug, wohl schon als Mädchen bekommen. Antonia wollte das Foto zurückstellen, als ihr einfiel, dass Birte ihr auf der Terrasse gegenüber gesessen hatte und der Saphir am rechten Ohr steckte. Sie erinnerte sich genau, weil die Sonne den Stein immer wieder aufblitzen ließ. Hier auf dem Foto aber trug sie ihn links. Entweder sie hatte das Ohr gewechselt, oder sie hatte einmal ein Paar besessen und einen Stecker verloren. Antonias Blick schweifte ziellos im Raum umher und blieb an einem großen Korb hängen, der neben dem Sessel stand und von diesem halb verdeckt wurde.

»Antonia, kommst du bitte?« Gesine unterstrich ihre Aufforderung, indem sie extra laut mit den Tellern klapperte.

In dem Weidenkorb befanden sich verstaubte Holzscheite und Zeitschriften, die Birte im letzten Winter wahrscheinlich zum Anzünden des Kaminfeuers benutzen wollte. Neugierig zog sie ein paar Zeitschriften heraus, die sich als amerikanische Mode- und Einrichtungsmagazine erwiesen. Bei den Einrichtungsmagazinen hatte jemand – bis auf eine Ausnahme – die letzten

Blätter herausgerissen. Bei der vollständigen Ausgabe konnte Antonia erkennen, dass es sich dabei um den Teil der Zeitschrift handelte, der ausschließlich der Werbung vorbehalten war. Unter den Zeitschriften lagen ein paar senfgelbe Kartonstücke, wahrscheinlich ebenfalls aus den USA mitgebracht. Ein Kartonstück war wohl entzweigerissen worden. Die verbliebene Hälfte wies einen unregelmäßigen Rand auf und ließ ein Stück der Aufschrift erkennen: … CHER EQUIPMENT OF THE FINEST QUALITY.

Ungeduldig ließ sich aus der Küche Gesines Stimme erneut vernehmen. »Antonia, kommst du? Du könntest beim Abtrocknen helfen, dann sind wir schneller am Strand!«

Antonia nahm Honigglas und Karton und ging zu Gesine, um sie nach der Aufschrift zu fragen. »Gesi, du hast doch Englisch studiert. Heißt das hier ›Teure Geräte von höchster Qualität‹?«

»Wie kommst du darauf?«

Gesine schaute sich den Karton an und schüttelte den Kopf. »›Cher‹ wie ›teuer‹ ist Französisch, das da ist aber Englisch, das heißt, da fehlt ein Teil des englischen Wortes. Und was willst du jetzt mit dem schmutzigen Karton? Woher stammt der denn nun schon wieder?«

»Och, lag so am Kamin. Birte hat mal erzählt, sie hätte in den letzten Jahren eine Handelsvertretung für Artikel gemacht, die man in Schönheitskliniken verwendet, Botox, Hyaluron und so'n Zeugs. Wusstest du, dass nur eine ganz geringe Menge Botox ausreicht, um einen Menschen zu töten? Weiß ich von Birte. Die Kartons hat sie bestimmt für den Umzug gebraucht. Ich dachte, ich bekomme vielleicht den Namen der Firma heraus, für die sie mal gearbeitet hat.«

Die ordentliche Gesine sah missbilligend auf die verstaubten Kartonstücke. Sie hatte inzwischen selbst Tassen und Teller abgetrocknet und alles an seinen Platz im Schrank zurückgestellt. »Vielleicht fragst du Birte einfach danach«, bemerkte sie pikiert. »Im Übrigen staubst du hier die Küche voll.«

»Aber du weißt doch, dass mir das Kombinieren einen Heidenspaß macht …«

»Ist ja gut, Sherlock, aber jetzt gehen wir an den Strand.«

Gegen halb sieben standen die beiden Frauen vor der Tür des Ravenorst'schen Hauses und klingelten.

»Die kommt doch nie und nimmer mit«, flüsterte Gesine der Freundin ins Ohr.

Nach dem zweiten Klingeln hörte man Schritte, die Tür öffnete sich, und Asta von Ravenorst erschien in einem schwarz-weiß gemusterten Seidenkleid, gestützt auf einen schwarzen Gehstock. Das graue Haar war hochtoupiert und hatte etwas Furchteinflößendes.

»Ich hatte eine Friseuse da«, kommentierte sie die erstaunten Blicke der beiden Frauen. Dann straffte sie sich und setzte entschlossen hinzu: »Ich komme mit!«

Auf dem Weg nach Bergen sah Antonia besorgt, wie Asta neben ihr immer tiefer in den Sitz rutschte, so als ob sie sich unsichtbar machen wollte. Sie versuchte sie abzulenken, indem sie ihr Fragen stellte.

»Wann waren Sie denn das letzte Mal in Bergen? Das ist doch bestimmt eine Weile her, dass Sie und Ihr Mann motorisiert waren.« Und Sie das Haus verlassen haben, wollte sie noch hinzusetzen, sie unterdrückte jedoch diesen Impuls.

Asta hielt sich eine Hand vor Augen, vermutlich um die entgegenkommenden Autos nicht zu sehen. Sie schien sich zu fürchten. »Das ist bestimmt schon mehr als fünfundzwanzig Jahre her. Das war noch zu DDR-Zeiten«, flüsterte sie leise.

»Ach, dann werden Sie es vielleicht sehr verändert finden. Man hat viel renoviert …«

Aber Asta schenkte ihrer Umgebung auch keine Aufmerksamkeit, als sie durch die Stadt fuhren. Sie schaute stattdessen auf ihre Hände, in denen sie ein Spitzentaschentuch zerknüllte. »Ich möchte nicht so viel sehen«, erklärte sie wieder flüsternd. »Nur hören.«

Gesine und Antonia nahmen sie in die Mitte und setzten sich auch in der Kirche so, dass sie die alte Dame flankierten.

Florian begann das Konzert mit Partiten von Bach und leitete dann über zu Komponisten des 19. Jahrhunderts. Frau von Ravenorst wirkte schon nach den ersten Tönen entrückt, und auch Gesine und Antonia überließen sich den Tonläufen, die Florian an diesem Abend mit besonders viel Ausdruck spielte. In der Konzertpause reagierte Asta von Ravenorst wegen der vielen Konzertbesucher phobisch. Sie drückte sich mit dem Rücken an eine Wand, klammerte sich an Gesines Arm und versuchte, sich hinter Antonias Rücken zu verstecken.

Der Abend wurde ein großer Erfolg für Florian. Er stand nach dem Konzert auf der Empore und verbeugte sich, eine Hand auf dem Herzen, während das Publikum begeistert Beifall spendete und zweimal Zugaben forderte. Auch Antonia war aufgesprungen und rief begeistert Bravo, und ihr Gesicht leuchtete vor Stolz. Asta von Ravenorst wollte die Zugabe nicht abwarten, sondern sofort zum Auto zurückgehen und nach Hause fahren. Antonia und Gesine nahmen sie wieder in ihre Mitte, gingen mit ihr vor das Portal der St. Marienkirche und zogen sie zur Seite.

»Wir müssen noch auf Herrn Niedlich warten, er kommt mit uns zurück.«

Florian war nach dem gelungenen Konzert guter Dinge und kündigte während der Fahrt euphorisch an, dass er alle Damen in die »Reuse« einladen wolle. Frau von Ravenorst bat jedoch darum, dass man sie vorher nach Hause bringe, sie sei sehr erschöpft. Trotzdem wirkte sie auf der Rückfahrt gelöster als vor dem Konzert. Sie sprach jetzt in normaler Lautstärke, lobte Florians Spiel als beeindruckend und fragte unvermittelt in die Runde, ob jemand von der Geschichte des Bergener Organisten aus dem 19. Jahrhundert gehört habe, den seine Frau wegen Ehebruchs bestrafte.

»Ja, sie hat ihm in der Nacht sämtliche Finger abgeschnitten.«

Asta schien diese Art von Strafe gerecht zu finden, denn sie lehnte sich mit einem Ausdruck der Befriedigung in den Sitz zurück.

»Vielleicht war das ja das historische Vorbild für den Täter, der jetzt gesucht wird«, ließ sich Gesine aus dem Fond vernehmen.

»Das glaube ich nicht.« Astas Stimme klang ungewohnt bestimmt. »Die Frau hat ihren Mann ja leben lassen. Meinem Hans hat man aber vorher die Kehle durchgeschnitten ...«

Antonia und Gesine schwiegen. Woher kannte die alte Dame

die genauen Umstände der Ermordung? Offenbar hat sie sich bei der Kripo kundig gemacht, dachte Antonia. Asta von Ravenorst schnäuzte sich und bestätigte ihre Vermutung umgehend.

»Die Dame von der Kripo wollte zuerst nicht mit der Sprache heraus, aber ich wollte alles ganz genau wissen, jedes Detail. Der Täter hat ihm eins übergezogen, ihn verschleppt, wahrscheinlich mit einem Auto in den Wald gebracht und dort seine Kehle durchschnitten.« Sie schnäuzte sich noch einmal vernehmlich, bevor sie fortfuhr: »Dann hat er seine Finger abgetrennt. Die, die Frau Babe gefunden hat.«

Antonia, die hinter dem Steuer saß, blieb nichts übrig, als zustimmend zu nicken. Die Klever hatte, wie es ihre Art war, an Details mit Sicherheit nicht gespart. Es war dennoch überraschend, wie abgeklärt Frau von Ravenorst über die Ermordung und Verstümmelung ihres Mannes sprach. Sie hörte den empfindlichen Florian, der hinten neben Gesine saß, murmeln: »Gut, dass Sie uns noch mal daran erinnern.«

Asta von Ravenorst schien es nicht gehört zu haben. Sie verfiel in eine Art Starre und schwieg, bis Antonia vor dem Ravenorst'schen Haus anhielt. Florian brachte die alte Dame zur Haustür und wartete geduldig, bis sie aufgeschlossen und die Tür hinter sich zugezogen hatte. Dann fuhr er mit Antonia und Gesine in die »Reuse«.

Als sie das Lokal betraten, war Antonia froh, Hannes Klenke an einem der Tische zu sehen, und fragte Florian, ob er etwas dagegen hätte, wenn sie sich an Klenkes Tisch setzten. Florian schüttelte den Kopf. Klenke, der etwas trübselig in sein Bier schaute, war erfreut, als sich die jungen Leute neben ihm niederließen. Olaf brachte auf Florians Geheiß drei Gläser Prosecco und ein Pils für Hannes Klenke.

»Für Champagner ist es noch zu früh«, grinste Florian und bewegte entschuldigend Daumen und Zeigefinger gegeneinander.

Antonia fragte Klenke, wie es ihm gehe. Er machte keinen glücklichen Eindruck. Der Kommissar nahm einen großen Schluck Bier und räusperte sich.

»Hab viel Ärger. Ist es nicht die Frau, dann sind es die Vorgesetzten. Ich habe zu hören bekommen, dass ich Frau Klever nicht schnell genug bin.«

Gesine, die intuitiv verstand, dass ihre Freundin mit Klenke über den Angriff auf Jaroslav sprechen wollte, griff nach ihrem Glas mit Prosecco und zwinkerte Florian zu. »Darf ich dich, bis das Essen kommt, zu einer Partie Billard herausfordern? Ich habe lange nicht mehr gespielt.«

Der aufgekratzte Florian stand sofort auf und folgte ihr.

Während im Nebenraum das leise, klackernde Geräusch der aufeinanderprallenden Kugeln ertönte, schwieg Antonia eine Weile. Sie wollte den gutmütigen Klenke nicht bedrängen, aber sie brannte darauf, etwas über den Hergang in der Schreinerei zu erfahren.

»Frau Klever«, sagte sie gedehnt und sah, wie Hannes Klenke bei der Nennung dieses Namens den Mund verzog, als habe er Essig getrunken, »Frau Klever«, wiederholte sie absichtlich, »ist sehr ehrgeizig. Vielleicht möchte sie Klatts Stelle. Er hat mir letztes Jahr erzählt, dass er gedenkt, vorzeitig in den Ruhestand zu gehen. Da muss sie wohl Ergebnisse liefern, und unser Fall kommt ihr da gerade recht.« Das Wort »unser« hatte Antonia bewusst gewählt. »Zweifacher Mord und einfacher versuchter Mord. Wenn sie den Täter dingfest macht, hat sie eine gute Presse.«

»Ja, und alles auf unserem Rücken. Sie macht mir die Hölle heiß, obwohl sie für mich gar nicht weisungsbefugt ist. Soll sie doch die Kollegen von der Kripo scheuchen. Aber ich habe sie trotzdem täglich in der Leitung, und man hat mir aus Bergen signalisiert, dass sie sich über mich beschwert hat. Wegen dem Benni. Ich hätte angeblich zuerst Sie und dann die Klever informiert. Sie wollte nicht glauben, dass Sie den Hund gefunden haben. Sie denkt, es waren Spaziergänger und ich hätte Sie später dazugeholt.«

»Aber ich habe ihr den Hergang doch bestätigt.« Antonia war empört. Dann senkte sie ihre Stimme. »Weiß man denn schon etwas über den Angriff auf Jaroslav?«

Klenke hatte mit dem Schreiner gesprochen, der auf die Wache gekommen war, um Anzeige gegen unbekannt zu erstatten. Er war über den Ablauf informiert gewesen, bevor die Kripo in Gestalt von Frau Klever in der Schreinerei auftauchte. Der Täter hatte Jaroslav von hinten umklammert und versucht, ein Messer an seine Kehle zu setzen. Jaroslav konnte ihn abschütteln, der Gegner hatte dann seine Hand festgehalten und in die laufende Säge gehalten.

»Das ist ja schrecklich!« Antonia hielt instinktiv ihre rechte Hand fest. »Hat der Schreiner diesen Vorfall beobachtet?«

»Er kam dazu, als sich Jaroslav schreiend die Hand hielt. Er hat mich angerufen, und ich bin sofort hingefahren. Die Blutflecken an der Maschine waren frisch.«

»Vielleicht ein Racheakt nach der Schlägerei?«

»Glaub ich nicht. Während die beiden zum Krankenhaus fuhren, bin ich sofort zum Campingplatz. Aber die Truppe aus Rostock war schon abgereist. Ich habe mich auch mit Jaro selbst unterhalten. Er sprach von einem kleineren Mann. Interessant war, dass sich an Jaros Arbeitsoverall Kunsthaare, wie aus einer Perücke, befunden haben sollen. Ich habe die Klever daraufhin angerufen, und sie hat den Anzug sofort in die KTU gegeben.«

Antonia war wie elektrisiert. »Kunsthaare? Welche Farbe hatten die?«

Klenke rieb sich müde mit der Hand durchs Gesicht. »Das weiß ich jetzt auch nicht. Da müssen Sie den Jaro fragen.«

»Kennen Sie denn jemanden, der eine Perücke trägt?«

»Meine Frau, die Hertha, trägt manchmal eine, aber klein ist die ja nun nicht, und sie trägt auch keine Anzüge.« Er nahm wieder einen großen Schluck Bier und starrte melancholisch vor sich hin.

»Manchmal bin ich drauf und dran, alles hinzuschmeißen. Mein rechtes Knie müsste operiert werden, ich kann oft vor Schmerzen kaum noch gehen. Ich könnte dann nach der Reha vielleicht in den vorzeitigen Ruhestand …«

»Ach, Herr Klenke! Wir haben alle unsere dunklen Stunden«, versuchte Antonia den Kommissar zu beschwichtigen. »Weiß man denn schon Näheres über die Tatwaffe? Also ich meine, sind die beiden Morde und der Überfall auf Jaroslav mit demselben Messer ausgeführt worden?«

»Da ist die Klever ratlos, wie ich gehört habe.«

Antonia war bewusst, dass der Kommissar Dienstgeheimnisse verletzte, und sie wollte ihn nicht bedrängen. Innerlich war sie jedoch aufs Äußerste angespannt.

»Prost!« Sie nahm selbst einen Schluck Bier und sah Klenke aufmerksam an. »Die müssten doch längst die Wundränder verglichen und von da auf die Tatwaffe geschlossen haben.«

»Richtig. Sie vermuten, dass das Messer ein ausländisches Fabrikat ist. Die Zahnung ist etwas ungewöhnlich. Die Klinge ist halb gezahnt und halb glatt.«

»Das heißt, wenn die Klinge angesetzt wird, greift die Zahnung, dann folgt der glatte Schnitt?«

»Weiß ich nicht. Ich hab nur von der Klinge gehört.«

»Aber bei Benni –«

»Nee, da war es was Elektrisches, wegen der Knochen.«

Antonia jubilierte innerlich. Das Messer war also vorn gezahnt und mittig glatt und ein ausländisches Fabrikat. Obwohl sie eigentlich nur ein paar abstrakte Informationen erhalten hatte, hatte sie das Gefühl, einen riesigen Schritt weitergekommen zu sein.

»Ach, Herr Klenke, ich bin bisher immer davon ausgegangen, dass Hans von Ravenorst im Wald umgebracht wurde. Heute habe ich aber von seiner Frau erfahren, dass er vorher niedergeschlagen wurde. Wussten Sie das? Sie hat es von der Kripo. Hat man denn Spuren gefunden?«

Klenke starrte vor sich hin und schwieg. Dann fuhr er sich wieder mit der Hand durchs Gesicht und senkte die Stimme. »An dem Tag, als Klatt hier war, sind wir zusammen zu Ravenorsts Haus gefahren. Die haben da alles abgesucht und nichts gefunden. Sie vermuten, dass der Täter den Alten abgeholt hat oder Zugang zum Haus hatte.«

Antonia erschrak. »Da kommt ja wohl auch der Neffe in Frage.«

»Eigentlich ja, der war aber zur Tatzeit in Kühlungsborn auf einer Tagung. Er hat ein Alibi.«

»Hat Ihnen das Frau Klever gesagt?«

»Die sagt mir gar nichts. Ich hab aber einen guten Kumpel bei der Mordkommission.«

Klenkes Handy klingelte. Er nahm es auf, runzelte die Stirn und schaute missmutig auf das Display. »Meine Frau.«

Antonia wusste, dass Kommissar Klenke es nicht leicht hatte mit seiner Hertha. Er sagte nur dreimal »Jo« und »Ich bin gleich da«, dann war die eheliche Kommunikation beendet. Klenke erhob sich und rief nach Olaf, um zu zahlen. Dann beugte er sich zu Antonia hinunter und sah sie eindringlich an.

»Frollein Babe, das bleibt aber alles unter uns, die Klever macht mir so schon genug Probleme! Aber manchmal muss das bei mir raus, und Sie sind die Einzige, die mich versteht.«

»Ist doch klar. Ich bin verschwiegen wie ein Grab. Wir beide sind doch schon eine Art Team.«

Hannes Klenke ging, nachdem er gezahlt hatte, etwas gebeugter als sonst zur Tür. Er tat Antonia leid. Sie schwor sich, alles zu tun, um ihm zu einem Fahndungserfolg zu verhelfen.

Gesine und Florian kamen gut gelaunt von ihrer Billardpartie zurück. »Florian muss noch viel üben …«, kommentierte Gesine.

Mit Bier und dem weithin berühmten Pfeffersteak des Restaurants, gefolgt von roter Grütze mit Schlagsahne, ließen die drei den Abend ausklingen.

13

Florian hatte angekündigt, er wolle den Tag lesend und möglichst allein auf dem Balkon verbringen. Antonia war es recht, dann konnte sie ungestört ihren Recherchen nachgehen. Sie machte nach dem Frühstück einen kleinen Strandspaziergang mit Gesine. Als sie die Freundin nach Hause fuhr, fragte Antonia, ob sie etwas gegen einen Umweg habe. Sie wolle an der Schreinerei vorbeifahren.

Gesine schüttelte den Kopf. »Aber wozu?«, fragte sie ratlos.

»Ich muss unbedingt selbst mit Jaroslav sprechen. Vielleicht ist er ja schon wieder aus Polen zurück.«

Sie hatten Glück. Der Mann im blauen Overall stand auf dem Hof und versuchte, mit seiner unverletzten Hand schmale Holzplanken an der Wand der Werkstatt aufzuschichten. Antonia fragte ihn nach dem Meister. Der Chef sei unterwegs, um Eichendielen für einen Hausumbau zu kaufen, antwortete Jaroslav, ohne seine Tätigkeit zu unterbrechen. Dann erkundigten sich beide Frauen teilnahmsvoll nach seiner Hand. Sie hätten von dem Vorgang in der Zeitung gelesen.

Jaroslav richtete sich auf und legte eine Pause ein. Dabei hielt er seine bandagierte Rechte hoch und meinte, er danke Gott, der ihm geholfen habe, seinen Finger zu erhalten. Dabei fiel er immer wieder ins Polnische, weil die Erinnerung an den Überfall ihn sichtlich aufwühlte.

Antonia wollte unbedingt das Gespräch auf die Perücke bringen. »Meinen Sie, es ist einer der Schläger aus der ›Reuse‹ gewesen? Der eine hat ja ziemlich dunkle Haare gehabt, können Sie sich an ihn erinnern?«

Jaroslav erzählte das, was sie schon von Klenke wusste. Der Mann sei klein, aber kräftig gewesen. Er habe ihn von hinten umklammert, ein Messer an seine Kehle gesetzt und dann seine Rechte in die laufende Maschine gedrückt.

»Hat er denn bei dem Gerangel nichts verloren? Ich habe gelesen, er trug einen Hut …«

»Nur ein paar Haare sind ihm ausgegangen. Polizei hat meine Klamotten genommen. Für Spusi, haben sie gesagt, ich weiß nicht, was das ist.«

»Das ist die Spurensicherung. Die untersuchen Ihren Overall auf Spuren des Täters. Haare, Kleiderfussel und so«, erklärte Antonia dem immer noch mitgenommenen Mann.

»Täter-DNA«, fügte Gesine mit wichtiger Miene hinzu. »Konnten Sie denn die Haarfarbe des Mannes erkennen?«

»Es waren helle Haare. So wie Ihre Haare, Frau«, sagte Jaroslav und zeigte auf Gesines Blondschopf. Dabei kramte er mit seiner unverletzten Hand ein Portemonnaie aus der Hosentasche und öffnete es. »Hier! Ich habe zwei behalten.«

Er zog zwei hellblonde Haare aus der Innentasche seiner Geldbörse und hielt sie gegen das Licht. Man konnte sie nicht ohne Weiteres als Kunsthaare identifizieren. Vielleicht hatte der Täter eine Echthaarperücke getragen.

Antonia räusperte sich. »Und Sie sind sicher, dass er einen Hut trug? In der Zeitung stand etwas von Hut.«

»Nicht Hut, Mütze, Mütze aus Stoff ...«

»Sie meinen eine Kappe?«, fragte Gesine. »So eine Mütze mit einem Schirm?«

»Ja, Kappe.«

»Und wie groß war er ungefähr?«

»So wie Sie, Frau ...« Dabei deutete er auf Antonia.

Antonia hatte ihre Zweifel. »Für einen Mann sind ein Meter dreiundsechzig nicht sonderlich groß.«

Die beiden Frauen wünschten Jaroslav weiterhin gute Besserung, und Antonia ermahnte ihn, sich zu schonen. Dann schlenderten sie gemächlich die Dorfstraße hinunter, denn das Thermometer zeigte schon jetzt am Vormittag achtundzwanzig Grad.

Auf der Straße kam ihnen der blaue Porsche von Claus von Ravenorst entgegen. Er komme gerade von Sylt. Der Kosmetikunternehmer aus Köln habe dort mit seiner Familie und ihm seinen Geburtstag gefeiert.

»Hätten Sie Lust, mit Ihrem Partner, Herrn Niedlich, und Ihrer Freundin heute Abend zum Essen zu uns zu kommen?

Meine Tante würde sich freuen. Sie hat den Ausflug mit Ihnen sehr genossen. Ich habe auch Birte von Witzleben eingeladen, die eben aus Berlin zurückgekommen ist. Ich werde uns etwas Schönes kochen. Tante Asta ist noch nicht wieder ganz auf dem Damm. Sie hatte gestern wieder einen Schwächeanfall. Es käme von ihrem obsessiven Lesen, meint die Ärztin. Mit Tante Asta sind wir zu sechst. Es gibt Lammbraten und Kartoffelgratin.«

Sein Smartphone klingelte. Antonia und Gesine willigten gern ein. Der Anwalt nickte ihnen freundlich zu und brauste, das Handy schon wieder am Ohr, telefonierend davon.

Als die beiden Frauen zusammen mit Florian am Abend etwas verspätet bei den Ravenorsts eintrafen, führte Claus von Ravenorst sie ins Wohnzimmer. Birte war schon da. Sie saß in einem der altmodischen grünen Plüschsessel, blätterte in einer vergilbten Jagdzeitschrift und hielt ein Glas Wasser in der Hand.

»Noch ein paar Minuten, dann ist alles so weit. Kann ich Ihnen einen Aperitif anbieten?«, fragte der Gastgeber und verwies auf ein Tablett mit Campari, Aperol und einer Flasche Rieslingsekt. »Bedienen Sie sich!«

Dann kehrte er wieder in die Küche zurück, aus der es verlockend nach Braten roch. Etwas später gesellte sich auch die Dame des Hauses zu ihnen. Asta von Ravenorst trug eine schwarze Strickstola über ihrem schwarz-weiß gewürfelten Seidenkleid, grüßte scheu und setzte sich still in die Ecke des Sofas, so als wolle sie keinen Raum einnehmen. Ihre Augen tränten und waren gerötet. Das nächtelange Lesen schien ihr tatsächlich zugesetzt zu haben.

Antonia setzte sich neben sie. »Ich höre, Sie lesen jetzt viel. Das freut mich, aber Sie sollten darüber Ihre Nachtruhe nicht vernachlässigen.«

»Ach was! Ich habe so viel nachzuholen. Birte holt mir jetzt ständig was aus der Bücherei, und ich kann gar nicht mehr aufhören.«

»Das stimmt«, pflichtete Birte ihr bei. »Sie liest in rasantem Tempo, oft ein Buch in zwei Nächten.«

Asta von Ravenorst nickte verschämt und schwieg. Ihr Wohnzimmer machte ohne die vielen Geweihe an der Wand und die ausgestopften Tiere auf den Schränken einen viel freundlicheren Eindruck. Claus von Ravenorst hatte den Esstisch vor das Fenster gerückt und etwas unbeholfen gedeckt. Die ordnungsliebende Gesine ging, als er wieder in die Küche verschwand, rasch um die Tafel herum, legte Gabeln, Messer und Löffel in die richtige Position und entzündete die Kerzen. Antonia zog es in die Küche.

»Brauchen Sie Hilfe?«, fragte sie den Anwalt, der mit hochrotem Gesicht einen riesigen Bräter aus dem Backofen hob.

»Sie könnten das Gratin und die Beilagen in die Schüsseln geben.«

Antonia suchte in der obersten Schublade des Küchenschranks nach einem passenden Löffel. In dem Durcheinander der Besteckschublade lag halb verdeckt ein großes Messer mit einem Hirschhorngriff. Sie zog es hervor und hielt es in die Höhe.

»Das ist wohl schon sehr alt, was?«

»In diesem Haus gab es immer viel Wild. Onkel Hans wird damit das Fleisch zerlegt haben.«

»Jedenfalls ist es nicht gezahnt«, murmelte Antonia.

Der Anwalt sah sie irritiert an.

»Na ja, ich meine, es hat eine sehr scharfe Klinge, so als ob es häufig nachgeschliffen wurde …«, setzte Antonia rasch hinzu.

Ravenorst zuckte mit den Schultern. »Ich kenne mich in diesem Haushalt nicht aus.«

Dann arrangierte er die Stücke der Lammkeule auf einer Platte und wandte sich der Soße zu. »Die Soße ist entscheidend. Ich habe die Keule mit Backpflaumen geschmort. Was meinen Sie, soll ich außer Senf einen Schuss Bordeaux oder Port dazugeben?«

»Port ist vielleicht zu süß und eher etwas für den Winter. Ich würde Bordeaux nehmen.«

Der Anwalt nickte. Dann schmeckte er ab und ließ auch Antonia probieren. Beide waren mit dem Ergebnis zufrieden. Stolz ergriff Claus von Ravenorst die Platte und trug sie ins Wohnzimmer.

Als alle Platz genommen hatten und den Koch nach den ersten Bissen über und über lobten, hielt er einen kleinen Vortrag über den Kauf des Weidelamms. Er habe es frisch von einem Bio-Hof gekauft, und der Bauer habe es vor seinen Augen zerteilt.

Die haben also auch Schlachtwerkzeuge, dachte Antonia. Wenn man alle Schlachter, Bauern und Schreinereien auf der Insel zusammennimmt und dann vielleicht noch die Hobbyjäger, dann hat Frau Klever alle Hände voll zu tun, wenn sie den Mörder nach ihren Methoden finden will. Sie saß neben Birte von Witzleben und sah, wie diese sich eine kleine Kartoffel in noch kleinere Stücke schnitt. Das Lammfleisch hatte sie abgelehnt.

»Das krieg ich doch nicht runter«, flüsterte sie Antonia zu. Antonia hatte Mitleid mit ihr.

Ravenorst fuhr derweil fort, den Zerlegevorgang plastisch zu schildern, indem er sich über die knirschenden Geräusche ausließ, die das Schlachtermesser im Fleisch gemacht habe. Antonia spürte eine leise Übelkeit aufkommen. Sie musste an Benni denken. Das kleine Tier und die roten Streifen im weißen Fell unter der Plane standen ihr wieder deutlich vor Augen. Sie stand auf und ging für ein paar Minuten auf die Terrasse, um frische Luft zu holen.

»Entschuldigung«, murmelte sie in die Runde, als sie sich wieder an ihrem Platz einfand. Sie schob das zweite Stück Fleisch, das ihr Ravenorst vorgelegt hatte, an den Tellerrand.

»Dir schmeckt es aber, Tantchen?«, fragte der Anwalt in Astas Richtung. Asta von Ravenorst nickte und aß mit gutem Appetit. Auch ihr Rotweinglas war geleert, und Ravenorst goss ihr nach. Der Wein machte sie offenbar gesprächig.

»Sonntags, wenn es Braten gab, bekam Hans immer das größte und beste Stück. Und wehe, das Fleisch war zäh. Dann sperrte er mich zur Strafe oben ein, dabei ging doch *er* einkaufen und nicht ich …«

Gesine schüttelte den Kopf. »Ich weiß ja nicht, warum Sie sich das alles haben gefallen lassen. Sie hätten doch jederzeit das Haus verlassen können, wenn er nicht da war.«

»Das war nicht möglich. Er hat alle Türen gesichert, wenn er ausging. Im Sommer habe ich es mal versucht. Da stand die Terrassentür offen, und ich habe versucht, durch den Garten und über den Zaun zu entkommen. Da bin ich mit meinem Rock hängen geblieben, er hatte sich im Zaun verfangen. Ich habe um Hilfe gerufen, weil ich dachte, der Nachbar könnte mich befreien. Aber stattdessen wurde Hans aus seinem Mittagsschlaf wach und hat mich wieder heruntergeholt. Seitdem hat er mich auch im Sommer oben eingesperrt.«

»Und das Telefon?«

»Das war in seinem Arbeitszimmer, und das war immer abgeschlossen. Da durfte ich nie rein, auch schon früher nicht, als er mich noch nicht eingesperrt hat.«

Birte stand plötzlich auf. Sie war etwas blass und entschuldigte sich. Sie gehe auf die Terrasse, um eine Zigarette zu rauchen. Als sie zurückkam, setzte sie sich nicht wieder hin, sondern ging in den Flur.

Vielleicht ist ihr auch schlecht geworden, dachte Antonia. Bei der Geschichte dieser Ehe konnte einem wahrhaftig übel werden.

Asta von Ravenorst hatte sich warm geredet und war gar nicht mehr zu bremsen. Als habe sich das Unglück von Jahrzehnten in ihr gestaut und breche sich nun Bahn.

»Das Ganze hat ja auch eine Vorgeschichte. Ich war noch nicht volljährig, als wir uns kennenlernten, da hat er alles in die Hand genommen. Zu Hause waren wir so viele Kinder. Meine Eltern waren froh, dass ich einen gut situierten Mann heiratete und sie einen Esser weniger am Tisch hatten.«

»Stammen Sie denn von Rügen?«, fragte Gesine interessiert.

»Nein, wo denken Sie hin?«, sagte Asta fast empört. »Ich bin von Hiddensee.«

Gesine sah zu Antonia hinüber. Als die Freundin hochsah und nickte, meinte sie: »Sie haben doch jetzt schon so viel Mut bewiesen und sind mit uns in das Orgelkonzert nach Bergen gekommen. Hätten Sie denn nicht Lust, mit uns einen Ausflug nach Hiddensee zu machen?«

Die alte Dame ließ zitternd Messer und Gabel sinken. Sie riss ihre hellen Augen weit auf und starrte Gesine entgeistert an. »Was? Im Ernst?«

»Wir dachten an morgen, denn übermorgen muss ich nach Hamburg zurück. Was halten Sie von dem Plan?«

Asta von Ravenorst spießte das letzte Stück Kartoffelgratin

mit Fleisch auf ihre Gabel und nickte. »Da möchte ich noch mal hin. Ich komme mit!«

Nachdem sie den Bissen hinuntergeschluckt hatte, stand sie auf und verabschiedete sich, indem sie allen am Tisch zunickte. Sie müsse nun zu Bett gehen, um für den Ausflug ausgeruht zu sein. Ihr Neffe stand auf, küsste ihr die Hand und begleitete sie bis zur Treppe. Dann kam er zurück und schaute skeptisch in die Runde.

»Ich frage mich, ob Tante Asta den Ausflug durchhält. Sie war schon seit Jahrzehnten nicht mehr aus dem Haus.«

»Bis zum Strand hat sie es aber schon mindestens zweimal geschafft«, widersprach Antonia. »Und in Bergen war sie auch schon.«

Der Anwalt zuckte mit den Schultern und zündete sich eine wohlriechende Zigarre an. Gesine schnupperte angetan und warf ihm bewundernde Blicke zu. Antonia sah es mit Erstaunen.

Das Tischgespräch drehte sich bald um modische Small-Talk-Themen wie Yoga, Wellness und Work-Life-Balance. Birte berichtete von ihrer Tätigkeit als Vertreterin in den USA und wie sie in ihrer Freizeit wegen des vielen Umherreisens gar nicht zur Ruhe gekommen sei. Sie habe die frühe Rente gewählt, um endlich das zu tun, was sie immer tun wollte, gärtnern und reiten.

Gesine zeigte Verständnis. Die aufreibende Arbeit bei der Zeitung führe auch bei ihr dazu, dass sie sich immer weniger entspannen könne. »Dann greift man abends oft zu Alkohol, um sich ruhigzustellen. Die jüngeren Kollegen martern sich nach Dienstschluss im Fitnesszentrum, da geht die Hetze dann weiter …«

Sie sah interessiert zu Birte hinüber. »Was haben Sie in Detroit eigentlich genau gemacht?«

Birte antwortete, dass sie drei Jahre lang im Vertrieb einer Firma gearbeitet habe, die Haushaltswaren herstellte. »Tupperware, dieses Zeug, Sie wissen schon, nichts Aufregendes. Bin aber viel herumgekommen. Und dann zuletzt für diesen Hersteller von medizinischen Produkten für die Schönheitsindustrie. Botox und so. Aber ich bin froh, dass ich das alles hinter mir lassen konnte.«

»Man kann ja grundsätzlich fragen, wieso Arbeit und Leben

einen Gegensatz bilden und in Balance gebracht werden müssen«, bemerkte Florian, während er sich ein drittes Mal vom Lamm und den Karotten nahm. »Meine Arbeit, das Orgelspielen, ist auch mein Leben.«

Claus von Ravenorst nickte. »Ich bin auch gegen diese Trennung. Ich arbeite sehr viel und gerne. *De mieux en mieux*, vom Guten zum Besseren, lautet das Motto unserer Familie.«

»Und was wird dann immer besser in Ihrem Leben? Noch mehr Termine?«, fragte Antonia gereizt.

Der Anwalt zuckte mit den Schultern. »Das gehört zu meinem Geschäft. Ich sage immer: Wer rastet, der rostet. Auch ein Motto unserer Familie.«

Die anderen drei sahen ihn etwas befremdet an. Er schien mit seiner Auffassung noch ganz in die achtziger Jahre zu gehören, als Leistung und Konsum noch unhinterfragt die Leitideologie bildeten. Florian fragte denn auch prompt: »Wie alt sind Sie denn?«

Ravenorst blinzelte und merkte an, dass er dreiundfünfzig Jahre alt sei.

»Quersumme acht«, murmelte Antonia. Florian warf ihr einen verständnislosen Blick zu. Wie sollte er auch wissen, dass der Anwalt in Sassnitz eine Weile über Zahlen und Zahlenspiele räsoniert hatte.

Claus von Ravenorst lächelte ihr zu. »Wünschen die Herrschaften etwas Musik vor dem Dessert?«, fragte er in die Runde.

Antonia und Gesine waren begeistert, Birte und Florian hielten sich zurück. Der Anwalt stand auf und setzte sich an das leicht verstimmte Ravenorst'sche Klavier, auf dem ein ausgestopftes Eichhörnchen hinter einem Notenstapel hervorlugte. Es war offenbar Astas Blick und damit ihrer rigorosen Entsorgungsaktion entgangen.

Ravenorst schlug ein paar Töne an, um den Klang des Instruments zu testen, und leitete dann zu Melodien von Cole Porter über. Dem Eichhörnchen schien es zu gefallen. Die Pinselhaare an seinen Ohren zitterten leise im Rhythmus der Musik. Gesine, die Jazz mochte, stand auf, stellte sich neben das Klavier und blickte den Pianisten verzückt an. Dann wünschte sie sich ihr

Lieblingsstück: »Bewitched« von Rodgers und Hart. Der Anwalt zögerte zunächst, spielte das Stück dann aber mit viel Ausdruck. Am Ende stand auch Antonia auf und spendete zusammen mit Gesine eifrig Beifall.

Ravenorst lächelte, zog an seiner Zigarre und sah fragend in die Runde. »Genug gespielt?«

Gesine protestierte. Sie brachte ihm sein Glas Wein zum Klavier und wünschte sich noch dringend »My Funny Valentine«. Der Mann am Klavier begeisterte seine Zuhörerinnen erneut. Birte war am Tisch sitzen geblieben und zeigte keinerlei Reaktion. Ravenorst nahm einen Schluck Rotwein und kündigte an, dass er als Zugabe jetzt noch ein Stück spiele, das er sehr liebe: »Blackberry Winter«, obwohl jetzt Sommer sei.

Antonia war von dem Stück hingerissen. Auf Florians Stirn erschien eine steile Falte, als die beiden Frauen sich nicht einkriegen konnten. Birte schien sich dagegen nicht sonderlich für Jazz zu interessieren. Stattdessen ging sie noch einmal auf die Terrasse, um eine Zigarette zu rauchen. Der Anwalt stand auf und bot Florian den Hocker vor dem Klavier an.

»Jetzt müssen Sie uns aber auch etwas zum Besten geben«, meinte er gutmütig. »Sie sind der Profi.«

Florian zögerte, dann improvisierte er ein kleines Stück, indem er eine Fuge von Bach in Jazzmanier spielte. Als Gesine und Antonia auch bei ihm begeistert in die Hände klatschten, schien er versöhnt. Seine schlechte Laune war verflogen, und er zog sich mit Claus von Ravenorst in die grünen Clubsessel zurück, wo sie von da an kräftig dem Malt-Whisky zusprachen, den Ravenorst von einer Geschäftsreise nach Schottland mitgebracht hatte.

Die drei Frauen trugen das Geschirr in die Küche und unterhielten sich über das Strandfest. Während sie laut klappernd das Besteck in die Spülmaschine räumte, brachte Gesine das Gespräch auf die Morde.

»Als wir so beim Feuer standen, musste ich die ganze Zeit denken, was ist denn, wenn der Mörder jetzt auch hier ist und mit uns das Feuer betrachtet? Ich fand das unheimlich. Vor allem, als all die ausgestopften Tiere brannten …«

Birte, die den Schmortopf in der Spüle reinigte, zuckte mit den

Schultern. »Es war richtig, dass Asta diesen alten Mist verbrannt hat. Für sie war das eine Befreiung. Wie überhaupt der Tod dieses Mannes.«

Antonia zündete sich ganz gegen ihre Gewohnheit eine von Gesines Zigaretten an. Sie blickte nachdenklich durch das Küchenfenster auf die Straße. Nebenan lag das Haus von Peter Ophusen. In den dunklen Fenstern spiegelte sich das Licht einer trüben Laterne. Eine Aura von Trostlosigkeit umgab das verlassene Haus, das einmal den alten Mann und seinen Hund beherbergt hatte.

»Man müsste einfach wissen, wen die beiden sich zum Feind gemacht haben. Weiß man, ob sie vielleicht doch für die Stasi gearbeitet haben? Dann wäre Rache ein Motiv«, überlegte sie laut und blies einen verunglückten Rauchkringel in Richtung Küchendecke.

Birte schüttelte den Kopf. »Grundsätzlich wäre es den beiden alten Knaben zuzutrauen. Aber ich bitte Sie! Wen gab es hier in diesem Dorf schon zu bespitzeln? Die Leute auf der Insel gingen ihrer Arbeit nach. Hier war kein Boden für Widerstand gegen den Staat. Es sei denn, er hätte jemanden vom Festland denunziert. Er fuhr öfter nach Stralsund. Dann käme der Mörder von da.«

Antonia war skeptisch. »Die Kripo hat vielleicht im Zuge ihrer Ermittlungen die Stasi-Akten einsehen können, wenn es welche gab. Aber warum die ganze Aktion mit den Orgelpfeifen? Das macht doch keinen Sinn!«

Birte ging nicht auf ihre Frage ein. Es war, als hätte sie Antonia gar nicht zugehört und spräche mehr für sich. »Onkel Hans, wie wir ihn immer nennen mussten, weil er mit meinem Vater zur Jagd ging, hat meines Wissens nie jemandem etwas Gutes getan. Und ist es nicht letztlich egal, wie jemand stirbt? Für Tante Asta war es eine Befreiung, und kein Mensch weint Hans von Ravenorst eine Träne nach. War jemand von Ihnen bei der Beerdigung von Ophusen? Nein? Das hätten Sie sehen sollen. Da waren nur der Bestatter, eine Nichte und ich. Die Gemeinde hatte lediglich ein Blumengebinde geschickt und eine Todesanzeige geschaltet. Für einen ehemaligen Bürgermeister nicht gerade schmeichelhaft.«

Sie kamen ins Wohnzimmer zurück, wo Claus von Ravenorst und Florian sich über schottische Whiskymarken mit stärkerem und milderem Torfgeschmack unterhielten.

»Möchte noch jemand Kaffee?«, fragte Gesine.

Florian holte zur Überraschung aller eine Sachertorte aus dem Wagen, die ihm eine begeisterte Zuhörerin in Bergen geschenkt hatte. Alle kosteten davon, niemand brachte jedoch nach dem reichlichen Mahl noch viel von dem süßen Kuchen herunter.

Beim Abschied fragte Antonia, ob Claus von Ravenorst diesmal länger bleibe. Der Anwalt verbeugte sich leicht und führte aus, dass er morgen wieder abreisen müsse. »Ich fahre in aller Frühe nach Berlin. Mittags habe ich dort einen Verhandlungstermin, und am späten Nachmittag fliege ich weiter in die Schweiz. Am Abend bin ich mit Klienten in Zürich verabredet.«

Er schaute prüfend auf sein Smartphone. »Mal sehen. Ich bin aber am Mittwoch zurück wegen der Testamentseröffnung. Ich kann nicht genau sagen, wann. Ich melde mich. Lassen Sie sich überraschen!«

14

Die Autofahrt nach Schaprode, dem Fährhafen nach Hiddensee, gestaltete sich nicht ganz einfach, denn zunächst wollte sich Asta von Ravenorst im Wagen nicht anschnallen. Es dauerte etwas, bis Gesine und Antonia die störrische alte Frau so weit hatten. Sie behauptete, der Gurt schmerze sie, sie bekäme keine Luft, und Antonia ahnte, dass man sie zu lange eingesperrt hatte und sich bei ihr Widerstand gegen jede Form von Ankettung regte. Während der ganzen Fahrt hielt Asta eine alte Handtasche aus Straußenleder auf dem Schoß, die sie mit beiden Händen fest umklammerte.

Antonia, die im Fond saß, bot ihr an, die Tasche nach hinten zu nehmen. Aber Asta lehnte vehement ab. Sie habe ab jetzt immer alles dabei, ihre Zahnbürste, Seife, Kamm, Medikamente und Geld. Sie sei frei und könne bleiben, wo sie wolle. Und vielleicht bleibe sie ja auf ihrer Heimatinsel. Antonia und Gesine schwiegen. Der Blick der alten Dame blieb während der ganzen Fahrt gesenkt, als wären die vielen wechselnden Eindrücke zu viel für sie. Erst auf der Fähre wurde sie wieder munter, und als das Schiff in den Vitter Bodden einfuhr, stand sie sogar von ihrem Platz auf.

»Das letzte Mal, dass ich über die See nach Vitte gefahren bin, ist wohl fünfunddreißig Jahre her. Der feine Herr von Ravenorst hat es damals erlaubt, weil meine alte Mutter begraben wurde. Jetzt bin ich bald selbst so alt wie sie, als sie starb …«

In Vitte entschloss sich das Trio, eine Pferdekutsche zu nehmen, denn Gesines Fuß schmerzte, und Asta von Ravenorst drängte sich so eng an die beiden, dass sie kaum vorwärtskamen, als sie mit den übrigen Touristen die Fähre verließen.

Gesine klappte »Elizabeth auf Rügen« auf und rezitierte: *»Hiddensee erstreckt sich von Norden nach Süden, es ist lang und schmal; wie eine Eidechse liegt es in der Sonne.«*

Asta fand, dass der Ort sich seit ihrem letzten Besuch sehr verändert habe. »So viele Farben!«

Sie bat den Kutscher in Richtung Kloster zu fahren, weil sie ihren beiden Gastgeberinnen die Stelle zeigen wollte, wo ihr Elternhaus, eine Fischerkate, gestanden hatte.

»Wir waren mit den Eltern zwölf, und da sind wir groß geworden. Es war eng. Zu essen gab es wenig, aber es war trotzdem eine schöne Kindheit«, erläuterte sie. Hans sei nach der Beerdigung der Mutter noch einmal allein auf Hiddensee gewesen und habe ihr anschließend ein Foto vom Abriss des Hauses gezeigt.

»Wo sind denn Ihre übrigen Geschwister?«, fragte Gesine.

Die alte Frau zuckte mit den Schultern. »Bei der Beerdigung waren wir nur noch zu dritt. Andere waren schon tot, und zwei sind in Amerika. Aber ich glaube, die sind auch schon tot.«

»Dann leben vielleicht noch Verwandte von Ihnen hier?«, fragte Antonia.

»Ich weiß nicht. Vielleicht noch eine Schwester. Aber niemand hat mich jemals besucht. Wir hatten keinen Kontakt.«

Gesine erhob wieder ihre Stimme und las aus »Elizabeth auf Rügen« vor. »*Kloster*, heißt es hier, *ist sehr hübsch, sehr klein, eine Handvoll Fischerhäuser. Eine kleine Häuserreihe steht in einem Nest aus Binsen und Weiden am Rande des Wassers* … Hm, hat sich tatsächlich seitdem etwas verändert.«

Asta schaute irritiert umher. Als sie die Stelle erreichten, wo in Richtung See ihr Elternhaus gestanden haben sollte, wurde sie unsicher. Sie wusste nicht genau, ob der ehemalige Standort jetzt ein Stück Wiese war oder ob die Kate zwischen den heutigen properen Neubauten gestanden hatte, vor deren Türen Plastikspielzeug im Gras lag und Wäschespinnen ihre Arme ausbreiteten. Die Straße war jetzt gepflastert, sie aber kannte nur die früheren Sandwege zu den Katen. Um sie abzulenken, wies Gesine mit der Hand zum Leuchtturm und zur See.

»Jedenfalls ist es hier sehr schön. Ich habe gehört, die Schauspielerin Asta Nielsen hat hier ihr Sommerhaus gehabt?«

»Ja, von der stammt doch mein Name. Ich war eine Sturzgeburt, und als mein Vater bei der Nottaufe gefragt wurde, wie die Kleine heißen solle, ist ihm nur die Asta Nielsen eingefallen. Nach der Taufe habe ich mich dann wieder erholt und blieb am Leben.«

Sie gab dem Kutscher die Anweisung, sie zum Sommerhaus des Stummfilmstars nach Norderende zu fahren. Die beiden jungen Frauen machten ein Foto von Asta von Ravenorst in der Kutsche vor dem Rundbau des Sommerhauses. Sie hielt immer noch die Handtasche fest in den Händen und blinzelte ins Sonnenlicht.

»Jetzt gehen wir aber essen«, schlug Antonia vor und fragte den Kutscher, ob er etwas empfehlen könne. Der Mann nickte bedächtig, wendete und fuhr sie gemächlich nach Vitte zurück.

»Meine Tante hat eine kleine Pension«, erzählte er. »Die macht auch Mittag. Vitte ist jetzt von den Tagestouristen überlaufen. Ich kann Sie zu meiner Tante fahren.«

Die Temperatur stieg, und die drei Frauen sehnten sich nach einem schattigen Platz. So stimmte Gesine dem Vorschlag des Kutschers zu, Antonia war jedoch skeptisch. Ganz unbegründet, wie sich herausstellte, denn die Tante des Kutschers hatte im Garten unter Sonnenschirmen und Bäumen mehrere Tische gedeckt, und auf der Speisekarte war Hausmannskost im Angebot.

Als eine freundliche Kellnerin an ihren Tisch trat, fragte Asta nach »Himmel und Erde mit Speck«, ihrem Lieblingsgericht. Sie wechselte ein paar Worte mit der Bedienung, und beide fielen rasch in Hiddensee-Dialekt. Gesine und Antonia entschieden sich für Zandersülze und Salat und zum Nachtisch Sanddornkuchen.

Es wurde ein ruhiges Mittagessen in der beschaulichen, nach Heckenrosen duftenden Atmosphäre des Gartens, in dem außer Bienensummen und der gedämpften Unterhaltung weniger Gäste nichts zu vernehmen war. Asta von Ravenorst nickte nach der Mahlzeit im Sitzen ein. Antonia fragte die Wirtin, ob sie in den Liegestühlen Platz nehmen dürften, und dann machten alle drei unter einem Kirschbaum Siesta. Gesine seufzte und flüsterte: »Besser kann es die Elizabeth auch nicht gehabt haben.«

Gegen halb vier kam der Kutscher, um sie zurück zur Fähre zu bringen. Das Schiff sollte in einer Dreiviertelstunde wieder anlegen. Asta wirkte etwas mitgenommen. Der kleine Mittagsschlaf im Garten der Pension hatte sie anscheinend nicht erfrischt. Antonia und Gesine hakten sich bei ihr unter und führten sie in ein Café in der Nähe der Fähranlegestelle. Die Kellnerin, ein junges Ding, fragte die alte Dame abwesend und mit mechanischer Stimme, was sie wünsche: Cappuccino, Latte oder Espresso.

»Haben Sie auch Kaffe?«

»Einen Filterkaffee für die Dame«, sagte Antonia.

Sie wollte Frau von Ravenorst unbedingt fragen, ob sie etwas von einer Stasi-Tätigkeit ihres verstorbenen Mannes wusste. Möglicherweise hatte sie gar keine Ahnung von den politischen Entwicklungen der letzten zwanzig Jahre, denn der alte Ravenorst hatte sie wohl auch vom Fernsehen ausgeschlossen. Antonia hatte einen kleinen Apparat in dem Arbeitszimmer entdeckt, das Asta nie betreten durfte. Sie suchte nach einem behutsamen Einstieg, dann sah sie die alte Dame unvermittelt an.

»Sie durften doch nicht in das Arbeitszimmer Ihres Mannes, Frau von Ravenorst. Hatten Sie den Eindruck, dass er dort etwas tat, wovon sie nichts wissen sollten?«

Asta verstand nicht, was sie meinte.

»Sie haben das Zimmer nie betreten, auch nicht, um aufzuräumen oder Staub zu putzen?«

»Er hat immer gesagt, mein Platz sei in der Küche. Ich durfte nie in das Arbeitszimmer. Dort stand auch seine Zinnfigurensammlung auf dem Rauchtisch, damit war er sehr eigen. Die hätte ich nicht anfassen dürfen. Einmal ist mir eine Figur heruntergefallen, und dabei hat sich ein Gewehr verbogen. Das war, als wir gerade geheiratet hatten, da hat er drei Tage nicht mit mir gesprochen.«

Antonia wollte aufgeben, da nahm Gesine die zittrigen alten Hände in die ihren und schaute Asta von Ravenorst eindringlich in die Augen. »Nehmen wir an, Ihr Mann hätte für die Stasi gearbeitet, hätten Sie davon etwas gemerkt?«

Die alte Dame sah sie ratlos an. »Wer ist denn die Stasi? Wohnt sie in unserem Dorf? Warum soll Hans für sie gearbeitet haben?«

Offenbar glaubte sie, Stasi sei ein Frauenname wie Resi oder Zenzi. Antonia sah, dass hier kein Fortkommen war, und wollte Asta nicht länger bedrängen. »Hat Ihnen denn der Ausflug gefallen?«

Astas Gesicht leuchtete auf. »Es war wunderschön! Ich werde

Claus fragen, ob er auch mal mit mir hierhin fährt. Aber ich denke, für dieses Jahr war es genug.«

Sie schien sehr erschöpft, denn sie schlief die ganze Zeit während der Rückfahrt. Die Handtasche war ihr aus den Fingern und zu Boden gerutscht. Als sie vor dem Ravenorst'schen Haus ankamen, setzte Antonia ihr die Tasche wieder auf den Schoß und weckte sie vorsichtig. Astas Gesicht zeigte wieder die krankhafte Blässe, die Antonia am ersten Tag ihrer Begegnung aufgefallen war, und ihre Lippen waren blau.

»War wohl doch alles etwas viel für mich. Das Herz …«, murmelte sie, als sie an der Garderobe ihren Hut ablegte.

»Am besten wir bringen Sie noch nach oben.«

Die beiden jungen Frauen stützten sie und führten sie nach oben in ein karges Schlafgemach. Auf dem Nachttisch neben dem altmodischen Bett mit dem hohen Kopfende lagen fünf oder sechs Bücher aus der Leihbücherei, daneben standen eine leere Karaffe und ein Glas.

Asta von Ravenorst bat um ein Stärkungsmittel. »Die Tropfen sind in der Kommode am Fenster. Und ein Glas Wasser, bitte!«

»Ich hole Wasser. Antonia, such du die Tropfen.« Gesine lief in die Küche hinunter.

Antonia wandte sich an die alte Dame, deren Kopf zwischen den großen Kissen fast verschwand. »In welcher Schublade haben sie die?«

»Ich weiß nicht.« Asta von Ravenorsts Stimme wurde schwächer. »Ich habe sie schon länger nicht mehr benutzt.«

Besorgt öffnete Antonia die oberste Schublade, in der nur Wäsche lag. »Sollen wir nicht doch lieber Ihre Ärztin rufen?«

»Nein. Die Tropfen werden mir helfen.«

Die zweite Schublade ließ sich nicht so leicht öffnen. Antonia ruckelte etwas hin und her und zog heftig an den Seiten. Tatsächlich rollten ein paar Medikamentenfläschchen und Tuben in der fast leeren Schublade herum. Als sie die Lade weiter herauszog, blitzte im Hintergrund etwas auf. Sie griff danach. Es war ein Messer.

Gesine war schon wieder zurück und stand mit dem Wasserglas neben dem Bett der Greisin. Ungeduldig sah sie herüber. »Antonia, was ist denn?«

Antonia nahm zwei Fläschchen aus der Lade, ging zum Bett und hielt sie Asta von Ravenorst hin.

»Das blaue« hauchte sie. »Zwanzig davon in das Glas.«

Hastig trank sie die Medizin und lehnte sich wieder in die Kissen zurück. Tatsächlich gewann ihr Gesicht schon bald wieder seine normale Farbe, und auch ihre Lippen verloren das bedrohliche Violett. Ein paar Minuten später war sie eingeschlafen.

Gesine legte eine Decke über sie und wollte das Licht ausknipsen. Aber Antonia machte ihr ein Zeichen und ging zur Kommode zurück. Langsam, um die Frau nicht aufzuwecken, zog sie die oberste Schublade auf, entnahm ihr ein Stofftaschentuch, öffnete dann die zweite und griff vorsichtig mit Hilfe des Taschentuchs nach dem Messer.

»Schau dir das an, ein oben gezahntes Messer«, flüsterte sie aufgeregt und mit forschendem Blick zum Bett. Vielleicht verstellte sich Asta ja nur. Aber ein leises, regelmäßiges Schnarchgeräusch zeigte an, dass die alte Dame tatsächlich eingeschlafen war.

Die beiden Frauen schlossen leise die Tür des Schlafzimmers und gingen auf Zehenspitzen die Treppe hinunter. Unten löschten sie das Licht und verließen das Haus. Antonia fuhr Gesine zu Birtes Haus zurück. Sie parkte das Auto vor der Tür und machte den Motor aus. Ihre Freundin sah sie ratlos an.

»Was willst du jetzt tun? Denkst du, das ist die Tatwaffe? Müsstest du nicht Klenke verständigen?«

»Ich brauche noch etwas Zeit. Gib mir zwei, drei Tage. Ob es die Tatwaffe ist, weiß ich nicht. Vielleicht ist es nur irgendein Messer. Jedenfalls sprach Klenke von einem großen, teilweise gezahnten Messer, und es ist doch auffällig, dass so ein Ding im Zimmer von Asta liegt. In einer Schublade, in der sonst nur abgelaufene Medikamente und Pillen herumliegen. Entweder sie selbst hat es dort versteckt oder jemand anderes aus dem Haus …«

»Claus? Niemals. Er kann nicht der Täter sein. Wer so Klavier spielt …«

»Ach, Gesine. Bring mich nicht aus dem Konzept. Jedenfalls gibt es in diesem Haus eine Menge Messer, und ich weiß nicht, warum die Kripo gerade dieses übersehen haben sollte. Klenke hat mir erzählt, dass sie alle Räume durchsucht haben. Das ist doch merkwürdig. Vorerst also zu niemandem ein Wort …«

Die Freundinnen wünschten sich Gute Nacht. Sie wollten am nächsten Morgen, bevor Gesine abreiste, zum Abschied mit Birte frühstücken.

Im Hotel fand Antonia das Zimmer dunkel vor. Sie war froh, dass Florian noch unterwegs war. Wahrscheinlich saß er beim Abendessen in der »Reuse« und hielt einen Plausch mit Olaf. So konnte sie das Messer, das sie in Astas Küche vorsichtig in eine Plastiktüte gepackt hatte, verstecken, bevor er zurückkam.

Sie betrachtete es unter dem Licht ihrer Nachttischlampe genauer und konnte erkennen, dass auf dem Griff etwas eingraviert war. Jemand hatte versucht, die Buchstaben zu entfernen, indem er sie mit einer Feile oder Schmirgelpapier bearbeitet hatte. Sie konnte noch erkennen, dass der erste Buchstabe ein M und der letzte wohl ein E gewesen sein musste.

Sie öffnete ihr Notebook und hatte zum Glück eine Internetverbindung. Bei Google gab sie die beiden Buchstaben und das Wort Messer ein, aber sie erhielt keinen Treffer. Nach drei weiteren vergeblichen Versuchen schaltete sie seufzend den Laptop aus und schloss das Messer in den Tresor ein, der sich im Kleiderschrank befand. Hier hatte sie auch schon die Sägeblätter aus dem Sassnitzer Baumarkt deponiert. Sie stellte sich einen Augenblick lang vor, wie überrascht ein Hoteldieb wäre, wenn er im Tresor ein Messer und drei Sägeblätter vorfände. Florian würde nie hineinsehen. Er war im Urlaub kaum dazu zu bewegen, seine Sachen in den Schrank zu räumen, und stopfte nur alles rasch in ein Fach, wenn Antonia ihn darum bat, seinen Koffer auszuräumen.

Erschöpft legte sie sich ins Bett und las in ihrem Roman, der in den letzten Tagen zu kurz gekommen war. Elizabeth, die Heldin, lieferte sich inzwischen heftige Auseinandersetzungen mit ihrer Cousine Charlotte, die eine Frauenrechtlerin war und ihren viel älteren Mann, einen berühmten Philosophieprofessor, verlassen wollte. Elizabeth versuchte die Cousine zu überzeugen, dass ihr Platz an der Seite ihres Mannes sei. Antonia, die Charlotte recht gab, las es mit Unbehagen. Als Florian in aufgeräumter Stimmung nach Hause kam, hörte er sich, während er sich entkleidete, ihre Beschwerde mit Gleichmut an. Antonia aber wurde regelrecht wütend.

»Ein aus heutiger Sicht völlig unmöglicher Standpunkt. Der Professor ist klein, dick und doppelt so alt wie Charlotte. Er nimmt ihre Artikel nicht ernst, und diese Elizabeth meint doch allen Ernstes – jetzt hör mal zu: *Nie habe ich jemanden gesehen, der weniger der Ehefrau eines berühmten Professors glich als sie. Sollte die Frau einer deutschen Berühmtheit nicht ruhig, gemütlich, breit und langsam sein? Ist nicht er das Hirn, sie die willige Dienerin …* So geht das weiter. Er ist ein Nietzsche-Spezialist aus Bonn, und seine Charlotte hat die Nase voll von ihm. Also bisher hat mir das Buch ja gefallen, aber jetzt wird es doch arg zeitgeistig … Dabei ist diese Charlotte um 1904 schon viel freier, als Asta es zum Beispiel jemals war.«

»Gib mal her!«

Florian rülpste leise. Er war angetrunken und hatte dieses Lächeln im Gesicht, das sie an ihm mochte und das er immer dann bekam, wenn er mehr als zwei Bier getrunken hatte. Antonia konnte sich noch nicht beruhigen. »Sie vertritt den Standpunkt, dass man Männer einfach nicht ernst nehmen kann, insofern ist sie auch ironisch, ja. Nach außen soll man sich ihnen unterwerfen, dann aber machen, was man will. Ich finde das manipulativ.«

»Vielleicht blieb den Frauen zu dieser Zeit nicht viel anderes übrig.« Florian setzte sich neben sie, nahm den Roman und las die Stelle weiter vor. *»Eine Ehefrau ist die Hecke zwischen den kostbaren Blüten des männlichen Geistes und der Hitze und dem Staub der gemeinen alltäglichen Plackerei …«*

Florian schien zu zögern, doch er setzte tatsächlich hinzu: »Also ich finde, solche Schriften sollten viel mehr verbreitet werden, auch wenn die Metaphorik klappert …«

Antonia lachte und rollte sich auf die Seite. »Das könnte dir so passen, du kostbare Blüte. Gute Nacht!«

15

Am Morgen ihrer Abreise hatte Gesine für Birte von Witzleben einen Blumenstrauß aus Kornblumen, Mohn und Gräsern besorgt und Frau Pisch mit einem großzügigen Trinkgeld bedacht. Antonia brachte sie zum Bahnhof nach Binz. Gesine umarmte sie zum Abschied und bat sie, auf sich aufzupassen. Sie werde sich aus Hamburg melden, sobald sie zu Hause sei.

Auf der Rückfahrt rief Kommissar Klenke Antonia an. Er fragte sie, ob ihr in den letzten Tagen etwas an Birte aufgefallen sei. Die Polizei wolle Birte vernehmen, weil man Hufabdrucke in der Nähe von Ophusens Haus gefunden hatte.

»Die Klever hat diese Hufabdrucke von der Kriminaltechnik abnehmen und mit denen sämtlicher Pferde in der Gegend vergleichen lassen, und es war Wotans Abdruck. Auch dass er an der Hinterhand erst kürzlich beschlagen worden war, konnte man an den Abdrücken ablesen. Diese Leute aus Stralsund gehen mir ziemlich auf die Nerven. Ich will nicht, dass man jetzt auch noch Birte da mit reinzieht. Der Weg geht halt an Ophusens Garten vorbei, und da ist sie vom Strand kommend hergeritten, aber die Klever lässt nicht locker.«

Antonia erzählte dem Kommissar ausführlich von dem gemeinsamen Abendessen im Hause Ravenorst. Über ihren Fund in Astas Schlafzimmer schwieg sie sich aus. Sie wollte die alte Dame nicht in Schwierigkeiten bringen, bevor sie nicht herausbekommen hatte, ob sie etwas von der Existenz des Messers wusste.

Im Hotel angekommen, nahm sie ihren Notizblock heraus und zeichnete sich ein Diagramm des Abends. Nur sie selbst, Birte und Claus von Ravenorst hatten das Wohnzimmer während des Essens verlassen. Birte und sie waren zwischendurch kurz auf die Terrasse gegangen, Claus war in der Küche verschwunden, hätte aber schon vorher die Gelegenheit gehabt, das Messer zu verstecken. Antonias Herz klopfte schneller. Der Gedanke, der sympathische Anwalt könne etwas mit den Morden zu tun haben, war ihr mehr als unangenehm. In diesem Augenblick ging im Zimmer das Telefon. Es meldete sich die Rezeption. Eine Frau Klever sei am Empfang, ob Frau Babe etwas Zeit für sie erübrigen könne. Seufzend legte Antonia auf und fügte sich in ihr Schicksal.

Hanne Klever trug mausgraue Jeans und eine dazu passende hellgraue Leinenbluse. Etwas Farbe gab der Szene lediglich der frisch gepresste Orangensaft, der vor der Kommissarin auf dem Tisch der Hotellobby stand. Sie empfing Antonia mit dem üblichen ausdruckslosen Blick und murmelte eine Entschuldigung.

»Tut mir leid, ich habe keinen Termin mit Ihnen machen können. Aber ich werde Sie nicht lange aufhalten. Ich wollte wissen, ob Sie mir ein paar Fragen zu Birte von Witzleben beantworten können. Seit wann Sie diese kennen und was für einen Eindruck Sie von ihr haben.«

»Den besten«, antwortete Antonia rasch. Sie beließ es bei Allgemeinheiten und schwieg auch über Birtes Schluckbeschwerden und das Rätsel ihrer beruflichen Tätigkeit in den USA. »Sie ist ausgesprochen hilfsbereit und gastfreundlich. Sie hat ohne zu zögern eine Hamburger Freundin von mir bei sich wohnen lassen, als wir hier kein Zimmer für sie fanden.«

Hanne Klever notierte sich alles ausführlich und fragte nach Gesines Hamburger Adresse. Dann schaute sie hoch und an Antonia vorbei. »Und was ist mit dem Pferd?«

»Was soll mit ihm sein? Soweit ich Wotan neulich verstanden habe, geht es ihm gut.« Die Klever fixierend, stellte sie blitzschnell eine Gegenfrage: »Was ist mit der Tatwaffe? Haben Sie die schon gefunden?«

Für Sekunden fiel ein Schatten über ihr Gesicht, dann riss Hanne Klever jedoch ihre Augen weiter auf als normal und antwortete mit tonloser Stimme: »Darüber habe ich zu schweigen. Wissen Sie, seit wann das Pferd von Frau von Witzleben lahmte?«

Antonia dachte nach. Sie sah sich auf der Terrasse des Frühstückscafés sitzen und erinnerte sich an ihre erste Begegnung mit Birte und Wotan.

»Ja, das muss kurz nachdem ich angekommen bin gewesen sein, an einem Samstag. Ich frühstückte auf der Caféterrasse, und sie kam dazu. Bei Wotan hatte sich ein Hufeisen gelockert, Birte hatte es beim Ausritt erst bemerkt, als das Pferd lahmte, und dann den Schmied verständigt.«

Frau Klever senkte den Kopf und machte sich Notizen. Sie schrieb etwa eine Dreiviertelseite in ihrer altmodischen Kladde voll.

»Hat sie gesagt, wo und wann sie das Eisen verloren haben könnte?«

»Nein. Es hatte sich ja nur gelockert. Sie hätte sonst absteigen müssen. Bis zu Hause hat es wohl noch gehalten.«

»Es gab Spuren bei Ophusens Haus, die darauf deuten, dass bei dem Pferd an der Hinterhand ein Eisen locker war.«

»Das ist gut möglich. Am Tag meiner Ankunft lebte Herr Ophusen ja noch. Am übernächsten Tag habe ich Birte mit dem Pferd getroffen, und der Mord an Peter Ophusen fand erst am folgenden Tag statt. Sie muss also an dem Haus entlanggeritten sein, als der Mann noch lebte. Denn kurz darauf war der Schmied bei ihr.«

Die Klever machte ein unzufriedenes Gesicht. Sie hatte sich wohl schon ein Indiz zurechtgelegt, das Birte mit dem Mord an Ophusen in Verbindung brachte, und Antonias Angaben machten ihre Theorie zunichte. Sie beugte ihren Kopf tiefer über die Kladde und machte sich in epischer Breite Notizen. Sie füllte eine Seite, blätterte um und schrieb zu Antonias Erstaunen auf der nächsten weiter. Alles, was Antonia interessierte, war, ob sie der seltsamen Kommissarin etwas über die Tatwaffe entlocken konnte. Sie wusste aber nicht, wie sie es anstellen konnte, ohne Hannes Klenke zu verraten.

Als hätte die Klever die Fähigkeit, ihre Gedanken zu erahnen, wiederholte sie ihre Ermahnung, dass Antonia nichts verschweigen dürfe, was der Aufklärung der beiden Verbrechen dienen könnte. Antonia stimmte ihr mechanisch zu.

»Haben Sie sonst noch Fragen? Ihre Karte habe ich ja.«

Hanne Klever sah hoch. Sie wich Antonias Blick zur Seite aus und fragte mit leiser Stimme, fast flüsternd, ob der Kellner aus der »Reuse«, dieser Olaf, nach Antonias Meinung etwas mit der Sache zu tun haben könnte.

Antonia war empört. Erst bezog diese unfähige Person die

nette Birte, jetzt sogar Olaf in ihre Recherchen mit ein. Statt sich auf wirklich wichtige Fragen zu konzentrieren, schien diese Kommissarin völlig ins Blaue hinein zu ermitteln.

»Was soll denn das nun wieder? Was hätte jemand, der seit Jahr und Tag in der ›Reuse‹ kellnert, davon, zwei uralte Männer aus dem Dorf umzubringen? Oder gibt es Gründe für Ihre Vermutung?«

Die Klever senkte den Kopf über ihre Kladde und antwortete nicht. Sie schrieb hektisch weiter und murmelte: »Also ihn verdächtigen Sie nicht?«

Antonia war so heftig aufgestanden, dass der leichte Sessel hinter ihr umkippte. »Natürlich nicht! Olaf ist ein Freund.« Dann richtete sie den Sessel wieder auf, drehte sich auf dem Absatz herum und ging wütend zum Aufzug.

Oben wählte sie zweimal die Nummer von Claus von Ravenorst, ohne eigentlich zu wissen, was sie ihn fragen wollte. Dann fiel ihr ein, dass heute die Testamentseröffnung stattfinden musste. Erst am späteren Nachmittag war sein Smartphone eingeschaltet, und er meldete sich.

»Frau Babe! Schön, von Ihnen zu hören. Ich habe es gerade noch pünktlich zum Notartermin geschafft. Tante Asta ist die alleinige Erbin von Haus und Vermögen. Da war ich überrascht. Das hätte ich dem Alten gar nicht zugetraut! Und wie steht es bei Ihnen? Haben Sie neue Erkenntnisse gewinnen können?«

Antonia freute sich, die sonore Stimme des Anwalts wieder zu hören. Sie hatte sich an seine Munterkeit gewöhnt. Sie gab ihr Auftrieb, wenn sie gerade von der Sinnlosigkeit ihrer Recherchen überzeugt war. Seine Verbindung zu dem ersten Opfer und die Notwendigkeit, das Verbrechen aufzuklären, schufen darüber hinaus eine Gemeinsamkeit zwischen ihnen, die sie mit Florian nicht hatte. Im Gegenteil. Florian durfte von ihrem Treiben nichts erfahren.

Beim Abendessen mit ihrem Freund in einer Pizzeria suchte Antonia krampfhaft nach unverfänglichen Themen. Nur über die Befragung durch Kriminalkommissarin Klever konnte sie sich auslassen. Aber Florian winkte desinteressiert ab.

»Reg dich nicht auf, bald brechen wir hier unsere Zelte sowieso ab. Dann können die ihre Geronten-Morde so lange untersuchen, wie sie wollen.«

Auf dem Heimweg hakte sich Antonia bei ihm unter, und sie alberten herum. »Geronten-Orgelmorde«, kicherte Antonia, »das wäre eine neue Kategorie in der Reihe mysteriöser Kriminalfälle!«

»Das kommt sogar hin, wenn die alte Asta die Täterin ist«, ulkte Florian.

Antonia dachte an das Messer aus Astas Schublade und nickte. Vor der Hoteltür gab sie Florian einen Kuss. »Ich muss noch eine Runde drehen, bevor ich zu Bett gehe. Ich komme gleich nach.«

Sie ging die Dorfstraße hinunter und schlug den Weg zum Strand ein. Der Sand glänzte silbern im Licht eines hellen Mondes. Da sie noch nicht müde war, schlenderte sie in einem weiten Bogen zum Hotel zurück. Als sie hinter ein paar Büschen hervortrat und auf den Klippenweg kam, bot sich ihr plötzlich ein gespenstisches Bild: Ganz nah am Rand der Klippe standen Wotan und seine Reiterin, fast bewegungslos. Der Wind strich durch die seidige Mähne des Pferdes, die Reiterin saß still und schaute starr geradeaus aufs Meer. Antonia erkannte, dass sich die Vorderhufe des Pferdes nur einen halben Meter vom Klippenrand entfernt befanden. Die Reiterin musste sich sehr sicher sein, dass sie das Pferd beherrschte, sonst würde sie es nicht wagen, so nahe an den Abgrund zu reiten. Als sich das Tier etwas bewegte, stand Antonias Herz für einen Augenblick still. Sie wollte aus dem Gebüsch heraustreten und Birte ansprechen. In diesem Moment wendete die Reiterin das Pferd und ritt langsam den Hohlweg zum Dorf hinunter.

16

Zwei Tage später wurde Antonia morgens vor der Zeit geweckt. Ihr Handy, das neben ihrem Bett auf dem Boden lag, schrillte. Sie schaute auf ihre Armbanduhr und seufzte. Es war erst halb acht. Florian grunzte etwas Unverständliches und drehte sich auf die andere Seite. Antonia drückte schläfrig die Empfangstaste, es meldete sich Frau Pisch, die Antonia mit aufgeregter Stimme bat, unbedingt zu Birtes Haus zu kommen. Birte von Witzleben sei verschwunden. Die Katze habe kein Futter, Wotan kein Wasser. Sie sei nach oben gegangen und habe das Schlafzimmer verwüstet vorgefunden.

»Es sieht aus, als hätte ein Kampf stattgefunden! Überall liegen Federn herum. Jemand hat in ein Kopfkissen gestochen …«

Antonia war schon aus dem Bett gesprungen und lief mit dem Telefon am Ohr ins Bad. »Lassen Sie um Himmels willen alles, wie es ist, Frau Pisch. Haben Sie schon Hannes Klenke angerufen?

»Jo, der war eben schon da. Mit ein paar Leuten aus Bergen, die haben alles fotografiert, dann sind sie wieder abgerauscht. Aber Sie müssen unbedingt kommen und sich um den Gaul kümmern. Ich glaube, der dreht durch, läuft immer am Gatter hin und her und wiehert.«

Antonia nahm, ohne Florian zu fragen, den Wagen und fuhr mit hoher Geschwindigkeit den Weg zu Birtes Haus hinunter. Frau Pisch war im Vorgarten und hielt einen Schlauch in einen Eimer Wasser.

»Ach, Frollein Babe, ich war doch gestern nicht hier im Haus, denn da hab ich in der ›Reuse‹ gearbeitet. Ich weiß deshalb auch nicht, wann das alles passiert ist und wie lange die Birte schon verschleppt ist. Die Polizei hat jedenfalls von Entführung gesprochen. Vielleicht hat der Wotan seit gestern kein Wasser mehr …«

Antonia griff sich den großen Wassereimer. »Ich habe Birte mit dem Pferd noch vorgestern Abend gesehen. Ich laufe zur Wiese, und Sie kommen mit dem Futter hinterher. Es steht in der Garage. Tun sie einen Scheffel aus dem Sack in der Ecke in den Eimer!«

Wotan lief tatsächlich in einer halben Kreisbewegung wie aufgedreht vom Zaun weg und wieder auf das Gatter zu. Antonia versuchte das verstörte Tier zu beruhigen, indem sie mit tiefer Stimme »Hoho« sagte, dann öffnete sie vorsichtig das Tor und hielt ihm den Eimer Wasser mit beiden Händen entgegen. Wotan warf den Kopf zurück, wieherte laut und trabte auf sie zu, steckte seinen Kopf hinein und fing an zu saufen, dann schüttelte er sich und trabte wieder zur Mitte der Wiese. Er schien sich allmählich zu beruhigen. Antonia nahm den Futtereimer, wartete eine Weile und ging langsam auf ihn zu. Das Pferd wieherte wieder, kam herangetrabt und begann gierig zu fressen.

»Solange Birte verschwunden ist, müssen wir uns um das Tier kümmern«, ermahnte Antonia die Zugehfrau. »Am besten wechseln wir uns ab.«

»Nee, Frollein Babe, das kann ich nich, machen Sie das mal, ich geh nich an den Gaul ran, ich hab Angst vor Pferden.«

Auf dem Weg zum Haus fragte Antonia die aufgeregte Frau, wann sie Birte zuletzt gesehen habe.

»Gestern, das war gestern Morgen. Ich kam bei mir zu Hause aus der Tür, und da sind sie vorbeigefahren. Sie saß im Wagen von Claus von Ravenorst. Die beiden sind in Richtung Kliff gefahren. Ich hätte nicht gedacht, dass Birte sich von dem umgarnen lässt ...«

»Wie meinen Sie das?«

»Na ja, er hatte den Arm um sie gelegt während der Fahrt.«

»Sind Sie sicher, dass es Birte und Claus von Ravenorst waren, die Sie gesehen haben?«

»Na klar! Sie trug eine große Sonnenbrille und er eine Kappe.«

»Konnten Sie denn das Nummernschild des Wagens erkennen?

»Klar! Der war aus Stralsund.«

»Frau Pisch, Claus von Ravenorst kommt aus dem Rheinland und fährt keinen Wagen mit einem Stralsunder Nummernschild ...« Antonia ärgerte sich darüber, wie schnell die Leute aus dem Dorf Geschichten an den Haaren herbeizogen.

»Na ja, ich kann mich auch vertun. Aber die Birte hat sich so angeschmiegt, das habe ich auch der Frau Jever am Telefon gesagt.«

Antonia stutzte. »Hat Frau Klever Sie schon kontaktiert?«

»Joo, sie hat mich vorhin sofort angerufen, nachdem Hannes Klenke hier war.«

Antonia konnte sich eine gewisse Schadenfreude nicht verkneifen. Jetzt war Hanne Klever bestimmt damit beschäftigt, sämtliche Autoverleihgeschäfte im Umkreis nach dunkelblauen Porsche mit Stralsunder Kennzeichen zu befragen. Das würde sie eine Weile ruhigstellen. Sie folgte Frau Pisch unter dem Vorwand, ein Glas Wasser trinken zu wollen, ins Haus.

»Frau Pisch, haben Sie eine Ahnung, wer Birte etwas Böses wollen kann?«

»Nö, sie kannte hier ja nur den alten Ravenorst und den ollen Ophusen. Mein Sohn meint, der Mörder ist vielleicht einer, der mal mit den dreien Skat gespielt hat, so schlecht, wie die waren.« Die alte Frau kicherte leise in sich hinein.

Antonia ließ Wasser in die Spüle laufen, um kühles Trinkwasser zu bekommen, bis Frau Pisch resolut einschritt.

»Frollein Babe, wir haben hier doch bestes Mineralwasser.« Dabei zog sie einen Kasten mit »Mecklenburger Quelle« aus der Speisekammer und nahm eine Flasche heraus. »Komisch, wir haben den Kasten erst vorgestern gekauft … Jetzt fehlen hier auf einmal fünf Flaschen.«

»Meine Freundin hat doch bis gestern hier übernachtet, Frau Pisch. Vielleicht hat Gesine davon getrunken … Dürfte ich mal nach oben gehen und einen Blick ins Schlafzimmer werfen?«

»Das dürfen Sie. Aber nicht betreten, Frollein Babe, niemand darf das«, sagte Frau Pisch mit wichtiger Miene.

Im oberen Stockwerk gab es ein Bad, ein Gästezimmer, einen kleinen Abstellraum und Birtes spartanisch eingerichtetes Schlafzimmer, vor dem ein Absperrband den Zutritt verhinderte. Die Einrichtung bestand aus einem Bett, drei Stühlen und einem Kleiderschrank, auf dem zwei alte Koffer lagen. Die beiden Kopfkissen waren aufgeschlitzt, und überall lagen Daunen herum. Eine Kleiderschranktür stand offen, und zwei Stühle lagen umgekippt auf dem Fußboden. Die linke Scheibe des Fensters war eingeschlagen.

Antonia ging wieder nach unten. »Frau Pisch, könnte der Entführer durch das Fenster eingestiegen sein?«

»Ja klar! An der Hauswand stand doch die Leiter, die Birte immer nahm, wenn sie den Efeu geschnitten hat. Und das Fenster war geöffnet. Die Kollegen von Hannes Klenke haben das wieder geschlossen, nachdem sie alles fotografiert haben.«

Frau Pisch schluchzte jetzt laut auf, nahm ein Taschentuch aus ihrer Kittelschürze und trocknete sich die Augen. Die Aufregungen dieses Morgens hatten sie wohl sehr mitgenommen. Antonia legte einen Arm um die kleine Frau.

»Jetzt beruhigen Sie sich mal, Frau Pisch. Wir wissen ja gar nicht, ob Birte überhaupt etwas zugestoßen ist. Hat die Polizei etwas aus dem Schlafzimmer mitgenommen?«

»Soviel ich weiß, nein. Birte hat immer sehr schmucklos gewohnt.«

»Mir fiel auf, dass das Zimmer übel zugerichtet ist, aber die beiden Koffer auf dem Kleiderschrank liegen akkurat nebeneinander.«

»Die Polizei hat das auch gesehen, aber die Koffer sind abgeschlossen, und die Kripo wollte sie nicht öffnen, solange man nicht weiß, was mit Birte ist, wegen der Privatsphäre und so.«

Antonia riet Frau Pisch, sich einen starken Kaffee zu kochen. »Dann sieht die Welt doch gleich anders aus. Vielleicht wissen wir heute Abend mehr. Ich sehe später noch mal nach Wotan, dann müssen Sie nicht noch mal rauskommen. Jetzt bin ich mal weg. Ich versuche, so rasch wie möglich mit Birtes Schwester zu sprechen. Sie wohnt auf dem Festland.«

»Die Dörte, ja, die kenne ich. Man munkelt, sie hätte als Schülerin was mit dem alten Ravenorst gehabt. Aber dann hat sie ja ganz ordentlich geheiratet, einen Lehrer, glaube ich.«

Antonia wunderte sich wieder einmal, was die Leute aus dem Dorf alles übereinander zu wissen schienen. Auf dem Weg zum Auto sah sie, dass das Garagentor offen stand und den Blick auf Birtes Wagen freigab. Es sah aus, als sei er noch vor Kurzem in der Waschanlage gewesen. Der Lack glänzte, und die Scheiben des Wagens waren blitzblank. Als Antonia die Garage wieder verlassen wollte, fiel ihr auf, dass Birte, offenbar um den Garagenboden zu schützen, Pappe unter das Auto gelegt hatte. Der alte Polo schien Öl zu verlieren. Antonia zog ein Stück Pappe heraus, und tatsächlich fanden sich Ölspuren in der Mitte des viereckigen Kartons. Es war ein Teil desselben Kartons, den sie in Birtes Kaminecke gefunden hatte. Am oberen Rand verlief ein Schriftzug ALL OUR P+ODUCTS – SHA+P AS, dann brach die Schrift ab, denn ein Stück war abgerissen; zwei Buchstaben waren unleserlich.

Sie nahm das ölverschmierte Stück Pappe an sich und legte es in den Kofferraum von Florians Wagen, neben das Stück, das sie in Birtes Kaminkorb gefunden hatte. Dieses trug den kleineren Schriftzug CHER EQUIPMENT OF THE FINEST QUALITY. Die Drucktypen waren nicht nur kleiner, sondern auch gelb, die Schrift auf dem neuen Stück war groß und in Rot gehalten. Auf die beiden Zeilen konnte sich Antonia keinen Reim machen. Was konnte es nur bedeuten? Welche Produkte wurden hier beworben?

Birte hatte erzählt, dass sie in den USA eine Zeit lang für Zulieferer der Schönheitschirurgie gearbeitet hatte. Hatte Birte vielleicht Verbindungen zu dem Kosmetikunternehmen, dem Claus von Ravenorst vorstand? Vielleicht würde sich das Verschwinden von Birte ja bald aufklären und sie könnte sie selbst fragen. Hoffentlich war ihr nichts zugestoßen. Sie wählte die Handynummer von Hannes Klenke, um sich zu erkundigen, ob es Neuigkeiten gab. Aber von Birte fehlte noch immer jede Spur.

Am Abend lief Antonia ruhelos im Zimmer hin und her. Sie hob Kleidungsstücke auf, um sie in den Schrank zu räumen, legte sie jedoch wieder auf dem Bett oder in einem Sessel ab, weil ihr etwas einfiel, das sie sich unbedingt notieren wollte. Florian hatte ein Konzert in Stralsund und war schon am frühen Nachmittag losgefahren, um noch zu proben. Sie sah ihre Notizen der letzten Tage durch und wurde von einer umfassenden Ratlosigkeit ergriffen. Alles war verworren, und von keiner Ecke konnte sie eine sinnvolle Denkstrategie entwickeln.

Auf ihrem Nachttisch lag der Schlüssel zu Birtes Haus, den Gesine abzugeben vergessen hatte. Sie nahm ihn auf, verließ das Hotel und radelte zum Haus, um den Schlüssel dort in den Briefkasten zu werfen. Vor der Haustür zögerte sie jedoch. Sie war versucht, noch einmal hineinzugehen und Birtes Schlafzimmer zu untersuchen. Diesen Gedanken gab sie auf, behielt aber den Schlüssel. Sie hatte einen Punkt erreicht, an dem sie »kein Land sah«, wie Gesine gern sagte, wenn sie zu viel Arbeit hatte.

Sie entschied sich, einen Ausritt zu machen, sattelte Wotan und ritt mit ihm in Richtung Zickersche Berge. Danach ging es ihr besser. Realistisch, wie sie war, gestand sie sich ein, dass sie viel zu wenige Anhaltspunkte hatte, um den Fall zu lösen, dass niemand sie für ihre Arbeit bezahlte und sie fast ihren ganzen Urlaub geopfert hatte, um am Ende kaum etwas Nennenswertes vorzuweisen zu haben. Ich sollte aufgeben, sagte sie sich. Man muss wissen, wann es sich nicht mehr lohnt, weiterzumachen.

Langsam ritt sie zur Weide zurück. Es musste schon spät sein. Die Dämmerung verwandelte die Bäume und Sträucher am Rand der Wiese in seltsame Figuren. Sie ließ Wotan eine Weile am langen Zügel ein paar Runden drehen, damit er sich abkühlte, und ritt ihn dann parallel zum Zaun, um abzusatteln. Als sie ihr linkes Bein nach vorn schob und den Sattelgurt lockerte, hörte sie in ihrem Rücken ein Geräusch, und bevor sie noch absitzen konnte, griff jemand plötzlich von hinten um ihre Taille und riss sie von Wotan herunter. Sie blieb mit dem Fuß im Steigbügel hängen und bekam noch mit, wie Wotan scheute und einen Satz nach vorn machte. Dabei riss er sie ein Stück mit, aber die Umklammerung blieb. Jemand mit einer Strickmaske über dem Kopf hielt sie fest, keuchte und zerrte ihren Fuß aus dem Steigbügel. Antonia schrie auf, das Pferd scheute erneut und trabte ein Stück davon. Antonia wehrte sich verzweifelt, aber die Hände ihres Gegners schlossen sich fest um ihren Hals und drückten ihr die Kehle zu. Für einen Moment gelang es ihr, sich zu befreien und mit aller Kraft in eine Hand ihres Gegners zu beißen. Die Hand ließ los, schloss sich jedoch im nächsten Augenblick wieder rasch um ihre Kehle. Sie spürte einen Schmerz, etwas ritzte ihren Hals, dann verlor sie das Bewusstsein.

Als sie wieder erwachte, war es fast dunkel. Sie lag im Gras, etwas Warmes lief ihr den Hals herunter. Als sie danach tastete, spürte sie Blut an ihren Fingern. Wotan graste ein paar Meter weiter von ihr und rupfte friedlich Gras. Der Angreifer war verschwunden und das Tor zur Weide geschlossen. Antonia blieb eine Weile liegen und hörte dem dunklen Mahlgeräusch zu, das die Kiefer des Pferdes machten. Jemand hatte ihm die Trense abgenommen und über den Zaun gehängt, den Sattel aber trug Wotan noch. Er saß etwas schief, und Antonia erinnerte sich daran, dass sie, bevor sie überfallen wurde, den Gurt gelockert hatte.

Sie stand auf, taumelte in Wotans Richtung und nahm ihm den Sattel ab. Dann trug sie, immer noch benommen, Sattel und Zaumzeug zu Birtes Garage, wusch die Trense und hängte alles an Ort und Stelle auf. Sie drückte sich ein Papiertaschentuch gegen die Wunde und radelte, nur mit einer Hand am Lenker, zum Hotel zurück.

Im Badezimmer besah sie sich die Verletzung an ihrem Hals. Der Spiegel zeigte einen langen Schnitt neben ihrer Kehle. Sie hatte großes Glück, dass der Angreifer nicht die Halsschlagader getroffen hatte. Sie bedeckte die Wunde mit neuen Taschentüchern und band sich einen Chiffonschal um den Hals. Dann fuhr sie zu einer Apotheke im Einkaufscenter, die am Abend länger geöffnet hatte, und kaufte eine Jodlösung und große weiße Pflaster. Florian durfte auf keinen Fall etwas davon merken, dass sie überfallen worden war. Er würde Klenke verständigen, und beide würden sie sofort nach Hamburg zurückschicken. Sie beschloss, allen zu erzählen, sie habe sich beim Ausritt im Wald an einem Zweig verletzt, der ihr in die Quere gekommen sei.

Im Hotel betupfte sie die Wunde mit Jod und klebte eines der großen Pflaster über den Schnitt. Dann nahm sie ein Schmerzmittel und versuchte sich mit »Elizabeth auf Rügen« abzulenken. Nach einer Weile schlief sie über dem Roman ein und hörte nur von Ferne, dass Florian zurückkam und sich neben ihr ausstreckte.

17

»Die letzten beiden Stücke liefen wie geschmiert! Dabei hatte ich vor denen die meiste Angst.«

Florian schwärmte Antonia am Frühstückstisch vor, dass das Konzert in der Stralsunder Marienkirche wunderbar gelaufen sei. Vor allem 564 sei gut angekommen. Er habe zweimal Zugaben spielen müssen. Die Nummer 564 im Bach-Werke-Verzeichnis, die Toccata in C-Dur, war vielen Zuhörern bekannt und beim Publikum sehr beliebt. Antonia freute sich mit ihm. Er war so erfüllt von seinem Erfolg, dass er Antonias Pflaster gar nicht bemerkte. Sie hatte sich zur Tarnung wieder den hellgrünen Chiffonschal um den Hals gebunden und gab sich entspannt.

»Dann mach dir mal einen schönen Tag am Strand. Könnte ich heute das Auto haben? Ich möchte aufs Festland. Birte hat da eine Schwester. Vielleicht weiß die, wo sie abgeblieben ist.«

Florian hatte auf einen gemeinsamen Strandtag gehofft und war enttäuscht, aber Antonia blieb hartnäckig.

»Ich muss dahin. Das bin ich Birte schuldig.«

Gegen zehn Uhr fuhr sie über den Rügendamm in Richtung Stralsund. Sie hatte Birtes Schwester telefonisch erreicht, und Dörte von Witzleben hatte mit samtener, leicht tonloser Stimme geantwortet, sie möge vorbeikommen, sie sei zu Hause. Dörtes Haus, klein und reetgedeckt, lag am Rand eines Dorfes und versteckte sich hinter einer riesigen Rotbuche. An das Haus grenzte eine Wiese, auf der zwei Schafe weideten. Im Vorgarten standen eine Reihe abstrakter Holzskulpturen, in allen Fenstern hingen indianische Traumfänger – Gestecke gegen böse Träume. Im Eingang roch es nach Sandelholz. Unter dem Vordach war ein Glockenspiel angebracht, und eine Kette mit bunten Fähnchen, wie man sie in Tibet aufhängt, war über die Haustür gespannt.

Antonia klingelte. Es dauerte eine Weile, bis Dörte die Tür öffnete. Sie sah ihrer Schwester ähnlich, wirkte jedoch zarter als Birte. Sie lächelte nicht, als sie Antonia zur Begrüßung die Hand entgegenstreckte.

»Kommen Sie herein. Möchten Sie einen Tee?«

Antonia folgte ihr durch ein vollgestopftes, aber penibel aufgeräumtes Wohnzimmer. Die Terrassentür stand offen.

»Nehmen Sie schon einmal draußen Platz, ich komme dann gleich.«

Antonia setzte sich auf eines der drei Sitzkissen, die auf der Terrasse lagen, und sah den beiden Schafen zu, die in rhythmischen Bewegungen das Gras der Wiese rupften. Dörte kam mit einer Kanne Tee und zwei Bechern zurück.

Antonia fragte sie, ob sie wisse, was mit ihrer Schwester geschehen sei. »Kennen Sie jemanden, der Birte schlecht gesonnen ist oder war?«

Dörte antwortete nicht sofort. Sie goss erst den Tee ein und nahm dann im Schneidersitz auf einem der Kissen Platz.

»Sind Sie sicher, dass jemand sie entführt hat? Sie ist früher immer mal wieder einfach so verschwunden, wenn ihr zu Hause alles zu viel wurde. Meine Mutter hat dann Todesängste ausgestanden, aber Birte hatte nur in einem Baum oder sonst wo im Wald gespielt und die Zeit vergessen, oder sie ist da eingeschlafen …«

»Das hier ist ernst«, antwortete Antonia. »Jemand scheint sie angegriffen und verletzt zu haben. Man hat Blutspuren in ihrem Schlafzimmer gefunden.«

Antonia bemerkte, wie Dörtes Lider leicht flatterten, ansonsten zeigte sie keine Reaktion. Unter ihren Augen lagen dunkle Schatten, und sie sah unbewegt zur Wiese mit den Schafen. Dann drehte sie Antonia langsam den Kopf zu.

»Ich weiß. Die Polizei geht sogar davon aus, dass es derselbe Mann ist, der die beiden Bekannten meiner Schwester umgebracht hat. Aber ich kann das nicht glauben. Birte hat in ihrer Jugend und in den USA immer viel Sport gemacht und trainiert, sie kann Judo. Es kann auch für einen Mann nicht so einfach sein, sie zu überwältigen.«

Antonia nickte. Sie wartete einen Moment, ehe sie fortfuhr: »Birte kam mir auch sehr sportlich vor. Aber wenn es nun zwei Männer waren? Ich denke, Ihre Schwester schwebt in großer Gefahr.«

Dörte von Witzleben zog ihre feinen Augenbrauen hoch. Das

Blau unter ihren Augen schien sich zu vertiefen. »Das liegt nicht in unserer Hand. Wir können die Dinge nur geschehen lassen …«

Antonia musste tief Luft holen. Dann nahm sie all ihren Mut zusammen für ihre nächste heikle Frage. »Sie kannten einen der Ermordeten. Wie war denn Ihr Verhältnis zu dem verstorbenen Lehrer Hans von Ravenorst?«

Dörte wich ein wenig zurück, indem sie ihren Oberkörper nach hinten bog, hatte sich aber sofort wieder unter Kontrolle.

»Ich kam wegen einer Krankheit lange nicht zum Unterricht, und meine Leistungen ließen nach, da hat Hans mir Nachhilfe gegeben, meinem Vater zuliebe.«

Antonia nickte und schwieg. Sie wusste, dass dies die beste Art war, Leute zu weiteren Ausführungen zu animieren. Nach einer Pause setzte Dörte dann tatsächlich wieder an.

»Er ist dann zunehmend vertraulich mit mir geworden. Es gab Küsse im Schulkeller und in seinem Büro. Er hat mich zu sich nach Hause eingeladen, seiner Frau vorgestellt und mir seine Lieblingsmusik vorgespielt. Webers ›Freischütz‹. Ich hatte natürlich Angst, die anderen Schüler könnten etwas merken, denn ich musste immer wieder nach dem Unterricht noch dableiben. Er hatte kleine Aufgaben für mich, Botengänge oder Akten ordnen. Aber es ging natürlich in erster Linie um Sex.«

»Wie alt waren Sie?«

»Als alles anfing, dreizehn, mit fünfzehn hatte ich meinen Schulabschluss, sodass ich dann auf eine weiterführende Schule nach Stralsund wechselte.«

»War der alte Ravenorst eigentlich unbeliebt im Dorf?«

»Kann ich nicht sagen. Ich habe ja früh geheiratet, und wir zogen nach Wismar. Ich bin nur noch selten nach Hause auf die Insel gefahren.«

»Und dann? Haben Sie ihn später, als Sie in Stralsund zur Schule gingen, noch getroffen?«

»Nein. Ich lebte bei einer Tante. Hans ist zwar noch zweimal vorbeigekommen, aber dann war auch meine Tante da. Er hat sich dann wohl eine andere Schülerin gesucht.«

»Wie haben Sie seine Annäherungen erlebt?«

»Irgendwie hatte ich nur Angst vor den anderen Schülern. Die machten manchmal Bemerkungen, und im Dorf haben die Leute auch getuschelt. Aber sonst? Ich glaube, es hat mir geschmeichelt, dass er so versessen auf mich war … Er hat auch nicht mit mir geschlafen. Er beschränkte sich auf Streicheln, Berühren halt. Ich glaube, er hatte Angst vor Ansteckung.«

»Wie meinen Sie das?«

»Nun ja, er behauptete, Frauen seien per se schmutzig und ansteckend. Bei einer Jungfrau sei man da auf der sicheren Seite. Sirius ist der Meinung, dass die ganze Affäre nicht so schlimm war. Es habe mir nicht geschadet.«

Sirius ist wahrscheinlich der im Westen lebende Ehemann, dachte Antonia und merkte verdrossen an: »Männer haben da so ihre eigene Sicht der Dinge.«

Dörte von Witzleben lächelte ein feines, kaum merkliches Lächeln. »Sirius –« Dann verstummte sie.

»Wusste Ihre Schwester von dieser Beziehung?«

»Birte hat mal später so etwas angedeutet, aber ich bin nicht näher darauf eingegangen. Sie sagte, sie habe uns mal beobachtet … Nach außen blieb der Kontakt zwischen den Familien wie immer. Mein Vater und Onkel Hans gingen zusammen zur Jagd.«

»Und Ophusen? Das zweite Mordopfer? Gab es da Verbindungen zu Ihrer Familie?«

Dörte goss sich etwas Tee nach und leerte ihre Tasse in einem Zug. »Ophusens Frau hat einmal, soviel ich weiß, unseren Hund überfahren. Es kam kein Wort der Entschuldigung. Es war der Hund von unserem kleinen Bruder. Jesko war sehr kränklich, und der Kummer um seinen Hund hat ihn noch kränker gemacht.«

Antonia dachte an den schmalen kleinen Jungen auf Birtes Foto, dem die ältere Schwester ihre Hände auf die Schulter gelegt hatte.

Ein Schweigen breitete sich aus.

»Möchten Sie vielleicht noch einen Dinkelkeks? Ich habe sie eben erst gebacken.«

Antonia griff zu und knabberte lustlos an dem trockenen Keks. »Ich würde Ihnen doch gerne noch eine persönliche Frage stellen, auch wenn Sie sagen, Ravenorst habe Ihnen nicht geschadet. Haben Sie nicht doch unter der Beziehung zu ihm gelitten? Wie gehen Sie heute damit um?«

»Ich habe Hans verziehen. Ich bin ein Medium, ein Kanal für einen Engel, es geht um die allumfassende Liebe, sie schließt auch diejenigen ein, die uns Böses angetan haben.«

»Sie sind in Kontakt mit einem Engel?«

»Ja, mit Sirius. Schon seit Langem. Mein Mann hat mich deshalb verlassen. Er hat es nicht ertragen, dass ich täglich neue Botschaften erhalte.«

Antonia lief eine Gänsehaut über den Rücken. Sie erinnerte sich, dass Christian, der Chirurg auf dem Hausboot, etwas Ähnliches angedeutet hatte. Nicht nur Eso, sondern auch noch daneben, ging es ihr durch den Kopf. Sie bemühte sich, entspannt zu wirken. »Ach! Und welcher Art sind diese Botschaften?«

»Es geht um meine Klienten. Der Engel sagt mir, was gut für sie ist, worauf sie achten müssen …«

»Sie haben Klienten?«

»Ja, aus der Umgebung kommen viele und suchen meinen Rat.«

»Und wie haben Sie das gemerkt? Ich meine, dass der Engel zu Ihnen spricht?«

»Er war plötzlich da. Er stand nachts neben meinem Bett, und ich habe deutlich gehört, dass er mich auserwählt hat. Aber Sirius ist nur eine Vorstufe. Wenn ich auf ihn höre und seinen Weisungen der Liebe folge, kann ich demnächst auch einen Erzengel channeln.«

Antonia lehnte sich zurück. Es schien tatsächlich Aufstiegsmöglichkeiten in diesem System des Irrsinns zu geben. Ihr Tee aus Zitronenmelisse war kalt geworden. Sie hätte jetzt gern einen Kaffee getrunken.

»Noch etwas Tee?« Dörte beugte sich über die Tonkanne auf dem Stövchen. Sie war sehr mager. Wahrscheinlich legte Sirius keinen Wert auf Essen, und seine Adeptin folgte ihm.

»Nein, vielen Dank.« Antonia beugte sich vor und versuchte so ernst wie möglich zu klingen. »Könnten Sie nicht Ihren Engel fragen, wer Hans von Ravenorst umgebracht hat? Das wäre mir eine große Hilfe.«

Dörte sah sie mit großen Augen an. »Das ist nicht möglich. Sirius macht nie genaue Angaben. Er gibt immer nur eine allgemeine Richtung vor.«

»Das wäre ja auch schon was! Versuchen Sie es, und rufen Sie mich an.« Antonia schob ihr ihre Visitenkarte hin.

Draußen vor der Tür bewegte sich über ihr das Glockenspiel leise im Wind. Sie drehte sich noch einmal nach Dörte von Witzleben um. »Sehen Sie Ihre Schwester regelmäßig?«

Dörte lächelte ihr entspanntes Esoterikerinnen-Lächeln. »Wir haben uns nur einmal gesehen, als sie gerade aus Amerika zurückgekommen war. Wir hatten uns nicht viel zu sagen. Am Ende unseres Treffens hat sie sich noch abfällig über Sirius geäußert. Seitdem meiden wir uns. Jeder muss seinen Weg gehen …« Versonnen glitten ihre feingliedrigen weißen Hände am Glockenspiel entlang.

»Ach, und erlauben Sie mir eine letzte Frage: Hatten Sie schon Besuch von der Polizei?«

Dörte lächelte liebenswürdig. »Direkt nachdem Birte verschwunden ist, war diese Dame da. Sehr nett. Sie hat alles notiert, was ich sagte. Auch welche Pflanzen ich in meinem Garten habe, wie viele Teesorten im Schrank und wie oft mir Sirius erscheint.«

Frau Klever muss sich wohl bald eine neue Kladde kaufen, dachte Antonia.

»Ach ja, und dann hat sie noch nach Birtes Ohrstecker gefragt. Sie trug doch immer dieses blaue Paar, das sie von unserer Großmutter zur Konfirmation bekommen hat. Saphire. Ich war immer sehr neidisch auf diesen Schmuck. Aber die Dame meinte, sie trüge nur einen Ohrstecker. Vielleicht hat sie den anderen verloren.«

Antonia erinnerte sich an ihre Beobachtung auf dem Foto. »Ich habe auch nur einen Saphir-Ohrstecker an Ihrer Schwester gesehen.« Sie bedankte sich bei Dörte für die freundliche Aufnahme und trat die Rückfahrt an. Unterwegs überlegte sie angestrengt, warum die Klever wohl nach den Ohrsteckern gefragt haben könnte. Hatte die Kripo womöglich den anderen gefunden? Womöglich in Ophusens Garten, nachdem sie schon die Hufspuren neben der Hecke entdeckt hatte?

Auf Rügen kaufte Antonia die Inselzeitung und fuhr in die »Reuse«, um dort zu Mittag zu essen. Die Inselzeitung hatte ein Foto von Birte und einen Bericht über ihr Verschwinden abgedruckt. Nach Ravenorst und Ophusen nun Birte …

Olaf hatte Dienst, und Antonia bat ihn, wie immer, wenn er nicht viel zu tun hatte, sich eine Weile zu ihr zu setzen. Sie konnte sich bei ihm relativ offen aussprechen. Bei aller Leutseligkeit konnte Olaf dann schweigen, wenn es vonnöten war.

»Ach, Olaf. Dieser Fall ist total kompliziert. Zwei alte Männer und ein Hund, jetzt noch Birte. Hast du vielleicht eine Idee, wie das alles zusammenhängen könnte?«

»Nö, eigentlich nicht. Vielleicht hat mal jemand mit denen Skat gespielt und andauernd verloren«, grinste Olaf.

»Den Witz habe ich schon von Frau Pisch gehört«, meinte Antonia ungeduldig.

»Ja, der macht so im Dorf die Runde. Nee, aber nun mal im Ernst, drei Tote, und alle haben hier immer zusammengehockt, die hatten bestimmt was zusammen ausgefressen. Sieht man doch manchmal so in Filmen, gemeinsamer Raubüberfall, und nach Jahren kommt dann einer aus dem Knast und will seinen Anteil …«

»Also, noch ist Birte ja vielleicht nicht tot! Obwohl, deine Theorie hat was! Bringst du mir noch ein Pils?«

Olaf hatte sich selbst eine Cola eingeschenkt und nahm wieder neben ihr Platz. »Ich wäre aber auch total froh, wenn dieser Fall aufgeklärt würde«, seufzte er jetzt.

Antonia sah erstaunt von ihrer Scholle hoch. »Was hast denn du damit zu tun?«

»Ich habe die Besuche von der Kripo Stralsund satt. Es gibt doch noch mehr Orte, an denen man die Bedienung nerven kann.«

»Was wollte die Klever denn neulich auf dem Strandfest von dir wissen?«

»Da ging es um den Abend mit der Schlägerei. Aber dann hat sie sich stundenlang mit meinen Personalien abgegeben und zweimal gefragt, ob ich ledig sei. Auf meine Frage, was das denn nun mit dem Fall zu tun habe, hat sie gesagt, sie müsse alle Faktoren berücksichtigen. Die spinnt doch! Diese Klever zieht es inzwischen fast jeden Abend hierhin …«

»Im Ernst? Jeden Abend?« Antonia war erstaunt.

»Ja, und ich muss ihr dann immer alle Angebote von der Tafel noch mal einzeln erklären, das geht bis zur Soße aufm Salat.«

»Das macht die gute Küche, dass sie immer wieder kommt«, lächelte Antonia.

Olaf duckte sich ein wenig und flüsterte: »Wenn man vom Düwel spricht …«

Er stand rasch auf und verzog sich hinter die Theke, wo er sich am Display der Kasse zu schaffen machte. Tatsächlich stand mitten in der »Reuse«, mit herabhängenden Armen, Hanne Klever und sah sich etwas hilflos um. Antonia nickte ihr zu, und die Klever steuerte sichtlich erleichtert auf ihren Tisch zu.

»Darf ich?«

»Bitte, wenn es Sie nicht stört, dass ich weiteresse.«

»Natürlich nicht.«

Die Klever beugte sich vor, holte eine Lesebrille aus ihrer Tasche und starrte auf das Pflaster an Antonias Hals. »Haben Sie sich verletzt?«

»Ja, bei einem Ausritt mit Wotan gestern, ein Zweig …«

»Und haben Sie die Wunde denn behandeln lassen?«

Antonia wusste, dass sie auf den Streifen Jod, der sich an den Pflasterrändern bemerkbar machte, anspielte. »Hm, ja.«

»Sind Sie auch gegen Tetanus geimpft?«

Bevor Antonia antworten konnte, stand Olafs Kollegin neben der Klever. »Was darf ich Ihnen zu trinken bringen?«

Olaf selbst schien immer noch ungemein beschäftigt. Hanne Klever schaute in Richtung Theke, wo sich Olaf gerade wieder wegduckte, und bestellte ein Bier.

»Wir haben ja über Wotans Hufabdrucke am Haus des zweiten Ermordeten gesprochen. Sie sagten, sein Lahmen beruhte auf einem lockeren Hufeisen. Haben Sie gesehen, ob er das Eisen verloren hatte?«

»Nein, aber er lahmte, das habe ich gesehen. Sie müssen doch an den Spuren erkennen können, ob das Pferd an allen vier Hufen Eisen hatte, oder nicht? Und überhaupt: Wenn Sie erkennen konnten, dass es Wotans Spuren waren, was macht es, ob er ein Hufeisen verloren hatte oder nicht?«

»Wir haben Wotans Spuren auch an der Stelle gefunden, an der die Leiche von Hans von Ravenorst lag. Das Pferd hatte alle vier Hufe beschlagen. An Ophusens Haus zeigen die Spuren jedoch drei beschlagene Hufe und einen Huf mit einem lockeren Eisen. Ich wüsste zu gerne, ob das Pferd das Eisen verloren hat und man das verlorene Hufeisen irgendwo finden könnte.«

Antonia wusste, dass es wenig Sinn machte, sich in die Gehirnwindungen der Kommissarin einzufühlen. »Das müssten Sie Frau von Witzleben fragen. Vielleicht hat sie das Eisen aufgehoben. Soll ja Glück bringen …« Antonias Sarkasmus ließ die Klever unbeeindruckt. »Was, glauben Sie, ist mit Frau von Witzleben geschehen?«, fragte sie.

Antonia tunkte das letzte Stück ihrer panierten Scholle in das Schälchen mit Mayonnaise und spießte ein Stück Salzkartoffel dazu auf. »Ich hoffe, nichts Ernstes!« Und nach einer kleinen Pause setzte sie unvermittelt hinzu: »Sie haben mir noch gar nicht gesagt, ob Sie schon die Tatwaffe gefunden haben!«

Die Augen ihres Gegenübers verschleierten sich, die Stimme wurde düster. »Unsere Ermittlungen stagnieren. Wenn Sie etwas beobachten oder erfahren, Frau Babe, Sie haben meine Handynummer …« Dabei legte sie eine weitere Karte neben Antonias Bierglas.

Antonia dankte und steckte die Karte zu der, die sie schon von Hanne Klever hatte, in ihr Portemonnaie. Die Kommissarin sah wieder intensiv zur Theke hinüber, während Antonia nach der Speisekarte griff. »Ich genehmige mir noch einen Nachtisch. Wollen Sie nichts essen?«

»Ich glaube nicht. Ich bin nicht hungrig …«

In diesem Augenblick wurde Olaf von zwei Freunden aus dem Dorf lauthals begrüßt. Er kam hinter dem Tresen hervor und umarmte einen von ihnen, der offenbar lange nicht mehr auf Rügen gewesen war. Olafs muskulöse Arme hoben sich sonnenbraun vom roten Arbeits-T-Shirt der »Reuse« ab. Antonia sah mit Erstaunen, wie Hanne Klevers Gesicht sich belebte und unter ihrem Kinn ein paar rote Flecken entstanden, die sich bis in ihre graue Bluse hinabzogen.

Olaf also, dachte Antonia. Das macht sie ja sogar ein bisschen sympathisch.

18

Gegen drei Uhr fuhr Antonia ins Dorf und am Haus der Ravenorsts vorbei. Der Anwalt hatte an diesem Tag zurückkommen wollen, der blaue Porsche stand jedoch nicht unter der Linde. Vielleicht hatte er es doch nicht geschafft, seine vielen Termine zu koordinieren. Er hatte ihr auf dem gemeinsamen Ausflug gestanden, dass er sich manchmal zum Boot begab, wenn er das Haus seiner Tante nicht mehr aushielt, vielleicht würde sie ihn an der Marina finden.

Als sie auf dem Parkplatz am Seedorfer Hafen einbog, sah sie Claus von Ravenorst von Weitem tatsächlich auf der Storebro hantieren, demselben Boot, mit dem sie den Ausflug nach Lauterbach gemacht hatten. Wenn er nun Birte auf dem Boot gefangen hielt?, schoss es ihr durch den Kopf. Jetzt hatte Claus von Ravenorst die Plane abgedeckt und sprang mit Schwung auf den Steg. Er kam genau in ihre Richtung. Antonia kauerte sich hinter dem Steuer zusammen. Als sie vorsichtig den Kopf hob, sah sie, wie Claus in seinen Wagen stieg und in Richtung Dorf fuhr. Sie wartete, bis der Porsche außer Sichtweite war, stieg aus und schlenderte langsam zum Steg, als mache sie einen Spaziergang.

Die wenigen Boote, die hier lagen, dümpelten im leichten Wind. Nur am äußersten Rand war jemand damit beschäftigt, mit Eimer und Schrubber das Vordeck zu reinigen. Sie betrat den Bootssteg und näherte sich der »Amica«, die freundlich und harmlos dalag. Sie mochte den Anwalt sehr, wollte jedoch Gewissheit haben, dass er nicht in den Fall verwickelt war. Wenn Hans von Ravenorst alles seiner Frau vermacht hatte, wäre Claus wiederum nach Astas Tod der alleinige Erbe von Haus und Vermögen seines Onkels, das nach Birtes Angaben nicht unbeträchtlich zu sein schien. Menschen hatten schon für weniger gemordet und entführt.

Langsam ging sie an der Storebro vorbei und sah sich vorsichtig um. Die Nachbarboote waren verlassen, niemand war in der Nähe. Rasch öffnete sie die Plane am Seiteneingang und kletterte hinein. Drinnen erinnerte sie sich, dass Claus ihr bei ihrem Ausflug nach Lauterbach nicht erlaubt hatte, sich die Bugkabine näher anzusehen. Hier musste sie zu suchen anfangen. Die Tür zum vorgelagerten Salon war jedoch abgeschlossen. Nur die Tür zur Toilette ließ sich öffnen. Sie wandte sich zum Heck, in dem die Kabine mit den beiden Kojen lag. Die Mahagonitür war ebenfalls verschlossen, allerdings steckte ein Schlüssel im Schloss. Antonia schloss auf und stieg drei Holzstufen in die Kabine hinunter. Dort blieb sie stehen, bis sich ihre Augen an das dämmrige Licht gewöhnt hatten.

Vor den schmalen Fenstern waren die Vorhänge zugezogen. Sie blickte auf die beiden Liegen, die mit braunem Cord bezogen waren und auf denen je zwei Kissen und zwei ordentlich gefaltete Decken lagen. Falls Claus von Ravenorst etwas mit Birtes Entführung zu tun hatte, dann hatte er sie jedenfalls nicht hierher gebracht. Wenn doch, müsste es irgendeine Spur geben. Vielleicht hatte Birte etwas hinterlassen, um auf sich aufmerksam zu machen. Fieberhaft suchte Antonia die Kojen ab. Nichts. Auch auf den blanken Dielen der Kajüte konnte sie nichts finden. Sie untersuchte minutiös die Vorhänge, ließ ihre Finger über die Kissen und Decken der Kojen gleiten und tastete Wände und Decke der Kajüte ab. Vergebens. Dann stieg sie wieder in den Steuerraum zurück und sah sich um. Sie erinnerte sich an die Bodenklappe, die Ravenorst geöffnet hatte, um nach einem der beiden Motoren zu sehen.

Mit zitternden Fingern suchte sie nach einer Vertiefung oder einem verdeckten Griff, um die Klappe zu öffnen. Wenn es einen guten Platz gab, um einen Menschen zu verstecken, dann dort unten. Sie erkannte die Umrisse der Platte im Boden, fand aber nichts, um sie anzuheben. Vielleicht brauchte man einen Schlüssel, um sie zu öffnen. Noch einmal ließ sie sich auf die Knie nieder, und tatsächlich fand sie einen Beschlag, der in den Boden eingelassen war. Sie hatte die Platte gerade ein wenig angehoben, als sich Stimmen und Schritte auf dem Steg näherten. Erschrocken ließ sie die Bodenklappe zum Motorraum zufallen, sprang in die Heckkabine hinunter und schloss die Tür hinter sich.

Jemand machte sich im Steuerraum zu schaffen. Dann hörte sie, wie die Tür zu ihrer Kabine abgeschlossen und der Schlüssel abgezogen wurde. »Ich hatte ganz vergessen abzuschließen«, rief der Anwalt jemandem zu, der auf dem Steg auf ihn wartete. Antonia wurde starr vor Schreck. Die Schritte entfernten sich. Sie saß in der Falle. Die Tür war verschlossen, und die Kajütenfenster waren viel zu klein, um zu entkommen.

Ihre Situation war mehr als fatal: Wenn Ravenorst nun etwas mit den Morden zu tun hatte? Dann war sie selbst in Gefahr. Wenn nicht, wie sollte sie ihm erklären, was sie auf seinem Boot suchte? Sie musste Florian anrufen und ihm alles erklären. Er müsste kommen und die Tür aufbrechen. Aber Florian war in der Probe, und sein Handy war ausgeschaltet.

In der Kajüte war es stickig. Die Sonne stand auf den schmalen Seitenfenstern. Sie versuchte, eines der Fenster zu öffnen, aber es klemmte. Panik stieg in ihr hoch. Sie hatte seit ihrer Kindheit immer unter klaustrophobischen Anfällen in engen Räumen gelitten. Schon der Gedanke, irgendwo eingeschlossen zu sein, jagte ihr Angst ein. Krampfhaft versuchte sie, einen klaren Gedanken zu fassen.

Sie legte sich in eine der beiden Kojen und versuchte, ihre Panik durch ruhiges Atmen zu besänftigen. Unter ihr gluckerte Wasser. Einen Augenblick lang hatte sie die Vorstellung, das Boot gehe unter, sie wäre in der Kabine gefangen und würde jämmerlich ertrinken. Dann fiel ihr ein, dass Ravenorst ihr auf dem gemeinsamen Ausflug erklärt hatte, dass unter den Kojen die Wassertanks des Boots verliefen. Diese Tatsache beruhigte sie etwas. Nach einer Weile nahm sie das Gluckern kaum noch wahr und schlief benommen von der Hitze ein.

Als sie wieder aufwachte, sah sie erschrocken auf ihre Uhr. Sie hatte fast eine Stunde geschlafen. Sie musste unbedingt diese enge Kabine verlassen. Die vier schmalen Heck- und Seitenfenster schauten sie höhnisch an. Noch nicht einmal ein Kind käme da durch. Das permanente Gluckern aus den beiden Wassertanks machte sie jetzt fast verrückt. Es hörte sich an, als ob sich auch das Wasser über ihre Situation lustig machte. Sie riss eines der Fenster auf und legte ihren Kopf an die Öffnung, weil sie das

Gefühl hatte, in der Kajüte ginge die Luft aus. Dann, plötzlich, hörte sie Schritte an Deck.

Claus von Ravenorst war zurückgekommen. Er warf die Motoren an, erst steuer-, dann backbord. Unter ihrer Kabine entstand ein Höllenlärm. Sie klopfte wie verrückt gegen die Tür und rief um Hilfe. Der Lärm unter ihr brach ab, und sie hörte, wie jemand kam und die Tür aufschloss. Der Anwalt sah überrascht über seine Goldrandbrille.

»Frau Babe, *Sie* hier?«

Antonia brach in Tränen aus und ließ sich brav in den Salon führen. Sie sank auf die Polsterbank und schluchzte vor sich hin. »Ich hab gedacht, Sie, also, ich dachte, Sie hätten …«

»Ich hätte Sie hier absichtlich eingeschlossen?«

Antonia antwortete nicht, sondern putzte sich nur geräuschvoll die Nase.

»Was haben Sie denn noch so gedacht? Was tun Sie hier überhaupt?«

Antonia fasste sich und erzählte ihm von den Ereignissen des Vortags. Sie hatte das deutliche Gefühl, sie könne sich dem Anwalt anvertrauen, und beichtete ihm, dass sie kurzfristig angenommen hatte, er habe Birte verschleppt. Claus von Ravenorst hörte zu und schüttelte den Kopf. Dann öffnete er eine kleine Tür in der Wandvertäfelung und holte eine Flasche Schnaps heraus.

»Jetzt trinken Sie erst mal einen Schluck! Wie kommen Sie darauf, dass ich hier jemanden versteckt hätte?«

»Sie wollten bei unserem Ausflug nicht, dass ich die Bugkabine besichtige …«

»Ja, aber nur deshalb, weil ich dort eine Menge Akten ausgebreitet hatte. Die sind ja nicht für fremde Augen bestimmt.«

Antonia schwieg. Sie war froh, dass sich die Dinge in dieser Weise klärten. Claus von Ravenorst berichtete, er habe, kurz bevor er mit dem Boot losfahren wollte, einen Anruf bekommen und sei deswegen noch einmal ins Dorf gefahren. Was Antonia nun hörte, erleichterte und beunruhigte sie zugleich: Spaziergänger hatten Birte heute halb verhungert und unterkühlt in der Nähe einer einsamen Hütte gefunden. Hannes Klenke hatte

Ravenorst angerufen und ihn wegen Birtes Verschwinden zu einer Zeugenaussage auf die Wache eingeladen.

»Dann war das Kommissar Klenke, mit dem Sie noch mal zurückgekommen sind?«

»Richtig. Wir sind dann zusammen zur Wache gefahren, und ich habe meine Aussage gemacht. Man hat Birte in meinem Wagen gesehen, an dem Tag, bevor sie verschwand. Ich hatte sie auf ihren Wunsch hin vom Arzt abgeholt und nach Hause gefahren, weil ihr Wagen morgens nicht angesprungen war. In der Nacht darauf ist sie dann verschwunden.«

Antonia lehnte sich zurück. »Wie geht es ihr?«

»Sie ist jetzt in der Klinik. Ich war eben noch kurz bei ihr im Krankenhaus. Sie hatte Schnittspuren am Hals. Offenbar wollte der Täter auch ihr die Kehle durchschneiden.«

Klenke hatte von Birte erfahren, dass jemand sie überfallen hatte, als sie abends zur Weide ging, um nach Wotan zu sehen. Er habe sie in ein Auto gezerrt und bewusstlos geschlagen. Als sie erwachte, lag sie in einer Hütte im Wald. Es war offenbar derselbe Täter, der auch ihr Schlafzimmer verwüstet hatte. Laut Birtes Aussage habe der Mann einen dunklen Anzug getragen und sehr helle Haare gehabt. Sie schloss auf Nachfrage die Möglichkeit, dass es sich um eine Perücke gehandelt haben könnte, nicht aus, war sich aber nicht sicher. Sie habe sich am dritten Tag, als ihr Entführer zu ihr in die Hütte kam, befreien und durch den Wald fliehen können. Sie sei auf der Flucht in eine Höhle gefallen, das habe ihr das Leben gerettet. Ihr Verfolger sei an ihr vorbeigelaufen und habe sie nicht entdeckt. Bei dem Sturz hatte sie sich Prellungen und einen verstauchten Finger geholt.

Antonia lehnte sich gegen die Kajütenwand und betastete das Pflaster an ihrem Hals. Ravenorst sah es und erkundigte sich mitfühlend, ob sie noch Schmerzen habe.

Statt eine Antwort zu geben, fragte Antonia nur dumpf: »Und weshalb hat er uns nichts getan?«

»Wie?« Claus von Ravenorst goss sich ein zweites Gläschen Schnaps nach und sah sie verständnislos an. »Sie sind also tatsächlich auch überfallen worden!«, stellte er dann fest. »Genau wie Birte.«

Antonia starrte düster vor sich hin. »Das passt doch nicht ins Täterprofil. Bei den beiden anderen Opfern hat er doch auch nicht lange gefackelt. Warum hat er uns, also ihr und mir, nicht die Kehle durchgeschnitten?«

»Um Himmels willen, Frau Babe! Ich bin sehr froh, dass der Täter in beiden Fällen eine Ausnahme gemacht hat.«

»Ich denke doch nur laut nach«, entschuldigte sich Antonia. »Ich bin auch froh, dass wir einigermaßen heil aus der Sache herausgekommen sind. Meinen Sie, ich dürfte Birte im Krankenhaus besuchen?«

»Bestimmt. Es wäre auch sinnvoll, wenn Sie Ihre eigene Verletzung einem Arzt zeigen. Könnten Sie um sieben bei meiner Tante sein? Dann fahren wir zusammen los.«

Antonia nickte, stand auf und brachte die Gläser in die kleine Bordküche. Sie dankte dem Anwalt für sein Verständnis, kletterte noch etwas benommen auf den Steg und ging zum Parkplatz. Sie war in großer Unruhe. Sie musste sich eigentlich Kommissar Klenke anvertrauen, wenn nicht gar der Klever. Es war doch auffällig, dass der Täter jetzt nicht nur Birte, sondern auch noch sie angegriffen hatte. Er musste also wissen, dass sie sich mit dem Fall beschäftigte. Möglicherweise war als Nächste die Klever dran. Was immer auch den Täter aufgehalten hatte, sie und Birte zu schonen, davon konnte man nicht in jedem Fall ausgehen. Antonia mochte Hanne Klever zwar nicht besonders, aber sie mochte sie sich auch nicht mit durchschnittener Kehle vorstellen.

Gegen sieben radelte sie vom Hotel zurück ins Dorf zum Haus der Ravenorsts. Wind war aufgekommen, die Wettervorhersage hatte für den Abend Regen angekündigt. Ravenorst öffnete die Tür. Er müsse noch dringend zwei geschäftliche Telefonate führen, ob sie einen Moment auf ihn warten könne? In der Küche könne sie sich einen Kaffee eingießen, er sei gerade fertig geworden.

Antonia ging in die Küche, nahm eine altmodische Tasse mit Rosenmuster aus einem der gelblichen Oberschränke und goss sich Kaffee ein. Die Kanne hatte Ravenorst vorsorglich auf ein Stövchen gestellt. Milch fand sie keine. Sie nahm ihre Kaffeetasse und folgte dem Anwalt ins Wohnzimmer. Claus von Ravenorst unterbrach sein Gespräch und sah sie fragend an.

»Ich suche Milch oder Kaffeesahne.«

»Ach, die ist oben bei meiner Tante. Ich habe ihr eben ihren Kaffee gebracht. Gehen Sie nur zu ihr, sie wird sich über Ihren Besuch freuen.«

Asta von Ravenorst saß in einem Sessel am Fenster ihres Schlafzimmers. Die Krone der Linde reichte fast an das Haus heran, und die alte Dame schien den Blick in das wogende Grün vor den Fensterscheiben zu genießen. Im Radio dudelte leise Musik. Ein Sprecher richtete Glückwünsche von Hörern für Hörer aus. Die alte Dame lächelte Antonia an; sie machte einen glücklichen Eindruck.

»Claus hat mir Kaffee und ein paar Kekse gebracht. Jetzt höre ich die Sendung ›Ihre Lieblingsmelodien‹. Das Leben kann sehr schön sein.«

»Ich wollte Sie nicht stören, sondern nur um etwas Milch bitten.«

Asta von Ravenorst deutete auf ein Kännchen auf ihrem Tablett. Antonia brannte die Frage nach dem Messer, das sie in der Kommode gefunden hatte, auf den Lippen. Sie fragte sich, ob Asta es vermisste.

»Sind Ihnen die Tropfen neulich gut bekommen, Frau von Ravenorst?«

»Ich habe danach ganz wunderbar geschlafen. Ich war wie neugeboren! Vielen Dank.«

Antonia sah zu ihrem Nachttisch hinüber. »Mussten Sie die Tropfen denn noch weiter einnehmen?«

»Nein. Die sind nur für Notfälle.«

Auf dem Nachttisch stand die kleine Flasche nicht mehr, die Antonia aus der Kommode geholt hatte. Sie erinnerte sich daran, dass die Schublade geklemmt hatte, und fragte die Greisin, ob sie die Flasche wieder in die Kommode zurückgestellt habe.

»Nein, sie steht im Nachttisch, damit ich sie immer in der Nähe habe. Meine Hausärztin war da und hat es angeordnet. Und wenn ich das Haus verlasse, soll ich sie bei mir tragen.«

Also war ihr die Abwesenheit des Messers noch nicht aufgefallen. Wenn Sie überhaupt von seiner Existenz gewusst hat, dachte Antonia. Sie wünschte der alten Dame noch einen angenehmen Nachmittag und ging wieder nach unten. Aus dem Wohnzimmer klang noch immer die sonore Stimme des telefonierenden Anwalts.

Antonia ging in die Küche, um ihre Tasse in die Spülmaschine zu stellen. In der oberen Ablage standen lediglich zwei gebrauchte Becher, in der unteren ein Teller. Auch der Besteckkorb war fast leer, neben einem Teelöffel und zwei Gabeln steckte jedoch ein auffallend langes Messer mit einem schwarzen Griff, offenbar ein ausländisches Fabrikat. Antonia sah sich um und zog das Messer mit spitzen Fingern hervor. Unten am Griff waren die Buchstaben MMBE eingraviert. Sie ähnelten der Gravur auf dem anderen Messer, das im Hoteltresor ihres Zimmers lag. Auch bei diesem war die Schrift kaum noch lesbar, weil jemand die Stelle mit der Feile bearbeitet oder geschmirgelt hatte. Das Messer war sehr scharf, mit einer starken Fräsung im oberen Drittel, aber einer insgesamt glatten Klinge, und es war ein Stück größer als das, das sie im Hoteltresor aufbewahrte. Das war nun das zweite auffällige Messer, das sie im Hause Ravenorst fand.

Sie legte es auf die Ablage des Küchenschranks und machte ein Foto mit ihrem Handy. Genauso hatte sie sich die Klinge der Mordwaffe immer vorgestellt, und hier, im Haus des ersten Opfers, befand sie sich in der Geschirrspülmaschine. Rasch packte sie das Messer in den Korb zurück und schloss die Tür der Spülmaschine.

Der Anwalt schien seine Telefonate beendet zu haben. Er erschien in der Tür und fragte: »Fahren wir?«

»Ich hätte da noch eine Frage«, sagte Antonia. »Wissen Sie, woher das große Messer in der Spülmaschine stammt?«

»Nein, Tante Asta muss es wohl benutzt haben. Ich habe heute noch nichts in die Spülmaschine geräumt, und Tante Asta spült aus alter Gewohnheit alles mit der Hand ab.«

»Na, wenn es zum Haus gehört, dann hat die Kripo es bestimmt auch schon bemerkt. Und sie hätten es mitgenommen, wenn sie es mit der Tatwaffe in Verbindung gebracht hätten …«

Der Anwalt sah sie irritiert an. »Wie sollte denn die Tatwaffe, mit der man Onkel Hans umgebracht hat, in Tante Astas Spülmaschine kommen?«

Ja, wie wohl? Das wüsste ich eben auch gerne, dachte Antonia und zuckte nur mit den Schultern. Von ihrem Fund in Astas Kommode erzählte sie nichts.

Auf der Fahrt ins Krankenhaus war sie von innerer Unruhe erfüllt. Ob sie Birte etwas von dem Überfall auf der Weide erzählen sollte? Auch das hatte sie bisher verschwiegen. Außer Claus von Ravenorst hatte sie lediglich Gesine bei einem einsamen Strandspaziergang von ihrem Handy aus gestanden, dass man sie überfallen hatte. Gesine war entsetzt gewesen und hatte Antonia inständig gebeten, Kommissar Klenke zu verständigen. Um die Freundin zu beruhigen, tat Antonia so, als habe sie das schon erledigt.

Seit gestern hatte sie wieder Zutrauen in ihre Ermittlungen bekommen. Ihre Intuition sagte ihr, dass sich der Fall einer Auflösung näherte und sie durch eine zu frühe Preisgabe ihres Wissens alles gefährden könnte.

Birte rollte langsam den Kopf in Richtung Tür, als Antonia und Claus von Ravenorst das Krankenzimmer betraten. Sie wirkte sehr apathisch, und ihr Gesicht war fast so weiß wie das Kissen, auf dem es ruhte. Das Tablett mit dem Abendbrot hatte die Patientin nicht angerührt, stattdessen schien sie viel zu trinken. Neben ihrem Bett standen eine Flasche Wasser und drei verschiedene Säfte. Antonia grüßte leise und fragte, ob sie Platz nehmen dürfe.

Claus von Ravenorst blieb am Fußende des Bettes stehen. Er hatte einen Blumenstrauß gekauft, draußen das Papier entfernt und hielt ihn Birte entgegen.

»Wie geht es dir, Birtelein?«

Birte zog die Schultern leicht nach oben. »Nicht so gut. Mir sitzt die Flucht noch in den Knochen. Immer wenn ich einschlafe, fange ich an, davon zu träumen, und dann ist dieser Mann wieder hinter mir her …«

»Hier sind Sie ja in Sicherheit«, versuchte Antonia sie zu trösten.

Ravenorst ging hinaus auf den Flur, um eine Blumenvase zu organisieren, und Antonia nutzte die Gelegenheit, Birte zu fragen, wie sich denn der Überfall auf sie abgespielt habe. Sie habe gehört, der Täter sei ins Haus eingedrungen und habe das Schlafzimmer verwüstet, Birte sei jedoch niedergeschlagen worden, als sie zur Weide ging.

Birte nickte. »Er muss über die Leiter ins Schlafzimmer gekommen sein, als ich unten war. Es war noch sehr früh. Ich weiß nicht, was er dort oben gesucht hat. Ich habe doch nichts, keinen Schmuck, kein Geld. Vielleicht ist er wütend geworden. Jedenfalls muss er mir gefolgt sein. Er hat mich vor der Weide eingeholt, niedergeschlagen und in sein Auto gezerrt.«

»Konnten Sie den Mann erkennen? War er allein? Oder haben Sie sein Auto gesehen?«

»Nur halb. Die meiste Zeit war ich ohne Bewusstsein. Ich habe ihn nur kurz von hinten am Steuer gesehen. Er hatte blonde Haare und trug ein dunkles Jackett.«

»Also vermutlich derselbe Mann, der Jaroslav überfallen hat«, murmelte Antonia.

Birte wiederholte, was Antonia schon wusste: Als sie erwachte, habe sie in einer Hütte im Wald gelegen. Als ihr Entführer am dritten Tag zu ihr in die Hütte kam, konnte sie sich losreißen und fliehen. Auf der Flucht fiel sie in eine Höhle, ihr Verfolger habe sie nicht entdeckt.

»Bei Ihnen hat er also kein Messer benutzt wie bei Jaro?«

Birte schloss die Augen. »Der Mann ist wahnsinnig. In der Hütte hat er mich mehrfach mit einem langen Messer bedroht.« Sie zeigte auf ihre Unterarme und drehte den Kopf nach links. »Sehen Sie!«

Ihre Arme und ihre rechte Halsseite waren über und über mit kleinen Schnitten bedeckt. Einige waren verschorft, tiefere leuchteten noch immer blutrot.

»Wo ist denn Ihr Saphir? Hat er ihn geraubt?

Birte tastete nach ihrem Ohrstecker. »Ach, nein, ich habe ihn hier ausgezogen. Leider habe ich den anderen verloren. Wahrscheinlich bei einem Ausritt.«

»Was wollte der Kerl denn von Ihnen? Oder waren es vielleicht sogar zwei, die Sie entführt haben?«

»Das kann ich nicht genau sagen …«

Birte brach ab. Claus von Ravenorst trat ein, im Schlepptau eine junge Krankenschwester, die ihn offensichtlich anhimmelte.

»Die junge Dame hat mir eigenhändig eine Vase besorgt«, sagte der Anwalt aufgeräumt und stellte den Strauß mit gelben und weißen Rosen auf Birtes Nachttisch.

Die Krankenschwester strahlte und wandte sich mit rotem Kopf an die Patientin. »Kann ich Ihnen noch etwas bringen, Frau von Witzleben?«

Birte verneinte und schloss die Augen. Die Krankenschwester trippelte aus dem Raum, nicht ohne noch einen koketten Seitenblick auf Ravenorst zu werfen. Antonia ergriff Birtes Hand und fragte sie noch einmal, ob der Entführer sein Motiv genannt habe.

Birte zog die Augenbrauen zusammen und die Schultern hoch, als hätte sie plötzlich Schmerzen im ganzen Körper. Dann antwortete sie flüsternd: »Er ist wahnsinnig. Es war ein Machtspiel, er wollte sehen, wie ich mich ängstige.«

In diesem Augenblick betrat eine Ärztin das Zimmer. »Ich muss Sie bitten, die Patientin jetzt zu verlassen. Ich bin die Trauma-Therapeutin.«

Antonia folgte Ravenorst widerstrebend zur Ambulanz. Sie hatte noch so viele Fragen an Birte. Der Anwalt überbrückte die Wartezeit vor dem Sprechzimmer, indem er unentwegt in sein Smartphone tippte. Antonia blätterte in einer Zeitschrift, war aber in Gedanken bei Birte. Immer wieder versuchte sie sich vorzustellen, wie der Mann Birte in seiner Gewalt hatte, welche Angst Birte von Witzleben gehabt haben musste und dass ihr vielleicht das Gleiche hätte passieren können, wenn der Kerl sie verschleppt hätte. Dann wurde sie aufgerufen. Ein junger Arzt riss ihr mit einem Ruck das Pflaster von der Wunde und besah sich den Schnitt an ihrem Hals.

»Und das war ein Zweig?«, fragte er ungläubig.

Antonia nickte und wurde rot. Der Arzt murmelte etwas Unverständliches. Dann stand er auf, griff nach einem Pflaster und verklebte den Schnitt.

»Sie haben Glück gehabt, die Wunde ist nicht tief. Aber etwas weiter nach rechts und Sie wären vielleicht verblutet …« Dann drückte er ihr noch ein weiteres Pflaster und ein Schmerzmittel für die Nacht in die Hand.

Claus von Ravenorst brachte sie zum Hotel zurück. Bevor sie ausstieg, fragte Antonia ihn, wie lange er diesmal bliebe.

»Ich bin bis Mitte nächster Woche hier. Ich habe mir jede Menge Arbeit mitgebracht. Ich hatte das Gefühl, ich müsse hier sein, nachdem das mit Birte passiert ist. Wenn da draußen ein Wahnsinniger herumläuft, kann ich Tante Asta nicht allein lassen. Und Florian sollte ein Auge auf Sie haben. Wäre es nicht besser, Sie reisen ab?«

Antonia dankte ihm für seine fürsorgliche Haltung und stieg aus. Bevor sie die Tür schloss, beugte sie sich noch einmal in den Wagen. »Soll ich Ihnen mal was sagen? Ich muss auch hier sein. Ich habe einen Fall zu lösen.«

Der Anwalt lächelte und murmelte: »Verstehe.«

Antonia warf die Tür heftiger als sonst zu und sah dem Wagen verärgert nach, bis er zwischen den Bäumen verschwand.

Der Regen war inzwischen stärker geworden. Im Zimmer öffnete Antonia die Balkontür und schaute eine Weile in die schräg niedergehenden Schnüre. Die See lag wie ein großes dunkles Etwas hinter dem Regenschleier. Sie atmete tief die reine Nachtluft ein. Die Wunde am Hals schmerzte, seit sie das neue Pflaster bekommen hatte. Sie schluckte eine von den Tabletten, die ihr der Arzt mitgegeben hatte, und legte sich hin.

Florian kam erst spät aus Stralsund zurück. Er schien erschöpft. Er hatte sein vorletztes Konzert absolviert und sehnte sich nach Erholung. Für den Sonntagvormittag schlug er einen Ausflug zum Jasmunder Bodden vor, und Antonia willigte ein. In ihr wirkten die Ereignisse des Tages nach, und sie fand keinen Schlaf. Sie las ein paar Seiten in »Elizabeth auf Rügen«, dann löschte sie das Licht und wälzte sich so lange unruhig hin und her, bis Florian erwachte und sie verschlafen fragte, was denn los sei. Sie stand auf, ging ins Bad und suchte nach dem Baldrianpräparat, das sie immer dabeihatte. Bevor sie gegen drei Uhr einschlief, fasste sie den Entschluss, am nächsten Tag in aller Frühe die Hütte zu suchen, in die man Birte verschleppt hatte.

Gegen sieben Uhr stand sie auf, um in den Wald zu kommen, bevor es dort von Sonntagsspaziergängern wimmelte. Der Regen hatte aufgehört und war einem strahlenden Junimorgen mit seidenblauem Himmel gewichen. Florian würde bestimmt gleich nach dem Frühstück zum Jasmunder Bodden aufbrechen wollen, das hieß, dass sie sich beeilen musste, um spätestens zum Frühstück wieder zurück zu sein.

Sie wusste nur ungenau, wo sich die Hütte befand. Claus von Ravenorst hatte von Kommissar Klenke gehört, dass sie nicht weit von der Stelle entfernt lag, an der Antonia den armen Benni gefunden hatte. Auf dem Weg dorthin arbeitete ihr Gehirn auf Hochtouren. Warum hatte der Täter Birte nicht umgebracht? Wollte er jemanden mit der Entführung erpressen? Was hatte er vor? Vielleicht wusste die Kripo ja mehr und er hatte schon vor Tagen eine Lösegeldforderung gestellt. Und wieso hat er mich nicht umgebracht?, fragte Antonia sich. Wurde er vielleicht in beiden Fällen gestört? Hatte ihn jemand an seinem Vorhaben gehindert? Was nur hatte ihn abgehalten?

Sie radelte in den Wald und fand an einer Wegkreuzung den Abzweig, den sie mit Wotan geritten war. Dort lehnte sie ihr Fahrrad an einen Baum und bahnte sich einen Weg zwischen Buchen und Unterholz. Die Hütte lag ein Stück weiter im Wald, hinter einer Tannenschonung, so hatte jedenfalls Klenke den Ort beschrieben. Von den Gehwegen her war sie nicht zu sehen. Antonia blieb mehrfach an dornigem Gestrüpp hängen, Zweige schlugen ihr ins Gesicht, und sie stolperte über Wurzeln und Unebenheiten des Bodens, bis sie die Schonung erreichte. Sie musste vorsichtig sein. Immerhin konnte der Entführer sich noch in der Gegend herumtreiben. Nach dem Überfall auf der Wiese hatte sie sich eine Dose Pfefferspray besorgt. Mit der kleinen Waffe, die sie jetzt immer bei sich trug, fühlte sie sich jedenfalls sicherer.

Leise ging sie um die Schonung herum. Tatsächlich stand da zwischen zwei riesigen Buchen eine Art Hütte, eher ein ärmlicher Verschlag, den man aus Brettern und Wellblech zusammengebastelt hatte. Alles war mit rot-weißem Band abgesperrt, das man um die Hütte und die beiden flankierenden Buchen gespannt hatte.

Antonia duckte sich unter das Band und versuchte einen Blick durch das schmutzige kleine Fenster in das Innere zu werfen.

Drinnen war es finster. In einer Ecke konnte sie die Umrisse einer Matratze und eine Wolldecke erkennen. Die Tür war mit einem neuen Vorhängeschloss gesichert – wahrscheinlich von der Kripo angebracht. Antonia war enttäuscht. Nur drinnen hätte sie vielleicht etwas Wichtiges entdecken können. Um die Hütte herum wies der Waldboden jede Menge Fußabdrücke auf, die von den Polizisten und Kriminalbeamten stammen mussten. Hier waren alle wichtigen Spuren inzwischen verwischt.

Sie ging noch etwas weiter in das Waldstück hinter der Hütte, den Blick immer auf den Boden gerichtet, als sie ein Knacken im Unterholz vernahm. Sie blieb stehen und horchte. Zunächst war alles still, dann knackte es wieder, jetzt näher. Es schien aus der Schonung zu kommen. Sie bahnte sich zwischen den halbhohen Tannen einen Weg und sah jemanden hinter einer breiten Tanne verschwinden. Als sie sich näherte, erkannte sie die alte Frau Fegesack, die sie im Vorjahr einige Male besucht hatte. Sie wohnte ganz für sich im Wald, war äußerst scheu und etwas wunderlich. Als Frau Fegesack sie erblickte, huschte sie verschreckt hinter den nächsten Tannenbaum mit breitem Geäst. Antonia folgte ihr.

»Frau Fegesack, so bleiben Sie doch stehen. Ich muss mit Ihnen reden!«

»Ich geh nich mit. Ich bleibe hier!«, zeterte die alte Frau. Offenbar sah sie in Antonia jemand in offizieller Mission, eine Sozialarbeiterin oder Betreuerin. Antonia erreichte sie und hielt sie am Arm fest.

»Ich bin es, Frau Fegesack, Antonia Babe. Ich habe Sie letzten Herbst in Ihrem Haus besucht. Erinnern Sie sich? Ich bin die mit den Geleefrüchten …«

Frau Fegesack nickte und sah neugierig auf Antonias Jackentasche. »Habense welche?« Dann fügte sie trotzig hinzu: »Aber mitkommen tu ich nich!«

»Das sollen Sie auch gar nicht. Im Moment habe ich keine Geleefrüchte dabei, aber ich bringe Ihnen gerne demnächst eine Tüte vorbei. Ich weiß ja, wo Sie wohnen. Kennen Sie die Hütte hier?«

»Jo, da geh ich rein, wenn ich in den Pilzen bin und es regnet.«

»Also ist die Tür sonst nicht abgeschlossen?«

»I wo. Da kann jeder rein. Ist ja auch nix drin.«

»Wann waren Sie denn zuletzt dort? Haben Sie etwas dadrinnen gefunden?«

Die braunen Kinderaugen huschten hin und her, dann schüttelte die alte Frau heftig den Kopf. »Nein, ich habe gar nix drinnen gefunden …«

Es war offenkundig, dass sie log. Antonia griff in ihrer Not zum Äußersten. »Frau Fegesack, wenn Sie mir sagen, was es war, bringe ich Ihnen *zwei* Tüten Geleefrüchte.«

Die Augen der Greisin leuchteten auf. »Die in Rosa und Grün?«

Antonia nickte.

»Und ich muss nicht mitkommen?«

»Nein. Natürlich nicht. Ich bin doch nicht vom Amt!«

Frau Fegesack winkte Antonia zu und führte sie zu einer alten Buche von beträchtlichem Umfang. Auf der Rückseite war der Baum hohl. Die alte Frau griff hinein und zog eine Plastiktüte heraus, in der fünf leere Plastikflaschen »Mecklenburger Quelle« steckten.

»Die bringt Käthe, meine Nachbarin, immer für mich weg, dafür gibt es Geld.«

Antonia war enttäuscht. Die Entführer hatten sich also an Birtes Mineralwasserkasten bedient und sie dem Opfer in der Hütte gelassen.

»Und die haben Sie in der Hütte gefunden? Sonst nichts?«

»Nee, nich in der Hütte.« Frau Fegesack machte eine wichtige Miene.

»Ja, wo denn dann?«

»Was ist mit den Gelben?«

»Wie?«

»Die Gelben mag ich besonders gern.«

»Ja, natürlich, ich kann Ihnen auch eine Tüte mit gelben Geleefrüchten besorgen.«

Über Frau Fegesacks Gesicht, das Antonia von der Farbe und

den vielen Furchen her an eine Walnuss erinnerte, glitt ein Lächeln. »Wirklich? Dann zeig ich es dir!«

Dann zog sie Antonia in eine kleine Tannenschonung. »Die waren dahinten verbuddelt. Das hab ich doch gesehen, wie der das gemacht hat.«

Frau Fegesack erzählte, sie sei neulich morgens in der Dämmerung bei der Hütte vorbeigekommen und jemand in einem dunklen Anzug habe in der Schonung ein Loch gegraben und dort etwas versteckt. »Ich hab dann später da gegraben und die Flaschen wieder rausgeholt. Die leeren Dosen hab ich drin gelassen. Aber die Flaschen kann ich gebrauchen, das gibt Geld.«

Der Täter hatte Birte überfallen, wahrscheinlich gefesselt und geknebelt und Flaschen und Konserven aus dem Haus mitgenommen. »Versteh ich nicht«, murmelte Antonia für sich.

»Was? Wat verstehnse nich, Frollein?«

»Ich meine, warum hat der Mann die leeren Flaschen hier verbuddelt? Er hätte sie doch irgendwo im Müll entsorgen können.«

Frau Fegesack sah sie mit überlegener Miene an. »Nee, eben nich! Die sind wertvoll, dafür gibt es Geld.«

Antonia zuckte mit den Schultern und ging mit der alten Frau zum Weg zurück. Vor der Hütte gab sie ihr die Hand.

»Bis bald, Frau Fegesack. Also gelb, rosa und …?«

»Die Grünen«, lächelte Frau Fegesack beglückt.

19

»Am Donnerstag können wir hier unsere Zelte abbrechen. Ich freue mich schon auf Hamburg. Endlich eine Zeit zu Hause ohne Proben, ohne Konzerte, ohne andere Menschen. Möchtest du auch noch vom Rührei?« Florian war vom Frühstückstisch aufgestanden, um sich am Büfett eine zweite Portion zu holen.

Antonia schüttelte den Kopf. »Nein danke.« Donnerstag schon? Dann habe ich gerade noch zwei Tage, dachte sie verzweifelt. Ihr Handy klingelte. Es war Gesine, die sich »nur mal melden« wollte.

»Gesi, es ist schrecklich. Wir reisen bald ab, und ich habe rein gar nichts erreicht. Wie doof ist das denn?«, klagte Antonia.

Gesine gab sich philosophisch. »Immer klappt es eben nicht. Du musst lernen, dass eine Privatermittlerin auch scheitern kann. Und dieses Scheitern auch annehmen ...«

Antonia hasste es, wenn Gesine so redete. »Vielleicht musst du mal lernen, nicht immer den Belehr-Bär zu spielen? Noch bin ich ja nicht gescheitert.«

Gesine entschuldigte sich und wünschte ihr noch viel Erfolg. Antonia beendete das Telefonat versöhnlich, blieb aber eine Spur verärgert. Mit gerunzelter Stirn schaute sie eine Weile zu, wie Florian mit gutem Appetit sein Rührei auf Toast verspeiste.

»Ich fahre ein bisschen durch die Gegend. Bist du heute noch mal in Stralsund?«

Florian nickte. »Ich probe heute zusammen mit einem Trompeter und treffe mich zum Abendessen mit jemandem von der Konzertagentur. Die wollen schon Termine für das nächste Jahr festmachen. Aber bald ist es vorbei, dann machen wir uns noch ein paar schöne Tage. Ich hoffe, du hast ohne mich keine Langeweile!«

»Nö, gar nicht. Bis heute Abend dann.«

Antonia verließ den Speisesaal und trat vor das Hotel. Es war wieder ein wunderbarer Sommertag mit einem wolkenlosen Himmel. Sie stieg beschwingt aufs Rad und fuhr ins Dorf. Heute war Frau Pischs Tag in der »Reuse«, und sie hatte noch Fragen an die alte Frau.

Frau Pisch hatte gerade alle Stühle auf die Tische gestellt und schien sehr ungehalten. Mehrfach stieß sie hart mit dem Schrubber gegen die Tischbeine oder gegen den Plastikeimer, sodass die Lauge einmal überschwappte.

Antonia grüßte sie zögernd und fragte sie, wie es ihr gehe.

»Och, Frollein Babe, ich bin ziemlich sauer. Jetzt hat Hannes Klenke doch tatsächlich das Alibi von meinem Malte noch mal überprüft. Die haben in den Unterlagen von dem alten Ravenorst einen Zettel gefunden, der war von meinem Malte. Malte hatte den mal bei denen in den Briefkasten gesteckt.«

»Was hat er denn geschrieben?«

»Er hat dem alten Ravenorst gedroht, er werde ihm noch mal das Genick brechen.«

»Oh!«, entfuhr es Antonia.

»Ja«, ereiferte sich Frau Pisch, »das Genick! Aber doch nicht die Kehle, können die denn nicht lesen? Und da haben sie Malte jetzt noch mal befragt, und die Kripo hat auch das Hotel auf Mallorca noch mal angerufen. So eine Gemeinheit! Aber da steckt nur die Hertha dahinter.«

Wieder stieß Frau Pisch den Schrubber mit Inbrunst gegen ein Tischbein, so als ramme sie ihn Hertha Klenke in die Waden.

»Was hat die denn damit zu tun?«

»Mein Otto hat der doch vor zwei Wochen über den Zaun zugerufen, dass vor ihr kein Hund sicher sei. Und der Benni gehe bestimmt auf ihr Konto. Seitdem hat sie wohl keine Ruhe gegeben und den Hannes auf uns gehetzt.«

»Aber Malte *war* doch zur Tatzeit auf Mallorca, oder?«

»Na klar! Das ist nur Schikane. Otto wär fast rübergegangen und hätte ihr eins übergebraten …«

»Um Himmels willen, Frau Pisch, das bringt doch nichts.«

»Hab ich auch gesagt. Aber mein Otto kann ja sein Maul … ich meine, er kann den Mund nicht halten.«

Antonia holte da, wo Frau Pisch schon gewischt hatte, die Stühle wieder vom Tisch und stellte sie an ihren Platz. Dabei fragte sie, ob ihr jemals aufgefallen sei, dass Birte von Witzleben Besuch gehabt hätte.

Frau Pisch richtete sich auf und wischte sich den Schweiß von der Stirn. »Soweit ich weiß, war Ihre Freundin der erste Gast, den Birte in ihrem Haus hatte. Sie ist ja eher menschenscheu. Und bis auf die Skatabende ging sie auch nicht aus.«

»Und Sie hat auch keine anderen Bekannten hier auf der Insel oder auf dem Festland?«

»Nicht dass ich wüsste. Sie ist immer sehr für sich. Otto meint immer, sie lebe wie eine Betschwester, aber was weiß der schon von Frauen …«

Antonia schmunzelte. »Da muss ich Ihrem Mann auch widersprechen. Birte hat ein sehr angenehmes Leben. Sie hat ihren Garten, ihr Pferd … Wissen Sie eigentlich, von wem sie Wotan gekauft hat?«

»Das müssen Sie den Bauer Woelke fragen, der kauft und verkauft Pferde und hat ihr den Wotan aufgeschwatzt, obwohl der schon damals lahmte. Seitdem kommt das ja immer wieder mal zurück.«

»Dann war das nicht das erste Mal, dass Wotan lahmte? Ich dachte, es war, weil sein Hufeisen locker war …«

»I wo!« Frau Pisch ließ sich auf einen Stuhl nieder und goss sich ein Glas Mineralwasser ein. »Das hat der Gaul immer wieder mal. Wollense auch 'nen Schluck?«

Antonia lehnte dankend ab. Sie schloss aus dieser Auskunft, dass Frau Klever noch lange nach einem verlorenen Hufeisen suchen konnte. Wahrscheinlich hatte sich das Eisen zwar gelockert, aber es war nicht die Ursache für Wotans lahme Hinterhand. Es war sehr wahrscheinlich, dass der Schmied es nur wieder hatte befestigen müssen.

Sie schwang sich wieder auf ihr Fahrrad und folgte Frau Pischs Wegbeschreibung zum Hof des Bauern Woelke. Sie hatte Glück. Die Bäuerin trat mit einem Wäschekorb unter dem Arm aus dem Haus und wies auf ihre Frage hin auf einen Traktor, der neben den Ställen geparkt war.

»Mein Mann liegt drunter. Der Trecker verliert im Moment viel Öl.«

Tatsächlich lag Herr Woelke auf dem Rücken unter seinem Gefährt und hämmerte und schraubte. Er trug eine grüne Kappe, und sein Gesicht war stellenweise schwarz verschmiert. Als Antonia ihn grüßte, kniff er ein Auge zu und rollte den Kopf in ihre Richtung. Das andere Auge blickte sie missmutig an. Antonia ging in die Hocke.

»Bemühen Sie sich nicht«, sagte sie zur Begrüßung, obwohl der Bauer gar keine Anstalten machte, seine Rückenlage aufzugeben. »Babe ist mein Name. Ich interessiere mich für das Pferd von Frau von Witzleben. Ich habe gehört, dass Sie es waren, bei dem sie es gekauft hat.«

»Und?«, grunzte der Bauer unfreundlich.

»Nun ja, ich habe gesehen, dass das Pferd öfter lahmt, da wollte ich wissen, ob sie etwas über seine Vorgeschichte wissen.«

»Dat Paard hatte 'ne Sehnenschwäche, dat hab ich dem Kerl gesagt.«

»Welchem Kerl?«

»Der den Gaul gekauft hat für die Birte …«

Antonias Herz klopfte schneller. »Ach so, Birte war gar nicht die Käuferin?«

Der Bauer führte aus, dass Wotan von einem Mann gekauft worden war. So ein schmaler, mit hellem Haar. Er habe mit ausländischem Akzent gesprochen. Er wollte sich das Pferd ansehen und es dann Birte schenken. »Birte war später ein paarmal hier. Sie hat gefragt, an welchen Schmied sie sich wenden soll oder welchen Tierdoktor ich ihr empfehlen kann.«

»Hatte der Mann blondes Haar und einen dunklen Anzug?«

»Jau, und so'n Hut. Komischer Vogel. Hat aber prompt bezahlt. In bar. Aber nu lassense mich mal in Ruhe basteln, gute Frau, ich brauch den Trecker heute noch!«

Antonia marschierte zwischen schnatternden Gänsen und braunen Hühnern über den Hof zu ihrem Fahrrad zurück. Kurz vor dem Tor wurde sie von einem wütenden Gänserich angefaucht, aber sie ignorierte das aufgebrachte Tier. Sie war in Gedanken bei Birte. Der Mann, der die Angriffe auf Jaroslav und Birte und sehr wahrscheinlich auch auf sie selbst verübt hatte, hatte also auch das Pferd gekauft. Und Birte stand zu ihm in Verbindung. Wieso hatte sie das im Krankenhaus verschwiegen? Die Ähnlichkeit mit dem Täter aus der Schreinerei und ihrem Bekannten hätte ihr doch auffallen müssen.

Unterwegs kaufte Antonia sich eine Flasche Mineralwasser und schluckte zum zweiten Mal an diesem Tag ein Schmerzmittel. Seit dem Überfall und dem Sturz vom Pferd hatte sie nicht nur Schmerzen an der Schnittwunde, sondern auch an der Halswirbelsäule. Sie erwachte morgens mit Kopfweh, fand nachts keine richtige Position und drehte sich von einer Seite auf die andere, sodass Florian sie am Morgen gefragt hatte, ob sie schlecht geträumt habe, sie sei während der Nacht so unruhig gewesen.

»Ich habe mir bei irgendetwas den Hals verrenkt. Ich denke, ich geh mal zu einem Orthopäden«, hatte Antonia geantwortet. Als sie nun ins Hotel zurückkam, suchte ihr die Rezeptionistin zwei Adressen heraus, beide Ärzte hatten jedoch keine freien Termine.

»Ich persönlich kann Ihnen eine Thai-Massage empfehlen, zumindest hilft mir das bei Verspannungen sehr gut. Die Frau ist sehr geschickt. Warten Sie, hier …«

Sie holte ihre Handtasche und kramte neben allerlei Inhalt eine Karte hervor. Dann schob sie Antonia die grüne bambusverzierte Visitenkarte des Thai-Etablissements über den Tisch.

»Danke, schaden kann es ja nicht.«

Antonia nahm die Karte und rief unter der aufgedruckten Telefonnummer an. Eine dunkle Frauenstimme meldete sich.

»Wenn möchten, Sie können um fünf Uhr kommen, ich bin hier«, sagte die Thailänderin, nachdem Antonia ihre Beschwerden geschildert hatte.

Auf der Fahrt zur Massage fuhr sie zunächst bei Wotan vorbei, fütterte ihn und brachte ihm frisches Wasser. Sie spürte Birtes Haustürschlüssel in der Gesäßtasche ihrer Jeans und betrat den Vorgarten. Sie hätte zu gern im Haus nach Hinweisen auf den Mann gesucht, den Birte offenbar kannte, dessen Opfer sie aber auch geworden war. Sie hatte aber nur noch eine halbe Stunde bis zu ihrem Massagetermin und ging deshalb nur einmal um das Haus herum.

An der Stelle, an der die Leiter gestanden hatte, mit deren Hilfe der Einbrecher in Birtes Schlafzimmer gestiegen war, schaute sie zum Fenster hoch. Jemand hatte die Leiter von der Wand genommen und sie unter einem Baum ins Gras gelegt. Nur die kaputte Scheibe erinnerte noch an den Überfall.

Antonia ging über die Terrasse zur anderen Seite des Hauses und passierte einen überdachten Holzstoß. Hier lagerte die Bewohnerin des Hauses ihr Kaminholz. Antonia wollte schon vorbeigehen, als sie zwischen den aufgeschichteten Scheiten ein paar Kartonstücke liegen sah. Sie standen etwas heraus und hatten dieselbe hellbraune Farbe wie die Kartonstücke, die sie schon vor ein paar Tagen in Birtes Haus gefunden hatte. Sie zerrte an der Pappe und fand einen vollständigen Karton, der in vier Teile zerlegt war. Auf einer der Seitenstücke stand in großen Buchstaben und gut leserlich: BUTCHER EQUIPMENT OF THE FINEST QUALITY – ALL OUR PRODUCTS – SHARP AS A RAZOR! Metzgereibedarf von feinster Qualität – Alle unsere Erzeugnisse – rasiermesserscharf!, übersetzte Antonia. Jetzt hatte sie endlich die Aufschrift auf den beiden Kartonstücken, die sie im Kofferraum von Florians Wagen aufbewahrte, entschlüsselt.

Auf einem weiteren Stück Karton war auch das Logo der Firma zu sehen: MMBE: MILLER'S MEAT AND BUTCHER EQUIPMENT. Warum hatte Birte nicht von dieser Firma gesprochen? War es Zufall, hatte sie sich vielleicht nur Umzugskisten von dieser Firma geliehen? Antonia glaubte immer fester daran, dass Birte jemanden deckte. Vielleicht jemanden, den sie schon in den USA kennengelernt hatte. Die Geschichte von dem Katzen mordenden Metzgergesellen aus Detroit fiel ihr ein. Vielleicht stand Birte mit diesem Mann in Kontakt? Wer Katzen umbrachte, mochte vielleicht auch keine Hunde? Sie musste an Benni denken. Aufgeregt wählte sie die Nummer von Kriminalkommissar Klatt aus Stralsund. Klatt war zwar streng, er war aber auch vernünftig genug zu handeln, wenn es nötig war.

»Herr Klatt, hier spricht Antonia Babe. Stellen Sie jetzt bitte keine Fragen. Könnten Sie veranlassen, dass man eine US-amerikanische Firma MMBE: MILLER'S MEAT AND BUTCHER EQUIPMENT in die Recherche zu den Orgelmorden einbezieht? Sie stellen Fleischerbedarf her, und ich habe den Verdacht, dass die Tatwaffe aus diesem Umfeld kommt.«

»Frau Babe, wie kommen Sie auf diese Theorie? Und außerdem: Sollten Sie nicht mit Frau Klever kooperieren?«

»Es tut mir leid, Herr Klatt, aber Ihre Kollegin und ich haben komplett verschiedene Untersuchungsansätze …«

Am anderen Ende herrschte Schweigen. Antonia fürchtete, dass sie Klatt verärgert hatte. Aber Kommissar Klatt räusperte sich nach einer Weile und fragte: »Was genau wollen Sie denn herausbekommen? Die Firma hat doch sicher eine Website, und die könnten Sie selbst aufrufen.«

»Man soll nachforschen, ob ein Mitarbeiter nach Deutschland gegangen ist oder ob Birte von Witzleben da gearbeitet hat.«

Klatt seufzte. »Ich weiß zwar nicht, in welchem Zusammenhang Sie auf diese Firma gekommen sind, aber vielleicht hilft es uns ja weiter. Ich werde das Nötige veranlassen.«

Antonia war erleichtert. Sie verstaute die Kartonstücke mit der Aufschrift in ihrer Tasche und ging nun doch ins Haus. In der Küche stand die Tür zur Speisekammer offen, der Wasserkasten war wieder gefüllt. Frau Pisch hatte also für Nachschub gesorgt.

Eine Weile stand sie unschlüssig vor dem Geschirrschrank. Ihre Hände zitterten leicht, als sie die Besteckschublade öffnete. Langsam nahm sie jedes einzelne Messer heraus. Alle waren jedoch handelsübliche Produkte deutscher Herkunft. Keines war mit dem Zeichen MMBE versehen wie die beiden Messer, die sie in Astas Haus gefunden hatte. Sie setzte sich erschöpft auf einen Küchenhocker und dachte nach. Hier im Haus gab es die Verpackung, die dazugehörigen Messer befanden sich im Hause Ravenorst. Und: Ein Täter wäre doch mit Sicherheit vorsichtig und würde die Tatwaffe entweder verstecken oder vernichten.

Nachdem sie noch einmal in den Räumen der oberen Etage nach Hinweisen auf eine zweite Person gesucht hatte, ging sie in den Keller. Das Haus war nur zum Teil unterkellert, und Antonia fand einen kleinen, leeren Heizungsraum vor und im Vorraum nichts als ein paar alte, ausrangierte Stühle. Sie stieg wieder nach oben. Dann verschloss sie die Haustür und fuhr zu ihrem Massagetermin nach Sellin.

Sie parkte ihr Rad vor einem einstöckigen Haus mit einem kleinen Ladenlokal. Über der Tür prangte ein Schild mit der

Aufschrift »Traditionelle und klassische Thai-Massage«. Als sie den Laden betrat, roch es dumpf nach Zitronengrastee. Im Hintergrund dudelte asiatische Entspannungsmusik. Die kleine Frau hinter der Theke stand auf, lächelte Antonia an und verneigte sich vor ihr, indem sie die gefalteten Hände vor die Brust hielt.

»Willkommen. Möchten Sie Tee?«

Antonia nickte und schlürfte dankbar den erfrischenden Tee. Sie war innerlich noch ganz mit der Entdeckung der Kartonage an Birtes Haus beschäftigt. Eine andere junge Frau brachte eine Schüssel mit Lauge und hieß Antonia, ihre Sandalen auszuziehen und die Füße in das warme Wasser zu stellen. Antonia spürte, wie sie sich entspannte. Sie goss sich noch einmal Tee nach und lehnte sich zurück. Es tat gut, in eine andere Welt einzutauchen und den Fall für eine Weile zu vergessen.

Die jüngere der beiden Frauen kam zurück, kniete nieder, trocknete ihr die Füße und brachte ihr ein Paar Flipflops aus rot und golden gemustertem Stoff. Dann führte sie Antonia zu einer der beiden Kabinen und schloss hinter ihr den Vorhang. Antonia machte es sich auf der Matte bequem und hörte auf das asiatische Gedudel, das aus einer kleinen Box an der Decke kam. In ihrem Kopf entstand eine angenehme Leere. Sie döste etwas vor sich hin, bis sich der Vorhang hinter ihr öffnete und kundige Hände ihre Beine und den unteren Rücken bearbeiteten. Nach zwanzig Minuten war die Frau, deren Gesicht sie nicht sehen konnte, weil sie auf dem Bauch lag, bei ihren Schultern angelangt. Antonia seufzte, als die Hände eine schmerzhafte Stelle erfühlten.

Die Thai-Frau kommentierte mit weicher Stimme: »Jaaa, Schulter sehr hart. Viel Arbeit?«

»Ich bin hier eigentlich auf Urlaub …«

»Jaaa«, antwortete die Frau mit sanfter Stimme. »Aber zu viel Arbeit, sagt Schulter.«

Sie goss sich noch etwas warmes Öl in die Hand, verrieb es und massierte in großen, kräftigen Strichen weiter.

»So, sagt sie das?«, murmelte Antonia in ihr Kissen.

Die Thai-Frau antwortete wieder mit einem lang gezogenen »Jaaa« und fragte dann: »Probleme mit Mann?«

»Nein, keine Probleme.«

Obwohl sie sich am Morgen mit Florian gestritten hatte. Sie hatte ihm beim Aufwachen eröffnet, dass sie eventuell noch ein paar Tage länger bleiben müsse, um sich um Wotan zu kümmern, solange Birte im Krankenhaus sei. Florian fand das unangemessen und hatte gemeint, jemand aus der Nachbarschaft solle das übernehmen.

»Schulter hart, sehr hart«, murmelte die sanfte Stimme in ihrem Rücken. »Mussen sein wie Bambus. Gibt nach. Biegt sich im Wind.«

Dann bat sie Antonia, sich auf den Rücken zu legen, und massierte sanft ihren Nacken. »Oh, Nacken auch hart, zu viele Probleme. Stress! Mussen mehr entspannen.«

Antonia versuchte ihr zu erklären, dass die Schmerzen von ihrem Sturz vom Pferd kämen.

Ein langes sanftes »Jaaaaa« war die Antwort. »Sind gefallen, ja. Aber schon vorher hart. Zu viel Stress.«

Sie bearbeitete noch einmal systematisch Antonias Arme und Finger und massierte ihren Kopf. Am Ende nahm sie ein heißes, feuchtes Tuch, legte es unter Antonias Nacken und zog ihn sanft in die Länge. Dann deckte sie die Klientin mit einer leichten Decke zu und bat sie, sich noch eine Weile zu entspannen.

Als Antonia nach der Massage ein Glas Ananassaft getrunken und bezahlt hatte, verbeugte sich die kleine Thai-Frau zum Abschied und sagte: »Du komm morgen wieder, Massage gut. Fühlen mehr ganze Körper, ist besser. Ich mache gute Preis.«

Antonia verabredete noch einen Termin für den folgenden Tag, denn ihr Nacken war entspannt wie lange nicht mehr und die Kopfschmerzen fast verschwunden. Im Hotel ging sie früh zu Bett. Sie fühlte sich von der Massage wohlig schwer, so als wäre sie zehn Kilometer am Strand gewandert, und schlummerte sofort ein.

20

Florian war zur Probe aufgebrochen. Die Gemeinde hatte ihn gebeten, sein geplantes Abschlusskonzert statt in Bergen in der Dorfkirche zu spielen. Man wollte Kirche und Orgel wieder nutzen und mit dem Konzert – vor allem den Sommergästen – Normalität signalisieren.

Antonia fuhr erneut zu Birtes Haus, wo sie auf Frau Pisch traf.

»Frollein Babe! Das ist ja nett. Dann koche ich uns gleich mal einen Kaffee.«

Antonia hatte vorsorglich an Birtes Haustür geklingelt und tat so, als wolle sie den Schlüssel abgeben, den Gesine bei ihr zurückgelassen hatte. Sie folgte Frau Pisch in die Küche. Die kleine Frau war ganz aufgeregt.

»Eben war auch diese Kommissarin wieder da. Ich hatte dem Gaul sein Wasser gebracht und kam gerade von der Wiese, da ging sie nach oben und hat einen anderen Beamten die Koffer auf dem Kleiderschrank öffnen lassen. Ich hab auf der Treppe gestanden und gelauscht. Und was denken Sie? Die Koffer waren leer.«

Frau Pisch lehnte sich mit einem Ausdruck der Befriedigung zurück. »Die will partout unserer Birte was anhängen!«

»Das Gefühl hatte ich auch schon. Na ja, sie macht nur ihren Job«, antwortete Antonia diplomatisch. »Und waren sie auch im Keller und auf dem Speicher?«

Frau Pisch sah sie erstaunt an. »Nein, es gibt keinen Speicher. Deshalb hat Birte doch die Wandschränke von dem Polen machen lassen. Damit sie mehr Stauraum hat.«

Antonia erinnerte sich daran, wie Birte sich lobend über die Einbauarbeit des polnischen Schreinergehilfen geäußert hatte.

»Ja, richtig, der Jaro. Können Sie mir die Schränke vielleicht mal zeigen? Ich möchte mir zu Hause auch mal so etwas bauen lassen.«

»Natürlich, Frollein Babe. Aber erst mache ich uns ein Tässchen Kaffe.« Damit öffnete sie die Tür zur Speisekammer, um die Kaffeedose zu holen. »Frollein Babe, wie nett. Haben Sie den Wasserkasten wieder aufgefüllt?«

Antonia erstarrte. Dann griff sie zu einer Notlüge. »Ich war hier, um altes Brot für Wotan zu holen. Und dann habe ich den vollen Kasten gesehen und gedacht, das wären Sie gewesen.«

»Nein, ich war das nicht. Komisch. Ob Birte schon hier war? Vielleicht durfte sie mal einen Nachmittag raus aus dem Krankenhaus und hat eingekauft.«

Während die Kaffeemaschine vor sich hin gluckerte, ging Frau Pisch vor Antonia die Treppe hoch und zeigte ihr im oberen Flur unter einer Schräge die Einbauschränke. Die beiden langen Schiebetüren waren tapeziert, sodass man sie auf den ersten Blick nicht als Türen erkennen konnte.

»Die Kripo hat da auch schon reingesehen. Da ist nichts drin«, kommentierte Frau Pisch. Antonia schob eine der beiden Türen beiseite. Der gesamte Raum unter der Schräge war tatsächlich bis auf zwei ordentlich gefaltete Wolldecken leer.

Enttäuscht ging sie wieder mit Frau Pisch in die Küche zurück und trank eine Tasse Kaffee. »Ich frage mich, hinter was der Kerl eigentlich her war, der Birte überfallen hat. Irgendetwas muss der doch gesucht haben.«

Frau Pisch hatte ein paar Kekse auf einen Teller gelegt und schob ihn zu Antonia hinüber. Dabei sah sie sie mit einem Ausdruck des Bedauerns an. »Frollein Babe, Sie sehen ein bisschen krank aus. Haben Sie sich denn hier gar nicht erholt? Mein Otto meint ja, Sie stecken ihre Nase –« Hier verstummte Frau Pisch.

»… in Dinge, die mich nichts angehen?«, fragte Antonia. »Da hat Ihr Mann mal ausnahmsweise recht. Jedenfalls bekomme ich meine Recherchen nicht bezahlt, und ich kenne auch niemanden, der es mir danken wird.«

»Na, nun greifen Sie mal zu. Und dann genießen Sie noch etwas unsere gute Rügener Luft! Heute ist doch so'n schöner Tag …«

Antonia nahm sich den Rat von Frau Pisch zu Herzen und fuhr ein paar Kilometer in Richtung Thiessow und zurück. Die Bewegung tat ihr gut. Als sie den Dorfeingang wieder erreichte, bog ein dunkelblauer Porsche um die Ecke. Es war der Anwalt. Er fuhr an den Straßenrand, hielt an und begrüßte sie freundlich.

»Frau Babe, gut, dass ich Sie treffe. Ich war eben im Krankenhaus und wollte Birte besuchen. Aber sie war nicht auf ihrem Zimmer. Ich habe sie auch auf der Station nicht finden können. Da bin ich wieder gegangen. Ich fahre später noch einmal hin. Hätten Sie Lust, mitzukommen? Sie spricht kaum mit mir. Vielleicht ist sie bei Ihnen gesprächiger.«

Antonia folgte dem Anwalt zum Haus der Ravenorsts. Claus von Ravenorst hatte sie gefragt, ob sie mit ihm essen wollte, und sie hatte zugestimmt. Auf dem Wohnzimmertisch seiner Tante lagen Akten und ein Diktiergerät. Der Anwalt schob beides auf einen Stuhl und verschwand in die Küche. Er schob zwei Fertiggerichte in die Mikrowelle und deckte den Tisch.

»Tantchen schläft noch, sie hat wieder die ganze Nacht gelesen. Ich führe hier ein sehr einsames Leben und bin froh, dass Sie mir etwas Gesellschaft leisten.«

Es gab Reis mit Hühnchen aus der Plastikschale. Ravenorst goss sich ein Glas Weißwein ein. Antonia nahm einen Schluck Mineralwasser und erzählte, dass sie in ein paar Tagen abreise. Florian sei bei der Probe in der alten Dorfkirche, und morgen Abend habe er sein letztes Konzert.

»Sind Sie denn weitergekommen mit Ihrer Ermittlung?« Claus von Ravenorst sah bei seiner Frage nicht hoch, sondern widmete sich auch dem Fertiggericht in gewohnter Andacht.

»Fast gar nicht! Das mit Birte zum Beispiel verstehe ich überhaupt nicht. Weshalb wurde sie entführt?«, fragte Antonia, während sie ein Stück bleiches Hühnerfleisch aufspießte.

»Das heißt, Sie haben keine Theorie, wie alles zusammenhängen könnte?«

»Nein, habe ich nicht. Wir haben zwei Morde, eigentlich drei, wenn man Benni dazunimmt. Dann drei Überfälle, auf Jaroslav, auf mich und zuletzt auf Birte, und eine Entführung. Ich gehe immer wieder die Fakten durch und komme nicht weiter. Dem Ophusen wurde die Kehle durchgeschnitten. Bei Ihrem Onkel haben wir sieben Finger in sieben Orgelpfeifen und eine durchschnittene Kehle …«

Claus von Ravenorst hatte, während sie sprach, mit einem Seitenblick auf sein Smartphone geschaut und seine E-Mails gecheckt. Nun sah er plötzlich hoch. »Bitte wiederholen Sie noch mal, was Sie gerade gesagt haben.«

»Wie?«

»Was haben Sie zuletzt gesagt?«

»Das mit der Kehle?«

»Nein, vorher!«

»Sieben Finger?«

»Und weiter?«

»Sieben Finger in sieben Orgelpfeifen …«

Ravenorst sah vor sich hin. Die Goldrandbrille funkelte, als ob sie direkt mit seinem arbeitenden Gehirn in Verbindung stünde. »Mir ist da etwas eingefallen … Die Sieben!«

»Ja, Ihre Glückszahl, ich weiß.«

Der Anwalt ließ sich nicht beirren. »Onkel Hans sprach immer von den sieben Orgelpfeifen, wenn er zu Witzlebens kam. Ich habe ihn ja in den Ferien manchmal dorthin begleitet. Und er wiederholte immer diesen Spruch von den sieben Orgelpfeifen, wenn er dort ins Haus ging.«

»Nun, die hatten doch auch sieben Kinder. Das hat mir Birte erzählt.«

»Aber Birte hat das damals maßlos aufgeregt! Ich weiß noch, dass sie einmal mit dem Fuß aufgestampft und wütend geschrien hat, besser sieben Kinder als keins.«

»Und Sie meinen, deshalb hat sie ihm was angetan und sieben Finger abgeschnitten? Das finde ich jetzt etwas weit hergeholt. Ihr Onkel hatte eben nur sieben Finger, das heißt, der Mörder konnte ja nicht mehr entfernen, auch wenn er gewollt hätte.«

Der Anwalt überlegte und antwortete auf seine ruhige Art: »Es geht mir um seine verächtliche Rede von den Orgelpfeifen. Die Witzlebens waren zeitweise sehr arm. Der Vater konnte seine Familie kaum ernähren. Mein Onkel Hans war zwar kein Krösus, aber er hatte das Haus, sein Lehrergehalt, und er war kinderlos, also vergleichsweise wohlhabend. Und er wiederholte sich gerne, bei jeder Gelegenheit ließ er diesen Spruch los, wenn er das Haus aufsuchte.«

Antonia nickte. »Vielleicht haben Sie ja recht. Ich erinnere mich, dass Florian in der ›Reuse‹ irgendwann mal so etwas zu

Birte gesagt hat, als sie erzählte, dass ihre Geschwister alle sehr kurz nacheinander geboren wurden. Er alberte ›Wie die Orgelpfeifen‹ und brach dann ab, als er Birtes verzerrtes Gesicht sah. Und sie ist so komisch blass geworden. Dann stand sie auf und ging raus. Ich bin ihr gefolgt und habe gesehen, wie sie sich draußen übergeben hat.«

Der Anwalt blickte abwesend zum Fenster hinaus. »Vielleicht ist der Mörder dann jemand, der in Birtes Auftrag handelt …«, murmelte er.

»Weil sie sich rächen will?«, fragte Antonia, die jetzt ein Erdbeerjoghurt als Dessert löffelte.

»Es könnte sein. Ich hoffe nicht. Ich mag Birte, und es wäre fatal, wenn sie sich wegen Dingen, die längst vergangen sind, ihr Leben ruinieren würde.«

»Wenn wir sie nur dazu bekommen könnten, mehr über sich preiszugeben. Es ist so schwer, an sie heranzukommen.«

Eine Stunde später streckte sich Antonia auf der Matte im Thai-Laden aus. Das Thermometer zeigte neunundzwanzig Grad. Es roch wieder nach Zitronengrastee, und über ihr surrte ein Deckenventilator. Die kleine Frau zog den Vorhang hinter sich zu und begann sofort mit der Massage. Antonia bettete ihren Kopf auf das Kissen der Matte und schloss die Augen.

»Schultern und Nacken sehr hart«, raunte die Stimme über ihr. »Haben Stress?«

Antonia hätte am liebsten geschwiegen und nur die Massage genossen. Sie konnte die Thai-Frau nicht in die Untersuchung der Mordfälle einweihen, und um überhaupt etwas zu sagen, antwortete sie: »Ja, mit meinem Mann«, obwohl sich Florian morgens besonders zärtlich von ihr verabschiedet hatte.

»Bei uns im Dorf, wenn Mann Frau betrügt, dann Frau schneidet ab, steckt auf Pfeil und dann wirft Pfeil zu Enten.«

Antonia fragte sich, ob in der Nachbarkabine ein männlicher Kunde lag und das hörte. »Interessant«, murmelte sie. Sie wollte nicht unhöflich sein. »Und? Hätten Sie das auch so gemacht?«

Die Frau kicherte. »Ich später in Bangkok wohnen. Gibt kein Enten da.« Dann wurde sie wieder ernst. »Paar sein nicht einfach. Jede Mensch ist manchmal eine Mann und dann eine Frau, wechselt.«

»Hmm«, brummte Antonia. »Autsch!« Die Thai-Frau hatte gerade eine ziemlich verspannte Stelle am Nacken erwischt.

»Jaaaa! Jede Mensch manchmal Mann, manchmal Frau. Meine Mann manchmal traurig und schwach, ich bin stark wie Mann, dann er wieder stark, dann ich klein und schwach, er dann hilft. Dann ich wieder stark wie Mann. Ist Yin und Yang ... wechselt. Jede Mensch beide.«

»Ja, das habe ich auch schon gehört.«

»Jetzt bitte auf Rücken drehen.«

Antonia folgte der Anweisung und machte es sich in Rückenlage bequem. Die Thai-Frau bog ihren Kopf nach rechts und massierte sanft die linke Schulter und den Hals.

»Mussen sein wie Bambus, kann sich in jede Richtung biegen ...«

Dann bearbeitete sie genauso sorgfältig die andere Seite. Zum Schluss beugte sich die Frau zu dem Dampfkessel hinter ihr, um das heiße Tuch herauszunehmen. Antonia öffnete ein wenig die Augen. Neben ihrem Kopf auf der Matte lag ein langes blondes Haar. Sie schloss schnell wieder die Augen. Die hygienischen Verhältnisse waren ansonsten zufriedenstellend, sie lag auf einem frischen Badetuch, über die Kopfstütze war ein weißes Tuch gebreitet. Das Haar auf der Matte hatte wohl eine Vorgängerin hinterlassen.

Als die Kopfmassage begann, fiel sie dösend in eine wohlige Entspannung, bis ein plötzlicher Einfall ihre Mattigkeit belebte. Habe ich das heute nicht schon mal gesehen? Dann fiel es ihr wieder ein. In Birtes Wandschrank hatte sie heute Morgen ebenfalls ein blondes Haar auf dem Boden liegen sehen. Es war kürzer gewesen und sah aus wie das Haar aus einer Perücke. Sie hatte es nur halb wahrgenommen und nicht weiter darüber nachgedacht, weil hinter ihr Frau Pisch stand und pausenlos auf sie einredete.

Als die Massage zu Ende war, hielt es sie nicht mehr auf der Matte. Sie nahm die Ruhezeit nicht in Anspruch, sondern sprang auf, zog sich rasch an und zahlte. Sie dankte der Thai-Frau für die schöne Massage, stürzte ihren Ananassaft hinunter und ging zur Tür.

Die kleine Frau verbeugte sich und lächelte. »Schöne Tag, dran denken, jeder Mensch …«

»… ist manchmal Mann, dann wieder Frau! Danke für den Hinweis, Sie haben mir wirklich sehr geholfen«, rief Antonia über die Schulter zurück.

Wie besessen radelte sie in Richtung Süden und erreichte in einer halben Stunde Birtes Haus. Niemand schien da zu sein. Das Garagentor war geschlossen, am Ende der Straße sah sie Wotan friedlich grasen. Mit zitternden Händen suchte sie den Haustürschlüssel. Frau Pisch hatte ihn nicht eingefordert, und Antonia hatte daraufhin vergessen, ihn abzugeben. Als sie gerade die Tür geöffnet hatte, klingelte ihr Handy. Es war Claus von Ravenorst.

»Eben hat mich Kommissar Klenke angerufen und gefragt, ob Birte bei uns sei. Birte ist nämlich aus dem Krankenhaus verschwunden, ohne offizielle Entlassung. Man ist dort auf der Station in Sorge wegen ihr, denn sie gilt als sehr schwach, sie hat seit Tagen nichts gegessen.«

Antonia schloss die Haustür hinter sich, ging durch den Flur ins Wohnzimmer und in die Küche.

»Ich bin gerade in Birtes Haus. Ich wollte noch dringend etwas überprüfen. Sie ist nicht hier, ich melde mich später bei Ihnen.«

Dann eilte sie die Treppe hoch und kniete im nächsten Moment vor den Wandschränken. Langsam schob sie die Tür des Wandschranks zur Seite und beugte sich vor. Das Haar lag nicht mehr da. Sie hätte schwören können, dass es heute Morgen noch da gewesen war. Sie kroch in den Schrank und klopfte mit dem Knöchel des rechten Zeigefingers die Dielen ab. In der Mitte des Schranks klang es weniger hohl als unter den übrigen Dielen, und die Fugen waren breiter. Sie hebelte eine der nur lose aufliegenden Dielen hoch. Die beiden anderen ließen sich ebenfalls hochheben. In dem Versteck befanden sich, in Plastik eingeschlagen, ein dunkler Herrenanzug, ein Paar helle Schnürschuhe, ein dunkler Hut und eine blonde Kurzhaarperücke.

Antonia nahm die Fundstücke an sich und kroch aus dem Schrank, um Kommissar Klenke anzurufen. Sie steckte noch halb in der Tür, als sie Schritte auf der Treppe hörte. Sie sah die kräftigen Beine Birtes auf sich zukommen. Mit einer Hand tastete sie nach ihrer Jackentasche, in der sich das Pfefferspray befand. Doch schon stand Birte vor ihr. Mit einem heftigen Fußtritt verhinderte sie, dass Antonia die Dose aus der Tasche ziehen konnte. Antonia schrie vor Schmerz auf. Im nächsten Augenblick wurde sie über den Boden ins Schlafzimmer geschleift.

Birte stieß sie gegen das Fußende ihres Bettes, bog ihre Arme unsanft nach hinten und band ihre Handgelenke zusammen. Dann holte sie einen dünnen Ledergürtel aus dem Kleiderschrank und fesselte Antonia an einen Stab des eisernen Bettgitters.

»Sie sind also meinem kleinen Geheimnis auf die Spur gekommen?«, fragte Birte mit heiserer Stimme.

Antonias Hand schmerzte von dem Tritt, den Birte ihr versetzt hatte, und die lederne Fessel bohrte sich unbarmherzig in ihr verletztes Handgelenk. Sie sah in das bleiche Gesicht der Frau. Birtes Haare klebten ihr an der Stirn, und ihre Augen hatten einen wilden Ausdruck. Sie glänzten fiebrig und hatten kaum etwas mit den freundlichen Augen der Birte von Witzleben zu tun, in die Antonia bisher geblickt hatte. Voller Wut bäumte sie sich auf und schrie ihr Gegenüber an: »Sie waren das, die die beiden Alten umgebracht hat? Stimmt's? Oder hat sich jemand anderes für Sie in diese Verkleidung geworfen?«

»Halt die Klappe!«, herrschte Birte sie an.

Antonia sah mit Schrecken, wie die Frau zu ihrem Kleiderschrank ging und einen der beiden Koffer herunterholte. Sie öffnete ihn, er war leer, wie Frau Pisch gesagt hatte, aber Birte löste mit einem Griff das Innenfutter und holte eine kleine Tasche hervor. Ritsch. Birte öffnete einen Reißverschluss. Eine Spritze und ein Fläschchen kollerten auf den Boden. Zu ihrem Entsetzen zog Birte mit zitternden Händen die Spritze auf. Antonia bäumte sich noch einmal auf und rüttelte heftig an dem eisernen Bettgestell.

»Beruhige dich, die ist nicht für dich. Wenn ich gewollt hätte, hätte ich dich schon nachts auf der Weide erledigen können. Du hast immer gut für mein Pferd gesorgt. Ich fürchte aber, dein Freund wird dran glauben müssen. Ich gebe ihm eine Überdosis Botox.«

Antonia schrie auf. »Florian? Was hat Florian mit der Sache zu tun?«

»Ich habe ihn eben in der Dorfkirche spielen hören. Er wird mir leider im Weg sein. Ich habe da oben an der Orgel etwas verloren, das mich verraten könnte.« Birte griff sich ans linke Ohr. »Seit der Nacht, in der ich die Finger von diesem Schwein dort oben entsorgt habe …«

»Der Ohrstecker! Woher wollen Sie wissen, dass Sie ihn in der Kirche verloren haben? Er kann genauso gut irgendwo draußen liegen. Warum wollen Sie jetzt in die Kirche? Florian hat Ihnen nichts getan …«

»Ich muss diesen Ohrstecker finden. Die Kirche ist lange geschlossen gewesen, und jetzt wird die Orgel wieder benutzt. Ich muss da oben nachsehen.«

»Aber es reicht doch, ihn zu fesseln, wie mich, oder zu betäuben …« Antonias Stimme nahm in ihrer Verzweiflung einen krächzenden Ton an.

»Betäuben geht nicht mit Botox, tut mir leid. Du findest schon wieder einen anderen, die sind doch alle gleich.« Damit drehte sie sich um und ging zur Tür hinaus.

Antonia zerrte wie verrückt an ihrer Fessel und schrie ihr verzweifelt hinterher: »Tun Sie Florian nichts, bitte! Tun Sie ihm nichts …«

Dann brach sie in Tränen aus. Durch die Tür sah sie, wie Birte im Flur den Anzug und die Perücke aus dem Wandschrank zog. Ihre Schritte verhallten auf der Treppe, und dann fiel die Haustür ins Schloss.

Antonia war außer sich. Sie wollte Florian warnen, sie wollte zu ihm, aber die Fessel grub sich noch stärker in ihr Handgelenk, wenn sie sich bewegte und daran zog. Nach einer Weile konnte sie ihren Körper jedoch so weit drehen, dass sie mit den Fingern einer Hand ihr Handy in der Gesäßtasche ihrer Jeans erreichte. Langsam schob sie es nach oben, bis es auf den Boden fiel. Sie drehte sich wieder zurück und versuchte, mit dem Zeigefinger das Tastenfeld zu erreichen, indem sie sich flach gegen den Boden drückte. Ihre Finger glitten zitternd über die Tasten. Sie zählte bis fünf. Tatsächlich gelang es ihr, die Nummer fünf zu drücken.

Unter dieser Kurzwahl hatte sie die Mobilnummer des Anwalts gespeichert. Jemand hob ab, das Klingeln hatte aufgehört, so viel konnte sie hören. Sie beugte sich in Richtung des Telefons und schrie um Hilfe.

»Birte hat mich gefesselt, und sie will Florian umbringen. Er ist in der Dorfkirche, Sie müssen sofort Klenke verständigen, damit er zur Kirche fährt. Ich bin in Birtes Schlafzimmer. Kommen Sie! Sie müssen mich befreien. Es gibt eine Leiter an der hinteren Hauswand …«

Dann blieb ihr nichts, als zu warten.

Die Minuten verstrichen, und Antonia brach der Schweiß aus. Sie wusste, Florian würde sein Handy wie immer während der Probe ausgeschaltet haben, aber sie musste es versuchen. Sie bog sich wieder in Richtung Handy und tastete nach der Eins. Dann schrie sie hinein, Florian solle sofort die Kirche verlassen. Ihr war bewusst, dass sie lediglich seine Mailbox am anderen Ende hatte. Klenkes Nummer hatte sie nicht gespeichert, und auswendig kannte sie sie nicht. Sie würde jetzt noch versuchen, die Ziffern des Notrufs zu ertasten. Erschöpft machte sie eine kleine Pause. Ihr war von der Aufregung schlecht geworden. Hoffentlich hatte Claus von Ravenorst ihre Botschaft bekommen.

Als sie ihren Kopf an das Gittergestell des Bettes lehnte, geriet sie plötzlich in Panik. Wenn nun Claus mit Birte unter einer Decke steckte und ihren Anruf ignorierte? Eiseskälte kroch in ihr hoch, und für einen Augenblick hatte sie das Gefühl, das Bewusstsein zu verlieren. Wenn Florian etwas zustößt, bin ich schuld, ging es ihr durch den Kopf. Ich habe mich in diese Dinge eingemischt, und jetzt verliert er vielleicht sein Leben.

Die Minuten krochen dahin, und Antonias Magen krampfte sich zusammen. Nach einer Ewigkeit hörte sie, wie unten vor dem Haus ein Auto vorfuhr. Sie hörte jemanden nach ihr rufen. Es war Claus von Ravenorst. Er schien die Leiter an der Hauswand gefunden zu haben. Antonia starrte panisch auf das Fenster und stöhnte erleichtert auf, als sie sah, wie seine Hand von außen den Fensterrahmen umgriff. Bedächtig kletterte Ravenorst über die Fensterbank ins Zimmer, betupfte seine Stirn mit einem Taschentuch und zog ein Fahrtenmesser aus der Tasche.

»Frau Babe, das wurde mir auch nicht an der Wiege gesungen, dass ich einmal an einer Hauswand hochklettere und eine junge Dame entfessele … Halten Sie bitte still, damit ich Sie nicht verletze.«

»Haben Sie Klenke erreicht?« Antonias Stimme war vor Sorge ganz heiser.

»Ja, habe ich. Klenke ist mit einem Kollegen sofort zur Kirche gefahren. Wenn mich nicht alles täuscht, müsste er vor Birte da sein. Ihr Auto steht in der Garage. Ich vermute, sie ist zu Fuß unterwegs.«

Antonia taumelte hinter dem Anwalt die Treppe hinunter und stieg in den ihr inzwischen vertraut gewordenen Porsche. Claus von Ravenorst startete, und das Gefährt schoss den Weg hinunter in Richtung Dorfkirche. Das Polizeiauto von Klenke war nirgends zu sehen.

»Dann ist er doch noch nicht hier«, murmelte Antonia mit Grabesstimme und stürzte aus dem Wagen zum Eingang der Kirche.

Der Kirchenraum war dunkel, oben auf der Empore brannte das Licht über dem Manual der Orgel. Antonia erblickte Florian, der mit hochgezogenen Schultern und erhobenen Händen vor der Orgel stand, ihm gegenüber Birte. Sie trug einen dunklen Anzug und eine blonde Perücke, ihre Rechte umklammerte ein langes Messer, das sie auf Florians Brust gerichtet hielt. Antonia schrie auf und wollte nach oben rennen. In der Mitte der Treppe stolperte sie jedoch und fiel hin. Claus von Ravenorst kam ihr zu Hilfe und richtete sie auf. Dann ging er langsam die letzten Stufen hinauf und sprach beschwichtigend auf Birte ein, die inzwischen dicht neben Florian stand und die Messerspitze unter sein Kinn hielt.

»Birtelein, lass es gut sein. Florian hat dir doch nichts getan. Was willst du? Dir dein Leben versauen?«

Birte zitterte am ganzen Körper. »Mein Leben war schon immer versaut, Claus. Mein Leben war ein Witz! Von Witzleben eben. Da nimmt man keine Rücksichten mehr …«

Dann machte sie einen Satz nach vorn, riss Florian herum und umfasste ihn mit der Linken, während sie ihm mit ihrer

Rechten das Messer an den Hals setzte. Florian war kalkweiß vor Schreck.

»Wenn du noch einen Schritt weitergehst, Claus, trenne ich ihm seine Kehle durch. Ich habe in den ersten Jahren in Detroit mein Geld in einer Großschlachterei verdient, immer in Männerklamotten, sonst hätten die mich nicht genommen. Aber da habe ich gelernt, ein Messer zu führen. Keiner wird mich hier aufhalten. Ihr verlasst sofort die Kirche. Vorher legt ihr eure Handys hier oben ab. Der junge Mann sucht jetzt meinen Ohrring, und dann werde ich verschwinden …«

Dabei würgte sie mit ihrem Unterarm Florian offenbar noch stärker als vorher, denn ein röchelnder Laut drang aus seiner Kehle.

»Tun Sie ihm nichts, Birte, bitte. Lassen Sie mich für ihn suchen, ich finde den Ohrstecker …«, flehte Antonia von der Treppe.

Birte machte einen höchst grotesken Eindruck. Als sie Florian umfasst und nach vorn gestoßen hatte, war ihr in der Bewegung die Perücke verrutscht. Ihre Augen waren unnatürlich weit aufgerissen und ihr Mund eigentümlich verzerrt. »Ihr verlasst sofort die Kirche«, krächzte sie.

»Antonia, geht bitte! Ich werde den Ohrstecker für Birte finden. Ich glaube, ich weiß, wo er liegt. Ich habe da an der Treppe etwas zwischen den Dielen glitzern gesehen …«

Er blufft, dachte Antonia. Das machte er gut.

Birte ließ ihn los. Sie umfasste das Messer mit beiden Händen und hielt es drohend in die Höhe. »Wo? Los, geh hin und bring –«

Weiter kam sie nicht. Hinter ihr war plötzlich eine Gestalt aufgetaucht und hieb ihr einen schweren Gegenstand über den Kopf. Birte ließ das Messer fallen und sackte in sich zusammen. Antonia erkannte Hannes Klenke. In seiner Rechten hielt er einen Altarleuchter aus Bronze.

21

Zwei Tage später saßen Antonia und Florian mit Kommissar Klenke und Claus von Ravenorst beim Abendessen in einem Restaurant in Binz. Der Anwalt war eigens aus Berlin gekommen, wo er einen Gerichtstermin wahrgenommen hatte. Hannes Klenke erschien in aufgeräumter Stimmung und ohne seine Frau Hertha. Florian hatte die beiden Männer eingeladen, weil er sich dafür bedanken wollte, dass Claus von Ravenorsts rasche Reaktion und Klenkes beherztes Eingreifen ihm das Leben gerettet hatten. Natürlich standen Birte und die jüngsten Ereignisse im Zentrum des Tischgesprächs.

Hannes Klenke, der sich im Gegensatz zu den drei anderen statt Fisch ein riesiges T-Bone-Steak bestellt hatte und kaum die Augen von seinem Teller heben konnte, erläuterte Birtes Motive.

»Sie hasste Ravenorst, der sie in der Schule schlecht behandelte und ihre Schwester Dörte vorzog. Sie hasste seine herablassende Art der verarmten Familie von Witzleben gegenüber, deren Kinderreichtum er bei jedem Besuch mit dem Spruch ›Wie die Orgelpfeifen‹ oder ›Da sind ja unsere sieben Orgelpfeifen‹ kommentierte. Die sieben Finger in den Pfeifen waren die Rache für seine ewige Hänselei.«

Antonia zwinkerte Ravenorst zu. Er hatte recht gehabt mit seiner Vermutung.

Klenke schnitt sich ein großes Stück Steak ab, tunkte es in ein Töpfchen mit Sauce hollandaise und fuhr fort: »Hinzu kam, dass sie glaubte, Hans von Ravenorst habe ihre Schwester sexuell missbraucht, was Dörte wiederum nie zugab. Birte ekelte sich seitdem vor Männern und hatte einen Hass auf sie. Sie konnte seit ihrer Jugend nicht mehr richtig essen. Deshalb bestand ihre Rache wohl auch darin, ihren Opfern die Kehle durchzuschneiden.«

Florian legte erschrocken sein Besteck ab und nahm einen großen Schluck Wein. Dann fragte er mit belegter Stimme: »Sie ist also nur nach Rügen zurückgekommen, um sich an Ravenorst zu rächen? Aber warum Ophusen?«

Hannes Klenke schob sich das Stück Steak in den Mund und schloss die Augen: »Mhhhmm!«

Alle warteten gespannt auf seine Antwort. Er kaute in aller Ruhe auf seinem Bissen herum, bis sein Handy klingelte. Hastig wischte er sich den Mund und nahm das Gespräch an.

»Ja, Schatz, ich bin noch dienstlich unterwegs in Binz. Es wird etwas später, warte nicht mit dem Essen. … Was? Nein, mit dem Kollegen. … Ja, kann noch dauern.«

Anschließend sah er entschuldigend in die Runde. »Meine Frau. Ich musste das erfinden, sie hätte sonst keine Ruhe gegeben und mitkommen wollen.«

Antonia war ihm insgeheim dankbar, denn Hertha Klenke war jemand, der die Stimmung in einer Runde eher senkte als hob.

Der Kommissar wandte sich Florian zu. »Ophusens Frau hatte den Hund von Birtes kleinem Bruder Jesko überfahren. Die Ophusen, so hat sie ausgesagt, habe sich noch nicht einmal dafür entschuldigt, und Jeskos Krankheit verschlimmerte sich durch den Vorfall. Auch Ophusens Nähe zu dem Schullehrer machte ihn für Birte zu einem Gräuel, denn Ophusen war fast täglich bei Ravenorsts zu Besuch und musste daher wissen, wie Hans von Ravenorst seine Frau behandelte. Und er hat nichts dagegen unternommen. Birte hat die beiden dann irgendwann überredet, eine Skatrunde zu bilden, damit sie Vertrauen zu ihr fassten. Aber dass sie sich entschloss, Ophusen umzubringen, kam daher, dass sie glaubte, er habe sie beobachtet, als sie Ravenorst nachts in ihren Wagen verfrachtete, um ihn in den Wald zu bringen. Ophusen war zu der Zeit mit Benni im Garten.«

Das hat Hanne Klever also richtig gesehen, dachte Antonia.

Wieder schnitt sich der Kommissar ein großes Stück von seinem Steak ab. »Noch ein Pils, bitte!«, rief er der Bedienung zu.

»Der Angriff auf den polnischen Schreinereigehilfen, die Entführung, das alles hat sie dann nur inszeniert, um von sich abzulenken«, stellte jetzt der Anwalt fest.

»Nicht zu vergessen der Angriff auf –«, Antonia brach ab. »Auf Benni!«, ergänzte sie schnell. Außer dem Anwalt wusste hier niemand davon, dass Birte auch sie überfallen hatte.

»Benni war die Rache für Jeskos Hund«, erläuterte Klenke.

»Aber nach den Einzelheiten müssen Sie Kommissar Klatt fragen, der kennt sich inzwischen aus. Er hat Birte mehrfach vernommen und auch mit Dörte gesprochen.«

»Wie dem auch sei, Birte ist natürlich sehr krank. Man wird bei der Verhandlung einen Psychiater hinzuziehen müssen. Ich werde mich mal kundig machen«, sagte der Anwalt. »Ich muss morgen früh wieder los zu einer Verhandlung in Hannover, komme aber übermorgen zurück. Dann gehe ich Birte in der U-Haft besuchen. Außerdem möchte Tante Asta zwei Altenheime besichtigen.«

Hannes Klenke nahm einen großen Schluck Pils und lehnte sich zurück. Dann erzählte er stolz, wie er seinen Kollegen nach Claus von Ravenorsts Anruf angewiesen hatte, den Wagen versteckt zu parken, damit Birte keinen Verdacht schöpfte, und wie er sich in der Kirche einen Leuchter vom Altar geschnappt und sich auf der Empore hinter dem rechten Orgelflügel verschanzt hatte, um einzuschreiten, wenn es für Florian brenzlig werden sollte. Florian hatte derweil weitergespielt, bis Birte einige Minuten später die Empore betrat und ihn aufforderte, die Hände hochzunehmen.

»Das war knapp«, murmelte Klenke und nahm wieder einen großen Schluck Bier. »Aber es hat sich gelohnt. Man hat mir gegenüber angedeutet, dass ich demnächst befördert werden soll. Weil ich ja quasi die Täterin überführt habe. Obwohl …«, hier hob er sein Pilsglas, »wir sollten unbedingt auf Frau Babe trinken, ohne die wir Birte nicht dingfest gemacht hätten.«

Die beiden anderen stimmten ihm zu. Der Anwalt winkte einer Kellnerin und bestellte eine Flasche Champagner. »Darauf sollten wir richtig anstoßen!«

Klenke schüttelte den Kopf. »Aber verstehen tu ich das nicht. Wie machen Sie das bloß immer, Frollein Babe?«

»Das frage ich mich auch manchmal«, warf Florian trocken ein.

Antonia lächelte. »Ich habe so meine Verbindungen. Entscheidende Hinweise kamen diesmal aus dem Rheinland und dem Fernen Osten. Thailand, um genau zu sein.«

Hannes Klenke starrte sie an. Man sah ihm an, dass er zwischen

Neugier und der Angst, sich eine Blöße zu geben, hin- und hergerissen war. Florian legte den Kopf schief und beruhigte ihn. »Sie hat eine blühende Phantasie.«

Der Champagner wurde in einem Eiskübel gebracht und entkorkt. Der Kellner goss ein, und Claus von Ravenorst hob sein Glas und sprach einen Toast auf Antonia aus. Antonia prostete zurück.

»Aber auch auf Sie. Sie mit Ihrem Zahlentick!«

Florian und Kommissar Klenke sahen sie erneut verständnislos an. Antonia erzählte, dass sich Claus von Ravenorsts Theorie nicht nur in Bezug auf Birte und die Orgelpfeifen, sondern auch im Fall der Selbstmörderin im Alten Land bestätigt hatte.

»Ich hatte die Zimmernummer 16 gebucht, Gesine 17, die Selbstmörderin die Nummer 19, die 9 an Zimmer 19 hatte sich aber gelöst, war heruntergerutscht, und die 19 sah aus wie eine 16. Die Polizei nahm den Flur gegenüber von unseren Zimmern und betrat die vermeintliche Nummer 16. Die Wirtsleute waren auf Urlaub, und die Vertretung hatte nicht darauf geachtet, dass die Tote in der 19 lag, die nur wie eine 16 aussah.«

Anerkennend sah sie zu Claus hinüber. »Sehr gut kombiniert, 007.«

Florian sah sie skeptisch an. »Aber warum ist die Selbstmörderin in die 16 gegangen, wenn sie einen Schlüssel für die 19 hatte?«

»Sie ist ja in die 19 gegangen. Eine Reinigungskraft im Hotel hatte die 9 immer mal wieder mit der Hand hochgeschoben, aber in der Nacht war sie wohl wieder heruntergerutscht …«

Am nächsten Vormittag fuhr Antonia gut gelaunt nach Stralsund. Kriminalkommissar Klatt hatte sie zu einem Gespräch gebeten, und Antonia war dem gern gefolgt.

Klatt begrüßte sie wie eine alte Bekannte. Er war guter Dinge und bat einen Kollegen, einen Kaffee aus dem hauseigenen Automaten für den Gast zu besorgen.

»Frau Babe, ich muss Sie diesmal für Ihren Ungehorsam loben. Denn hätten Sie auf mich gehört, dann wären Sie jetzt zwar sonnenbraun und erholt, aber wir hier hätten diesen Fall noch immer nicht gelöst. Sie haben dafür gesorgt, dass wir jetzt eine gute Presse haben.«

Dann erzählte er im Groben den Hergang der Taten ähnlich wie Hannes Klenke.

»Aber«, so schloss er seinen Bericht, »das Tragische ist: Birtes Rache beruhte im Großen und Ganzen auf Einbildungen. Wir haben Dörte von Witzleben noch einmal befragt. Sie hat ihre Schwester in der U-Haft besucht und musste erfahren, dass diese all die Jahre einem Missverständnis aufgesessen ist, zum Teil jedenfalls: Birte hatte Dörte und den Schulleiter Hans von Ravenorst einmal zufällig in einem Klassenzimmer beobachtet. Der Lehrer saß am Pult, und sie hatte durch den Türspalt gesehen, wie Dörte vor ihm kniete. Ravenorst hatte Dörte gebeten, die Schuhbänder an seinen neuen Winterstiefeln, die zu locker saßen, neu zu knüpfen.«

Klatt machte eine Pause und klappte die Akte Witzleben auf. Er blätterte ein wenig darin herum. »Wo ist denn die Aussage der Schwester?« Dann tippte er mit seinem knochigen Zeigefinger auf die Mitte einer Seite.

»Hier! Dörte hat Folgendes zu Protokoll gegeben. ›Er (also Hans von Ravenorst) sagte wie immer etwas Abträgliches über seine Frau, die dafür zu dumm sei, und ich, seine Lieblingsschülerin, solle ihm helfen, die Schuhbänder neu zu knüpfen, weil er sich wegen starker Rückenbeschwerden nicht bücken könne.‹«

Dörte hatte weiter ausgesagt, dass sie sich genau an die Szene erinnern konnte. Die Tür des Klassenzimmers war plötzlich zugefallen, und man hörte drinnen, wie jemand über den Schulflur davonrannte. Der Alte war trotz Hexenschuss aufgesprungen und hatte wütend im Flur nachgesehen, konnte aber niemand mehr entdecken. Dörte war ans Fenster gegangen und konnte gerade noch sehen, wie ihre Schwester sich im Schulhof auf ihr Fahrrad schwang.

Klatt goss sich etwas aus einer Thermoskanne in einen Becher.

»Einbildungen führen oft zu Gewalttaten. In Birtes Phantasie beispielsweise hat der Lehrer Dörte zu Oralsex gezwungen, und in der Folge davon bekam sie schwerste Schluckbeschwerden, als Ekelreaktion. Und sie entwickelte einen abgrundtiefen Männerhass, der sich vor allem auf Ravenorst konzentrierte. Auch der alte Ophusen starb aufgrund eines Missverständnisses. Zu dem Zeitpunkt, als Birte von Witzleben Ravenorst bei seinem abendlichen Spaziergang aufgelauert und in der Nähe seines Hauses niedergeschlagen hatte, um ihn in ihren Wagen zu verfrachten, war Ophusen zwar mit Benni im Garten. Birte musste glauben, er habe alles beobachtet. Ophusen war aber extrem kurzsichtig. Er hatte kurze Zeit vorher versehentlich auf seine Brille getreten und sie zum Optiker gebracht, er hätte also gar nichts erkennen können. Birte wollte ihn daraufhin als Zeugen aus dem Weg schaffen.« Klatt nahm einen Schluck aus seinem Becher.

»Selbst Benni ist ganz umsonst gestorben, denn Frau Ophusen war gar nicht schuld am Tod des Witzleben'schen Hundes. Er wurde zwar von ihr angefahren, aber er starb erst zwei Jahre später an der Staupe, wie Dörte zu berichten wusste. Birte hatte nur den Schmerz ihres kleinen Bruders in Erinnerung, als der Hund verletzt wurde, und sie hat das falsch gespeichert. Sie hat dann verschiedene Aktionen gestartet, um von sich als Täterin abzulenken. Dazu gehört der Überfall auf den Schreinereigehilfen oder die Sache mit den Messern. Sie hat ausgesagt, dass sie ein Messer aus der Serie der Tatwaffe in Asta von Ravenorsts Kommode versteckt habe, um Frau von Ravenorst und ihren Neffen zu belasten.«

Antonia nickte. »Ich erinnere mich an ein Abendessen bei Frau von Ravenorst. Birte war vor den anderen Gästen da. Claus von Ravenorst war in der Küche beschäftigt und seine Tante im Bad. Da ist sie wohl in ihr Schlafzimmer geschlichen und später, im Verlauf des Abends, in die Küche, um an beiden Orten die Messer zu verstecken.«

Klatt beugte sich über den Schreibtisch nach vorn und sah Antonia über den Brillenrand hinweg an. »Das Messer aus dem Schlafzimmer haben wir übrigens nicht gefunden, Frau Babe. Unsere Leute sind extra noch mal im Haus gewesen. Die alte Frau konnte ihnen nur ein Messer geben, Birte sprach jedoch von zweien. Sie wissen nicht zufällig, wo sich das andere befinden könnte?«

Antonia schwieg und griff in ihre Umhängetasche. Sie legte das

Messer, das sie im Schranktresor ihres Hotelzimmers aufbewahrt und in ein Tuch gewickelt hatte, wortlos auf Klatts Schreibtisch. Dann zog sie die gesammelten Kartonstücke aus Birtes Haus aus der Tasche und legte sie neben das Messer. »Ich konnte nicht anders, ich musste doch erst herausbekommen, was MBBE hieß.«

»Das war ein sehr guter Hinweis, Frau Babe. Wir haben herausgefunden, dass Birte von Witzleben für diese Firma bis kurz vor ihrer Rückkehr nach Rügen gearbeitet hat. In ihrem Heizungskeller hatte sie unter einer Bodenplatte ein Sortiment von Schneidewerkzeugen und Sägen versteckt, das jedem Metzgerladen Ehre gemacht hätte.« Klatt räusperte sich, bevor er fortfuhr. »Unter anderem eine Handkreissäge, an der noch Hundehaare klebten.«

Antonia sackte etwas in ihrem Stuhl zusammen. »Den Heizungskeller hatte ich mir angesehen … Hätten Sie vielleicht ein Glas Wasser?« Ihre Stimme war schwach.

Klatt stand auf und ging in den Flur. Als er mit einem Glas und einer Flasche Mineralwasser zurückkam, hatte sich Antonia wieder gefangen. Die Flasche gab einen Zischlaut von sich, als Klatt sie öffnete. Dann goss er Antonia ein und setzte sich wieder hinter seinen Schreibtisch.

»Ein erstes psychiatrisches Gutachten hat ergeben, dass Frau von Witzleben von Messern besessen ist und deshalb wohl auch für diese Firma gearbeitet hat. Sie hat sich sogar noch von hier aus einige Kartons aus den USA bestellt. Sie hat übrigens die Morde mit dem Messer verübt, mit dem sie auch Ihren Freund bedroht hat.«

Antonia erschrak erneut.

»Der Angriff auf den Polen Jaroslav Kaczinski war die reine Verzweiflung. Sie wollte, sagte sie, den Verdacht irgendwie auf die Skinheads lenken, weil sie am Vorabend die Schlägerei in der ›Reuse‹ mitbekommen hatte. Ebenso der Angriff auf Sie, Frau Babe. Birte von Witzleben hat auch das gestanden. Von Ihnen selbst hat ja niemand etwas erfahren.«

Antonia sah auf ihre Fingernägel und schwieg.

»Dieser Überfall«, fuhr Klatt fort, »passte besonders gut in die Strategie der Täterin, denn sie war ja zu diesem Zeitpunkt angeblich schon entführt. Die ganze Entführung war ein einziges Theater. Sie hatte sich Mineralwasser und Lebensmittel zur Hütte mitgenommen und auch die Verletzungen selbst beigebracht.«

»Ich weiß.«

»Was? Woher?«

»Sie hat die Sachen in der Nähe der Hütte vergraben …«

»Woher wissen Sie das?

»Ich habe so meine Informanten im Dorf. Apropos Informanten. Weiß man denn nun etwas über eine Stasi-Tätigkeit der beiden Alten?«

Klatt lehnte sich zurück und schien in sich hineinzulächeln.

»Für die Einsicht in die Stasi-Akten haben wir eine Sondergenehmigung holen müssen. Den Akten war zu entnehmen, dass beide zwar als IMs gearbeitet, sich dabei hauptsächlich aber gegenseitig bespitzelt haben. Ophusen sollte den Ravenorst observieren, weil er häufig Verwandtenbesuche aus dem Westen bekam, von Ravenorst sollte Ophusen observieren, weil er partout nicht in die SED eintreten wollte. Man stelle sich das vor: Beide Greise hängen über den Zinnsoldaten oder am Skattisch, beobachten sich gegenseitig und überlegen dabei krampfhaft, was sie am Ende des Abends so notieren sollen … Und weil sie beide kaum ihre häusliche Umgebung verließen, es sei denn, es ging auf die Jagd, hatten sie auch nicht viel zu beobachten. Sie haben die lächerlichsten Dossiers über einander erstellt. Wie oft in der Woche es bei Ravenorsts Fleisch gab oder wann bei Ophusens das Licht im Schlafzimmer ausging …«

»Bestimmt spannend«, lächelte Antonia. Sie trank den letzten Schluck des bitteren Automatenkaffees. »Ich hätte da noch eine Frage, Herr Klatt. Wird Frau Klever Sie demnächst hier ersetzen?«

Der Kommissar zog erstaunt die dünnen Brauen hoch. »Wie kommen Sie denn darauf?«

»Ich dachte, Sie wollten vorzeitig in Pension, und Frau Klever –«

Klatt unterbrach sie. »Frau Klever hat bei uns keine guten Aufstiegschancen. In ihrer jüngsten Beurteilung steht, dass sie übergründlich vorgeht und dabei zu viel auf einmal verfolgt. Sie ist wenig effizient, kann Wichtiges nicht von Unwichtigem unterscheiden und hat insgesamt eine wenig teamorientierte Art zu ermitteln, oder anders gesagt, sie will alles allein machen und spricht sich kaum ab. Hierin nicht unähnlich dem Vorgehen mancher Privatermittlerinnen …«

Antonia schwieg.

»Noch einen Kaffee, Frau Babe?« Als Antonia verneinte, fuhr Klatt fort: »Der Fall auf Rügen war so etwas wie eine Bewährungsprobe. Wir überlegen, sie von Ermittlungen abzuziehen und stattdessen mehr mit Verwaltungs- und Archivarbeiten zu beschäftigen. Zu unserem Erstaunen hat sie selbst schon vorgeschlagen, eine Stelle bei der Kripo in Bergen anzutreten. Sie scheint sich in Rügen verliebt zu haben, die Insel ist ja auch wunderbar. Seit ich hier oben in Mecklenburg bin, fahren wir fast jedes Wochenende rüber …«

Mit einem Lächeln auf den Lippen kehrte Antonia über den Rügendamm auf die Insel zurück. Übermütig gab sie zweimal so viel Gas, dass der kleine Wagen an seine Grenzen kam. Offenbar hatten Claus von Ravenorst und das Porschefahrgefühl Spuren bei ihr hinterlassen.

Zurück in Göhren, verbrachte sie einen letzten Nachmittag im Strandkorb und beendete den Roman, den sie so lange vernachlässigen musste. Sie konnte sich auch mit Elizabeth von Arnim aussöhnen, denn die Autorin musste am Ende einsehen, dass ihre Cousine Charlotte recht hatte. Der Professor, der sich an Elizabeths Fersen geheftet hatte, konnte einem erheblich auf die Nerven gehen, das hatte die Heldin selbst erfahren müssen. Ab dem Augenblick ging ihr ganzes Streben dahin, Professor Nieberlein wieder seiner geflohenen Charlotte zu übergeben und die beiden zu versöhnen, damit sie selbst Nieberlein los wäre.

Vor Kap Arkona machte Elizabeth damals Rast in Vitt: *»Ein reizvoller kleiner Ort – ein paar Fischerhütten, ein winziges Gasthaus und eine Menge Walnussbäume.«* Antonia bedauerte es, dass sie Vitt nicht kennengelernt hatte, und sie nahm sich vor, bei ihrem nächsten Aufenthalt den Besuch nachzuholen. Auch Elizabeth war es versagt gewesen, sich dem Zauber des Ortes hinzugeben, denn ihre kupplerischen Bemühungen ließen das nicht zu: *»Gern* *hätte ich eine Nacht dort zugebracht ... aber ich hatte eine Aufgabe zu erfüllen, und wer eine Aufgabe zu erfüllen hat, verbringt seine meiste Zeit damit, die besten Dinge zu versäumen.«*

Am nächsten Morgen fuhr Antonia zusammen mit Florian bei Frau Fegesack vorbei, um ihr Versprechen einzulösen. Antonia überreichte ihr vier Pakete Geleefrüchte in verschiedenen Farben. Die alte Frau wollte die Tür nicht öffnen und reckte nur ihre dürren Hände über den kahlen Bretterzaun, wobei sie ihnen entgegenschmetterte: »Ich komm aber nich mit!« Dann hörten sie noch ein beglücktes »Auch Gelbe!« und das Zerreißen von Papier.

»Mission erfüllt«, kommentierte Antonia. »Jetzt gehen wir schwimmen und am Nachmittag noch zu Frau Pisch.«

Frau Pisch hatte den Kaffeetisch im Garten gedeckt. Otto Pisch war in den Bohnen und entschuldigte sich lauthals vom Ende des Gartens her. Es gab selbst gebackenen Kirschstreuselkuchen.

»Extra für Sie!«, sagte Frau Pisch und nötigte Florian, als er sich zufrieden zurücklehnte, noch ein drittes Stück auf. »Und nehmense auch noch Sahne, ist alles reichlich da.«

Dann schickte sie einen Seufzer zum Himmel. »Wieso gerate ich immer in die Häuser von Menschen, die andere umbringen?« Sie schien ernsthaft bekümmert. Antonia dachte einen Augenblick lang, Frau Pisch mache sich Sorgen um ihr Unbewusstes. Dies war aber nicht der Fall, denn die alte Frau schnäuzte sich und meinte dann resolut: »Schiete. Jetzt muss ich mir schon wieder eine neue Stelle suchen.«

Claus von Ravenorst wusste eine Lösung. Nach der Besichtigung von zwei Seniorenwohnheimen mit ihrem Neffen hatte Asta von Ravenorst beschlossen, in ihrem Haus zu bleiben. Frau Pisch sollte ihr im Haushalt beistehen, und Otto Pisch übernahm die Einkäufe. Außerdem gab es da noch eine Enkelin, die Tochter des ältesten Sohnes, die eine Ausbildung in Altenpflege machte. »Rundumversorgung zu Hause, mit den Ersparnissen meines Onkels kein Problem«, hatte der Anwalt die Entwicklung auf seine muntere Art kommentiert.

Ihren letzten Abend verbrachten Antonia und Florian in der »Reuse«. Antonia zog ihren Freund in eine Nische, weil sie an einem der vorderen Tische Hanne Klever erkannte. »Frau Klever heute nicht in Grau, erstaunlich«, murmelte sie.

Hanne Klever trug ein enges rotes Top zu weißen Jeans und am Arm eine Reihe von bunten Armbändern. Das Haar fiel ihr lose über die Schultern. Sie war mit ihrem Smartphone beschäftigt und sah erst erfreut auf, als Olaf an ihren Tisch trat. Antonias Erstaunen wuchs, als sie sah, wie Olaf sich zu ihr setzte und freundlich mit ihr plauderte.

»Das haut mich jetzt um!«

»Wieso? Sie ist doch eine attraktive Frau«, meinte Florian. »Denk an ihre Hände.«

In Hamburg genossen die beiden ihre wiedergewonnene Häuslichkeit. Antonia, die die Gesellschaft des munteren Anwalts vermisste, schickte ihm per E-Mail Grüße, und Claus von Ravenorst antwortete ebenfalls per E-Mail mit Grüßen aus Capri, wo er mit seiner Frau Ferien mache. Sie hätten gestern Sorrent, Amalfi und Positano besichtigt, seien heute auf dem Vesuv gewesen und hätten anschließend Pompeji besucht, um morgen nach einem Museumsbesuch in Neapel nach Salerno und Paestum zu fahren. Antonia las Florian die Mail vor, während er es sich gerade auf dem Sofa gemütlich machte.

»Oje! Da werde ich ja vom bloßen Zuhören müde …«

»Ganz schön anstrengendes Leben, was?«

»Es ist ja nicht so, dass es mit dir entspannender wäre.«

Florian setzte sich gerade hin, weil seine letzte Bemerkung in einem herzhaften Gähnen seiner Gefährtin untergegangen war.

»Antonia, ich muss mich wiederholen. Das Leben mit dir ist weiß Gott nicht einfach!«

Antonia stand auf und strich ihm zärtlich über den Kopf. »Ja, Flori. Gott weiß aber auch, dass *ich* die Verbrechen nicht begehe. Ich muss nur herausbekommen, wer es gewesen ist.«

Heidi Schumacher
OPFERSTEIN
Broschur, 176 Seiten
ISBN 978-3-89705-807-1

»Der Krimierstling von Heidi Schumacher zieht den Leser von der ersten Seite an in seinen Bann. Ein Werk, das nicht mit seitenlangen Beschreibungen quält, sondern angenehm rasch zur Sache kommt und so die Spannung durchweg erhält. Verdächtige Beziehungen der Dorfbewohner werden von einer sympathischen Detektivin aufgedeckt, die man gerne auf ihren Streifzügen begleitet.« ekz

»Die Detektivin ist ein amüsanter Charakter, unvoreingenommen, neugierig und unerschütterlich. Dieser Küsten-Krimi liest sich sehr schnell und ist durchweg unterhaltsam. Genau das Richtige also für einen Nachmittag im Strandkorb oder einen Abend vorm Kamin.«
WeiberDiwan

www.emons-verlag.de

Heidi Schumacher
CANALE MORTALE
Broschur, 208 Seiten
ISBN 978-3-95451-038-2

»Spannung und Venedig-Flair.« Alles für die Frau

»Wir können mit dem Krimi in der Hand Venedig auskundschaften.«
Radio Berlin

»Heidi Schumachers Roman lebt von zwei dominanten Aspekten: dem liebevoll entworfenen Personal und den umwerfenden Schilderungen der grandiosen Kulissen der ›großen alten Dame‹ Venedig.«
Schnüss

»In ihrem zweiten Antonia-Babe-Krimi mixt Heidi Schumacher souverän die Zutaten aus Geldgier, Geschichte und Genuss in einem malerischen Szenario. [...] Die leichthändig erzählte Krimi-Kost schmeckt wahrlich ebenso.« Buchjournal